KB116656

그래도, 꽃이 핀다

그래도, 꽃이 핀다

최대봉 산문집

책만드는집

| 작가의 말 |

그리운 것들은 가버렸다.

지나온 날들에서 잃어버린 게 없다고 믿거나
잃어버려도 상관없다고 여기는 이들의 삶은,
단언하건대, 불행하리라.
끊임없이 스스로를 다그치며 욕망하고 쟁취하는 것만이
의미 있는 유일한 삶이라고 확신하는 이들의 삶 또한,
단언하건대, 외로우리라.

값싼 센티멘털리즘쯤으로 치부하지 말라.
아롱대던 봄날의 강가나 푸르게 일렁이던 여름 저녁,
떠나는 자의 노래 같은 바람이 불어가던 가을 언덕,
겨울밤의 차가운 가로등 불빛 아래 멈춰 섰던 시간들을
낭만의 이름으로 불러낸다는 것은,

이 변화와 속도와 거대 담론의 시대에 대한 반동에서
좀 더 나아가는 것이리라 믿는다.

그리운 것들은 그리워하자.

영화 〈포레스트 검프〉의 라스트 신에서
하늘로 날아오르던 깃털을 기억하는가?
그렇게 우리도 깃털처럼 가벼워져서 두둥실 떠올라
낭만 세상을 향해 날아보자.
우리 인생의 화면에서 엔딩 크레딧이 올라가기 전에.

– 2016년 봄

최대봉

| 차례 |

1부

하늬바람에 묻혀 오던 초록 제비

2부

애고, 더워 죽겠네

3부

귀뚜리 우는 밤

4부

초승달 뜨는 사연

1부

하늬바람에
묻혀 오던
초록 제비

동백을 보러 갔다

불친절한 바다였다. 거제 장승포에서 동백섬 지심도로 가는 짧은 뱃길, 바람이 거세고 파도도 높았다. 멀리 '마음 심心' 자로 누운 지심도只心島가 모습을 드러낼 때쯤 뱃전으로 나가 차가운 바닷바람과 뱃머리에 부딪쳐 튀어 오르는 물보라에 몸을 맡기고 서 있었다. 한 해의 첫 꽃 동백을 보려고 몰려든 울긋불긋 요란한 등산복의 유람객들로 좁은 선착장이 시끌벅적했다.

울창한 동백 숲길을 사람들 틈에 끼어 걸었다. 잔뜩 찌푸린 하늘빛과 빨갛고 노란 등산복들의 물결로 조금 무색하기는 했지만 그래도 동백은 남쪽 섬을 선연한 붉음으로 물들이고 있었다. 내려오는 길 주막 들마루에 앉아 돌멍게를 시켜놓고 다시 건너야 할 바다를 보며 소주를 마셨다. 희미한 취기 속에서 청마 유치환의 「동백꽃」의 한 구절을 떠올렸다. "아아 나의 청춘의 이 피꽃". 단지 지只, 마음

심心, 그 붉은 꽃잎과 노란 꽃술을 '단지 마음에만' 담고 지심도를 떠나왔다.

동백은 겨울 끝자락부터 이른 봄에 걸쳐 우리나라 남도 해안에서 피고 지는 꽃이다. 겨울에 피는 꽃이라고 해서 동백冬柏, 冬栢이라는 이름을 얻었으리라. 꽃가루를 옮겨 수정해주는 벌 나비가 없는 겨울철에 피는 이 꽃을 위해 신이 동박새를 보내주었다. 동백꽃 꿀을 먹으며 꽃가루를 옮겨주는 이 작은 새를 오래전 장사도(통영에서 뱃길로 한 시간쯤 거리의 섬이다) 동백 숲에서 본 적이 있다. 연두색 몸통에 노란 부리털이 앙증맞은 이 예쁜 새들과 조우하는 것도 동백꽃 감상의 덤이라 할 것이다.

> 헤일 수 없이 수많은 밤을 / 내 가슴 도려내는 아픔에 겨워 / 얼마나 울었던가 동백 아가씨 / 그리움에 지쳐서 울다 지쳐서 / 꽃잎은 빨갛게 멍이 들었소(이미자의 노래 〈동백아가씨〉 중에서)

찻잎처럼 반들반들 윤이 나는 잎에 노란 꽃술을 싸고 선홍색으로 피어나는 이 꽃의 마지막은 처참하고 처연하다. 품고 있던 정한情恨이 너무 무거워서일까, 아직 시들지도 않은 꽃송이가 마치 목이 부러지듯 툭, 툭 떨어져 버린다. 바람에 시든 꽃잎이 지는 모습은 처량함이겠지만 스스로 꽃송이째 꺾어버리는 것은 단호함이요, 처절함이다. 여북하면 송창식이 나를 두고 가시려는 님은 동백 숲으로 와보라고, 뚝뚝 떨어지는 동백꽃 송이가 너무 슬퍼서 차마 못 떠날 거라고 노래했겠는가? 아직 피어 있는 꽃들과, 떨어져 땅을 붉게 물들이는 꽃들이 반반일 때가 절정의 장관이라지만 그 꽃들로부터 너무 멀리 떨어져 살고 있는 우리들에게 타이밍을 맞추기란 여간 어려운 일이 아니다.

프랑스 소설가 뒤마 피스는 「삼총사」와 「몬테크리스토 백작」으로 유명한 대문호 알렉상드르 뒤마가 벨기에 출신의 한 여공女工과 바람을 피워 태어난 사생아였다. 아버지가 아들임을 인정하기까지 불우한 삶을 살아야 했던 뒤마 피스가 첫눈에 반해 사랑에 빠진 여인이 고급 매춘부 마리 뒤플레시스였다. 그녀는 한 달의 25일은 하얀 동백꽃, 나머지 5일은 붉은 동백꽃을 가슴에 달았다고 한다. 눈치 빠른 독자들은 한 달에 한 번 여성에게 찾아오는 몸의 변화와 연관지어 '붉은 동백꽃의 닷새'가 의미하는 바를 알아채셨으리라. 그런 날이면 그녀는 자신을 원하는 손님에게 가슴의 붉은 동백꽃을 건네주며 "이 꽃이 시들면 다시 오세요"라고 속삭였다고 한다. 그런 그녀를 뒤마 필스는 순정을 다해 사랑했지만 마리 뒤플레시스는 한 남자만을 사랑할 수 없는 여인이었다. 배신감에 몸을 떨며 청년은 떠나고 이별의 아픔에 더 방탕한 생활에 빠진 여인은 폐결핵을 얻어 스물다섯의 꽃다운 나이로 세상을 뜬다. 시들지도 않은 채 목을 꺾고 떨어져 버리는 동백꽃처럼.

뒤마 피스가 자신의 아픈 사랑을 소설로 옮긴 것이 「동백꽃을 든 여인」이었다. 〈축배의 노래〉라는 아리아로 우리 귀에도 익은 베르디의 오페라 〈라 트라비아타(La Traviata, 길 잃은 여인)〉는 바로 뒤마 피스의 그 소설을 원작으로 한 것이다. 일본 사람들이 '동백 아가씨'라는 뜻으로 붙인 〈춘희椿姬〉라는 제목으로 우리에게 알려졌던 오페라이기도 하다.

황순원의 「소나기」가 소년 소녀의 그지없이 풋풋하고 애틋한 사랑의 감정을 그린 것이라면 김유정의 「동백꽃」은 풋사랑의 아찔한 에로티시즘으로 읽힌다.

> 그 바람에 나의 몸뚱이도 겹쳐서 쓰러지며 한창 피어 퍼드러진 노란 동백꽃 속으로 폭 파묻혀 버렸다. 알싸한 그리고 향깃한 그 내음새에 나는 땅이 꺼지는 듯이 왼정신이 고만 아찔하였다.

우리가 학교 때 국어 교과서에서 읽은 「동백꽃」은 춘정春情을 알 듯도 말 듯도 한 처녀 총각의 해학적이면서도 아찔한 애정 행각을 그린 소설이었다.

그런데 '노란' 동백꽃이라니. 아시다시피 동백꽃은 빨간색과 하얀색뿐이다. 더욱이 동백은 남도에서만 자생하는 꽃이고, 김유정은 강원도 춘천 산골 마을에서 태어나 그곳을 배경으로 소설을 썼다. 그 노란 꽃 미스터리는, 강원도 일부 지역에서 생강나무를 동백꽃이라고 부르기도 한다는 데서 풀린다. 생강나무는 봄 산에서 제일 먼저 피어나서 '봄을 맞이하는 꽃'이라 하여 '영춘화迎春花'라고 불리기도 하는 노란 꽃이다. 아마도 내륙의 옛 여인들이 머릿기름으로 쓰던 동백기름을 구할 수 없어 생강나무 꽃 기름으로 대신한 연유에서였으리라.

작고한 미당 서정주 영감님이 젊은 시절 어느 봄비가 부슬부슬 내리던 날, 선운사 동구洞口로 동백꽃을 보러 갔더니 동백꽃은 아직 일러 피지 않았고 막걸릿집 여자의 육자배기 가락에 동백꽃이 남았더라는, 그것도 작년 것만 목이 쉬어 남았더라는 절창을 남긴 바 있다.

독자 제위의 가슴속에서도 동백꽃 서너 송이쯤 붉게 피어나는 봄날이었으면 좋겠다.

꽃분이

영화 <국제시장>을 두고 이견이 분분하다. "위 세대를 전혀 비판 의식 없이 미화하고 있다"라고 비난하는 측과 "고난을 딛고 일어선 세대에 대한 지극히 당연한 헌사"라는 측의 논쟁이다. 끊임없이 이념 논쟁을 이어가는 우리 시대의 한 단면을 유감없이 드러내는 풍경이었다. 그 집요한 논객들이 부둥켜 잡고 있는 이념과는 상관없이 수많은 덕수(영화 속 주인공의 이름)들이 존재했고 그가 헤쳐온 질곡의 역사도 이념과는 아무 상관 없이 가난과 추위와 굶주림과 쓰라림으로 실재했다. 영화는 영화일 뿐, 관객들의 사상적 취향과는 별개로 존재한다. 그 영화는 1400만이 넘는 관객 수로 스스로의 힘을 입증했다.

'꽃분이', 그 영화 덕분에 우리는 아주 오랜만에 정겨운 이름을 들었다. 영화 속 덕수가 현인의 노래 <굳세어라, 금순아>에서처럼 바람 찬 흥남부두에서 여동생의 손을 놓치고 혈혈단신으로 남하해 몸을 의탁해 살게 된 국제시장의 고모네 작은 가게 이름이 '꽃분이네'였다. 꽃분이는 우리가 고향 마을에 두고 떠나온 처자 이름이거나, 어느 한 시절 불어오는 봄바람에 댕기를 나풀거리며 꽃그늘 속을 걸어가던 처자의 이름이거나, 우리 민족의 핏속에 그리움의 유전자로 전해오는 이름이건만 오늘에는 아무도 딸들에게 붙여주지 않는, 그래서 더 애틋한 이름이다.

희한한 빛으로 피어나 우리 삶을 물들이고, 시들어가면서도 삶의 순간들을 추억하게 하는, 꽃이란 얼마나 아름다운가? 옛날에는 흔했던 여자 이름 '분이'는 '예쁜 아이'를 뜻하는 '이쁜이'를 한자 이름으로 호적에 등재하면서 '입분入分, 入芬'으로 쓴 데서 나온 이름이었다. 꽃분이, 꽃처럼 예쁜 아이이다. 꽃님이, 꽃순이도 예쁘고 정겹기는 한가지다.

> 내 어렸을 적 할머니 밤낮 하던 말씀이 / 옆집 사는 분이 신랑 되라고 / 나도 이젠 자라서 어른이 됐는데 / 내 님 분이 꽃분이는 어디 있나

남궁옥분이 70년대 후반에 부른 노래 〈꽃분이〉다. 꽃분이는 언제나 오래전 추억 속에만 존재하는 이름이고 현실에서는 없는 이름이다.

"꽃분이가 꽃가마 타고 / 꼬불꼬불 고개를 넘어 / 족두리에 나삼 입고 / 시집을 가네(오은주의 〈꽃분이 시집가네〉)"는 옛적 자주 부르던

이연실의 "수양버들 춤추는 길에 꽃가마 타고 가네 / 아홉 살 새색시가 시집을 간다네 / 가네 가네 갑순이 갑순이 울면서 가네 / 소꿉동무 새색시가 사랑일 줄이야(《새색시 시집가네》)"의 갑순이와 겹치기도 한다. 그렇게 꽃분이는 이루지 못한 첫사랑의 이름이기도 하다.

꽃분이는 타향살이에 지친 나그네가 돌아가고픈 고향에서 기다리고 있을 처자의 이름이다. "고향에 가는 열차 창가에 앉아 / 차창에 그려보는 꽃분이 얼굴"(남진의 〈꽃분이〉), "코스모스 피어 있는 정든 고향 역 / 이쁜이 꽃분이 모두 나와 반겨주겠지"(나훈아의 〈고향역〉). 6, 70년대의 우리나라 가요계를 주름잡던 두 가수 남진과 나훈아의 노래 속 고향에도 꽃분이는 기다리고 있다. 그들의 환상 속에서만 존재하는 이름일지는 모르지만.

저 바다 건너 나라의 사람들에겐들 꽃분이가 없겠는가? 우리의 꽃분이의 정서와 가장 잘 맞아떨어지는 이름이 있다면 아마도 '메리(Mary, '메어리'라고 해야 정확한 발음이겠지만)'일 것이다. 우리나라 사람들이 좋아하는 팝송들 중에 톰 존스가 부른 노래 〈Green, Green Grass of Home(고향의 푸른 잔디)〉이 있다.

The old hometown looks the same as I step down from the train / (……) / there runs Mary hair of gold and lips like cherries(기차에서 내리며 본 고향은 옛날과 다름없고 / (……) / 금빛 머리칼과 체리 빛깔 입술의 메리가 달려오네)

사실 이 노래는 어느 사형수의 사연을 담은 것이다. 날이 밝으면 형장으로 끌려가게 될 사형수의 마지막 꿈속에서 본 고향에도 메리가 있다.

조앤 바에즈의 노래 〈The River in the Pines(솔밭 사이로 강물은 흐르고)〉에 나오는 메리는 "A maiden when the birds began to sing / She was sweeter than the blooming rose so early in the spring(새들이 노래하기 시작할 때면 / 이른 봄에 피어나는 장미보다 훨씬 더 아름다운 처녀)"였다. 그녀가 사랑하던 남자가 강으로 떠나 돌아오지 않지만. 꽃분이와 메리의 사랑에는 동서양을 떠나 언제나 애틋한 결말이 기다리고 있다.

> 꽃잎 끝에 달려 있는 작은 이슬방울들 / 빗줄기 이들을 찾아와 어디로 데려갈까

우리가 즐겨 부르는 노래 〈아름다운 것들〉이다. 이 노래의 원곡은 스코틀랜드에서 구전되어오던 〈메리 해밀턴Mary Hamilton〉이다. 프랑스 샹송 가수 마리 라포레가 부른 걸 조앤 바에즈가 영어 가사로 바꾸어 불렀다. 그 노래를 우리나라 최초의 여성 싱어 송 라이터라 할 방의경이 〈아름다운 것들〉이라는 제목으로 번안해 불렀고, 양희은의 노래로 우리에게 알려졌다. 그 당시 크게 히트했던 뮤지컬 영화 〈사운드 오브 뮤직〉에 나오는 노래 〈My Favorite Things(내가 좋아하는 것들)〉에서 힌트를 얻어 번안한 듯하지만 실제의 노

래는 메리라는 여인의 슬픈 사연을 담고 있다. 왕의 사랑을 받은 시녀가 왕비의 미움을 사 단두대에 서서 자신의 삶을 돌아보는 그 노래는 이렇게 끝난다.

Last night there were four Marys / Tonight there'll be but three / There was Mary Beaton and Mary Seton / And Mary Carmichael and me(어젯밤까지만 해도 궁중에는 메리 비튼, 메리 시튼, 메리 카마이클, 그리고 나 네 사람의 메리가 있었지만 이제 세 사람의 메리만 남게 되겠지요)

며칠 찬 바람이 매섭게 몰아치더니 그저께부터 따뜻해지면서 뜰의 라일락과 원추리 싹이 움트고 가지 끝의 매화 꽃망울들이 부풀어 오르고 있다. 봄이 오면 사라져버린 이름들이 그립다.

백 년의 고독

'박목월 탄생 100주년 기념 헌정시집『적막한 식욕』발간'이라는 뉴스를 접하고 문득 '백년의 고독(콜롬비아의 작가 가브리엘 G. 마르케스의 노벨문학상 수상 소설의 제목. 호세 아르카디오 대령과 그의 부인 우르슬라가 마콘도에 정착한 때부터 집시의 예언대로 돼지 꼬리가 달린 아기가 태어날 때까지 백 년에 걸친 마콘도와 부엔디아 가문의 역사를 그린 마술적 리얼리즘의 전형적 소설)'이라는 말을 떠올린 것은 내 나름의 몇 가지 이유 때문이었다.

그 석연찮은 이유들 중 하나는 '백 년'이라는 말과 '고독'이라는 말이 주는 상징성이었다. 흘러오고 흘러가는 시간 속에서 우리는 백 년을 한 '세기'라는 십진법으로 아귀가 맞는 시간의 단위로 정해놓고 눈금을 그으며 지나간다. "세월은 흐르게 마련이에요." "그렇기야 하지. 하지만 별로 흐르는 것도 아니야." 그 소설 속의 우르슬라와 부엔디아 대령의 대화처럼 그것도 다 부질없는 짓이기야 하겠지만. 고독이라는 말처럼 시인의 정체성을 잘 말해주는 단어는 없다. '백 년의 고독'이라는 말로 백 년 전에 이 땅에 태어난 시인들을 추억한다.

박목월은 본전本錢의 시를 쓰며 본전의 삶을 살았다. "본전으로 팔아야 가장 많은 이문을 남길 수 있다"는 초등학생들도 웃을 셈법을 그는 시와 삶으로 보여주었다.

> 강나루 건너서 / 밀밭 길을 // 구름에 달 가듯이 / 가는 나그네 // 길은 외줄기 / 남도 삼백 리 // 술 익는 마을마다 / 타는 저녁놀 // 구름에 달 가듯이 / 가는 나그네(「나그네」 전문)

군더더기 하나 찾아볼 수 없다. 어디 한 군데 빼거나 보탤 곳이 없다. 가히 천의무봉天衣無縫의 경지다. 요즘 젊은이들이 '나그네'라는 말맛을 이해할 수 있을까? 그 시절은 떠나는 시절이었다. 세상에 뿌리를 내리지 못한 민초들은 역마의 삶을 살았다. 봇짐이나 방물 짐을 이고 지고 길을 나서야 했다. 그 쓸쓸한 유랑의 길을 목월은 "구름에 달 가듯이" 유유자적 바라보고 있다. 자연과 인간을 바라보는 시인의 그윽한 시선이다.

> 송홧가루 날리는 / 외딴 봉우리 // 윤사월 해 길다 / 꾀꼬리 울면 // 산지기 외딴집 / 눈먼 처녀사 // 문설주에 귀 대이고 / 엿듣고 있다(「윤

사월」 전문)

봄날의 고독을 이렇게 아릿하게 표현한 시가 또 있을까? 다른 이의 고독이 어느 결에 와락 안겨 와 나의 고독이 되어버리는 것, 시의 기적이다.

"나를 키운 것은 팔 할이 바람이었다". 미당 서정주는 우리 시의 영화榮華와 시대의 질곡을 동시에 짊어지고 있다. 그가 없었다면 우리말은 그 황홀함을 죄다 드러내지는 못했을 것이다. 이른 봄 선운사 동백을 본 적이 있는가? 그의 귀신같은 시 「선운사 동구洞口」이다.

> 선운사 골째기로 / 선운사 동백꽃을 보러 갔더니 / 동백꽃은 아직 일러 피지 안했고 / 막걸릿집 여자의 육자배기 가락에 / 작년 것만 상기도 남었습디다 / 그것도 목이 쉬어 남었습디다

시각(동백꽃)과 청각(육자배기), 작년과 오늘이 어우러진 한바탕 어질어질한 봄날의 장관이 아닌가?

> 향단아, 그넷줄을 밀어라 / 머언 바다로 / 배를 내어 밀듯이 / 향단아 // 이 다수굿이 흔들리는 수양버들나무와 / 벼갯모에 뇌이듯한 풀꽃 데미로부터 / 자잘한 나비 새끼 꾀꼬리들로부터 / 아주 내어 밀듯이, 향단아 // 산호珊瑚도 섬도 없는 저 하늘로 / 나를 밀어 올려다오

봄날, 그네에 오른 처자가 제 더운 가슴을 못 이겨 자꾸만 하늘로 밀어 올려달라고 보채는 「추천사鞦韆詞」의 일부다. 그를 빼고 우리 시의 '두근거림'을 이야기할 수 있을까? 그러나 안타깝게도 그는 일제강점기의 우리 젊은이들을 일본인들의 전쟁터로 내모는 시들을 남기고 전두환을 찬양하는 시를 써 오욕의 이름을 얻었다. 그 독재자의 무식한 영부인이 그의 호 '미당未堂'을 '말당末堂'으로 읽었다는 진위가 확인되지 않는 일화까지 남기고 있는 터다. "일제가 그렇게 쉽게 망할 줄 몰랐다"라는 그의 어수룩한 변명을 듣고 문득 우리말의 황홀함을 완성한 그의 시집 『질마재 신화』에 등장하는 '상가수上歌手'를 떠올린 적이 있었다. 아랫마을, 윗마을에 두루 소리 잘하기로 소문이 자자한 사람이 있었는데 뒷간에 똥오줌을 담아놓은 항아리를 거울 삼아 망건 밑으로 삐져나온 머리털을 수습하더라는 그 시는 이렇게 끝나고 있다. "명경明鏡도 이만큼은 특별나고 기름져서 이승 저승에 두루 무성하던 그 노랫소리는 나온 것 아닐까요?" 그 상가수, 미당이 세상을 뜬 지도 벌써 15년이다.

황순원의 소설 「소나기」는 우리 모두가 두고 떠나온 유년의 기억이다. 중학교 국어책에 나왔던 그 소설은 우리를 풋풋한 그리움 속으로 데리고 간다. 도시에서 온 얼굴이 말간 소녀를 개울가에서 만나고, 조약돌을 주워주고, 늦여름 꽃을 묶어 수줍게 내밀고, 먼 하늘에서 먹구름이 밀려오고, 소나기가 쏟아지고, 비를 피해 수숫단 속으로 들어가고, 비에 젖은 소녀에게서 안개처럼 김이 피어올라 소년에게로 훅 끼쳐 오고, 얼굴은 붉어지고 가슴은 쿵쾅거리고, 꽃

묶음이야 망가져도 상관없고, 약속한 여름날의 짧은 소나기는 그만 그쳐버리고, 쏟아진 소나기에 물이 불은 개울을 업어서 건네주고, 소녀의 분홍 스웨터 앞자락에 소년의 등에서 옮겨 간 검붉은 진흙물이 배어들고, 그리고 소녀는 가버린다. 갈밭머리에 서서 소녀가 사라진 마을 쪽 하늘을 바라보는 몇 날이 지나고 소년은 까무룩한 잠 속에서 어른들이 두런거리는 소리를 듣는다. 그 소녀가 죽으면서 검붉은 진흙물로 더러워진 옷을 꼭 그대로 입혀 묻어달라더라는.

고독은 우리 정신의 사치가 아니라 절제다. 백 년 전, 그러니까 1915년에 이 땅에 태어난 박목월, 서정주, 황순원의 고독이 우리 시대의 고독이 되어야 하는 이유다.

하늬바람에 묻혀 오던 초록 제비

복사꽃 피고, 복사꽃 지고, 뱀이 눈 뜨고, 초록 제비 묻혀 오는 하늬바람 우에 혼령 있는 하늘이여. 피가 잘 돌아…… 아무 병病도 없으면 가시내야. 슬픈 일 좀 슬픈 일 좀, 있어야겠다(서정주의 시 「봄」 전문)

황사처럼 노랗게 밀려드는 미열과 어지럼증, 차라리 슬프기라도 했으면 좋을 달뜬 간질거림 같은 것. 서양 사람들은 그 노곤하고 나른한 스멀거림을 '봄의 열병spring fever'이라고 부르지만 우리는 '봄바람'이라고 한다. 바람이 좀 나면 어떤가, 봄바람처럼 아롱아롱한 말이 또 있으랴!

봄바람은 얼었던 꽃눈들을 틔우고, 잠든 뿌리를 깨우고, 여인들의 연분홍 치마를 흔들어놓고, 복사꽃을 피게도 하고 지게도 하고, 강남 갔던 제비들을 그것도 초록으로 물들여 돌아오게도 한다. 아니, 돌아오게도 하던 시절이 있었다. 바람 속에서 길을 잃고 쉴 곳을 찾아 헤매는 제비를 빗대어 망국亡國의 한을 노래한 멕시코 민요 〈라 골론드리나(La Golondrina, 제비)〉를 번안해 조영남은 "먹구름 울고 찬 서리 친다 해도 바람 따라 제비 돌아오는 날"이라고 노래했지만 이제 제비는 돌아오지 않는다.

3월이 지나고 4월로 접어들면서 매화가 꽃망울을 터뜨리고 개나리가 산천을 노랗게 물들일 때쯤이면 지지배배 지지배배, 그 명랑한 노랫소리가 봄 하늘을 울리던 시절이 있었다. 초가집 처마 밑 둥지를 바지런히 드나들며 새끼들의 노란 주둥이로 먹이를 넣어주는 제비들의 모습은 봄날의 익숙한 풍경이었다. 바람 끝이 서늘해지고 서리가 내릴 무렵 떠날 채비를 한 수천 마리의 제비들이 전깃줄 위에 모여 앉은 모습을 보며 다가올 겨울을 예감하던 시절은 가버렸다. 서남쪽의 해안지대와 제주도에서나 여전히 그들을 볼 수 있다는 풍문만 봄바람을 타고 들려올 뿐, 제비들은 이제 돌아오지 않는다.

1970년대까지만 하더라도 한 해에 5백만 마리 이상의 제비들이 우리나라를 찾았다. 우리가 흔히 하던 말 "강남 갔던 제비"에서 강남은 물론 한강의 남쪽을 의미하는 말이 아니다. 중국의 양자강 남쪽을 가리킨다는 이야기도 있지만 바다 건너 인도차이나 지역이 맞을 성싶다. 삼월삼짇날(음력 3월 3일)은 제비가 돌아오는 날이었다. 그들이 돌아와 제일 먼저 하는 일은 알을 낳아 부화시킬 집을 짓거나 보수하는 일이었다. 귀소성이 강한 이 철새들은 이전 해에 깃들였던 집으로 다시 돌아오는 일이 흔하다. 제비 다리를 고쳐준 흥부가 횡재할 수 있었던 것도 이들의 귀소본능 덕택이었다. 초가지붕 처마 밑에 부리로 물어 나른 진흙에다 지푸라기까지 섞어 제 침으로 이겨서 튼튼한 집을 짓는다. 우리 선조들이 진흙에 짚을 넣은 벽돌로 집을 지었던 것도 제비의 지혜를 빌렸던 것인지도 모른다.

제비는 그렇게 지은 둥지에 3~7개의 알을 낳아 품고 부화시켜 쉴 새 없이 둥지를 드나들며 먹이를 날라 새끼들을 키운다. 2500만 마리쯤의 식구들이 불어나는 셈이다. 그렇게 불어난 대식구들을 거느리고 제비들은 음력 9월 9일쯤 우리나라를 떠난다. 홀수는 양陽의 수다. 3월 3일과 9월 9일, 홀수가 겹쳐 양의 기운이 모이는 날에 왔다가 떠나는 제비들. 여간 범상하지 않은 새임에 틀림없다.

제비는 대표적인 익조益鳥다. 파리, 모기, 장구벌레(모기의 유충), 하루살이 등 한 해 2천억 마리 이상의 해충을 잡아먹는다고 하니, 농경민족이던 우리 선조 때부터 반기는 새가 아닐 수 없었다. 헛된 욕심을 부리지 않는 사람을 이르는 "곡식에 제비 같다"라는 속담에서 알 수 있듯이 제비는 사람들의 곡식에는 전혀 손대지 않았으니 얼마나 착하고 정다운 새였으랴? 제비를 죽이면 학질에 걸린다는 속설도 있어 제비에게는 아예 해코지할 생각도 못 했고 제비를 제일 먼저 보면 복을 받는다고 해서 봄날이면 공연히 하늘을 두리번거리기도 했다.

제비집이 허술한 해에는 큰 바람이 없다는 속설에서 보듯 제비는 천기天氣를 알아채는 새라고 해서 지후조知候鳥로 치켜세워지기도 한다. 제비가 낮게 날면 비가 온다고 하지 않던가? 비가 오면 움직임이 굼떠지는 날벌레들을 사냥하기 위해 낮게 나는 것이라는 과학적 분석이 끼어들 여지도 있긴 하지만.

예로부터 중국 미인들의 이름에 '제비 연燕' 자가 유달리 많이 들어간 것은 제비의 날렵한 맵시 때문이었다. 흑단같이 까만 날개와 배 부분의 하얀 깃털, 날씬하게 쪽 빠진 꽁지깃에다 날렵하게 나는 모습까지, "물 찬 제비"라는 말이 괜히 생겨났겠는가? 서양 남자들이 고급스러운 파티에 갈 때 챙겨 입거나 오케스트라의 지휘자들이 갖춰 입는 옷이 제비의 맵시를 닮았다고 해서 '제비 꼬리 옷swallow-tailed coat', 즉 '연미복燕尾服'이라고 부르지 않던가? 그 어여쁜 새들은 이제 봄이 와도 돌아오지 않는다.

그들은 왜 우리 곁을 떠난 것일까? 새마을운동으로 그들이 보금자리를 틀던 정겨운 초가집들이 없어지고 새로 들어선 서양식 집들에 비를 피할 처마가 없어졌기 때문일까? 70년대부터 마구잡이로 쓰기 시작한 농약이 제비들의 몸속에 쌓여 그들이 낳는 알 껍데기가 얇아져 부화를 할 수 없게 되었기 때문이라는 이야기도 있다. 혹 은혜도 모르는 사람을 이르는 "흥부 집 제비 새끼만도 못하다"라는 속담처럼 고약해져 버린 우리네 인심이 싫어 돌아오지 않는 것은 아닐까?

해마다 이맘때면 기다리던 편지처럼 그들이 돌아오던 시절에 윤승희가 부른 〈제비처럼〉이라는 노래가 있었다. "꽃 피는 봄이 오면 다시 돌아온다고 말했지 / 노래하는 제비처럼" 오지 않는 님을 그리며 쳐다보는 하늘에 황사만 자욱이 밀려드는 봄날이다.

백 년의 욕망

「백 년의 고독」이란 제목으로 백 년 전 이 땅에서 태어난 시인들의 삶과 작품들을 이야기한 적이 있다. 이번에는 백 년 전, 그러니까 1915년 미국 땅에서 태어난 유리로 만든 병에 대해 생각해보려 한다. 우리가 살고 있는 대량생산과 대량소비의 사회에 깃들인 유혹과 욕망에 기초한 마케팅에 관한 이야기가 될지도 모르겠다.

올림픽이 열렸던 미국 동남부에 위치한 조지아 주의 주도州都 애틀랜타는 흑인 인권운동 지도자 마틴 루서 킹 목사가 태어난 곳이고 코카콜라의 탄생지로 유명하다. 인권과 평등이라는 인류의 이상과 부와 권력이라는 세속적 욕망이 두 개의 상반된 이미지로 존재하는 곳이라는 말이다.

"나에게는 꿈이 있습니다. 조지아의 붉은 언덕 위에 옛 노예의 후손들과 옛 주인의 후손들이 형제애의 식탁에 함께 둘러앉는 날이 오리라는 꿈입니다. (……) 내 아이들이 피부색으로 사람을 판단하지 않고 인격으로 사람을 판단하는 나라에서 살게 되는 꿈입니다."

인류사에서 가장 의미 있게 기억될 그의 연설 〈나에게는 꿈이 있습니다I Have a Dream〉의 한 부분이다. 로자 파크스라는 흑인 여성이 단지 버스 안에서 백인 남성에게 자리를 양보하지 않았다는 이유만으로 체포된 사건이 있었다. 이 일이 기폭제가 되어 일어난 흑인 인권운동을 이끌면서 철저하게 비폭력 평화주의를 부르짖던 그는 테네시 주 멤피스에서 극우파 백인에 의해 암살당했다. 그의 나이 서른아홉이었다. 10년 뒤 같은 곳에서 대중들의 욕망의 아이콘이었던 엘비스 프레슬리가 죽었다.

자, 이제 오늘 이야기의 중심인 백 년 전 애틀랜타에서 태어난 유리병 얘기로 돌아가자. 1886년, 그 도시에 살고 있던 존 펨버턴이라는 약제사가 코카 잎과 콜라나무 열매에서 추출한 물질에 설탕, 카페인 등의 향료를 첨가해 음료를 만들어 '코카콜라'라는 이름으로 상품화했다. 미국 자본주의의 상징이 된 '검은색의 단물'이 탄생한 것이다. 지역의 몇몇 약국에서 팔리며 근근이 명맥을 이어가던 그 음료는 레시피를 포함한 모든 권리가 단돈 120만 원에 에이서 캔들러라는 약제사에게 팔렸고 1919년, 캔들러가 회사 체제로 만들어 2백여 개국의 사람들이 마시는, 브랜드 자산 가치 77조 원(2013년 인터브랜드 기준)의 거대 기업으로 오늘에 이르고 있다.

에이서 캔들러는 '보틀링 시스템bottling system'이라는 전혀 새로운 마케팅 기법의 모델을 만들었다. 현재 우리나라를 예로 들자면 LG

그룹 계열의 회사인 '코카콜라음료'에서 병bottle을 만들고 본사에서 받은 원액에 첨가물을 혼합해 제조하는 것이다. 원액의 레시피는 비밀에 부쳐져 지구 상에서 딱 한 부만 애틀랜타의 코카콜라 기념관에 보관되어 있다고 하지만 철저한 현지주의를 견지해 광고를 하거나 직원들을 고용하는 권리는 보틀러(bottler, 현지 회사)에게 있다. 그렇게 코카콜라가 세계 2백여 개 나라에 회사를 둔 거대 기업으로 성장해 2013년 애플에 의해 1위 자리에서 밀려났지만 세계 브랜드 자산 가치 선두 자리를 꾸준히 지켜온 데는 병瓶이 있었다.

코카콜라가 음료계의 혁명이라 할 붐을 일으키자 유사 경쟁 업체들이 속속 생겨나기 시작했다. 차별화의 필요성을 느낀 경영진은 1915년, 당시로는 어마어마한 거금인 백만 달러를 걸고 독특하면서도 새로운 형태의 병 디자인을 공모했다. 많은 응모작들을 제치고 선택된 것은 루드라는 이름의 평범한 병 공장 직원의 디자인이었다. 상품 역사상 가장 아름답고 부드러우며 유혹적이라는 곡선의 코카콜라 병이 탄생하게 된 것이다. 주름치마를 입은 애인의 모습에서 힌트를 얻었다는 루드의 말처럼 그 병의 형태는 여성의 몸의 곡선을 암시하고 있다. 대다수의 서양 사람들은 컵에 따라 마시지 않고 병째 '쥐고'('들고'가 아니다) 마신다. 코카콜라는 유혹적 빛깔의 달콤함과 여성성의 결합의 산물이라는 말이다.

1960년대 자본주의의 중심 뉴욕에서 태동한 새로운 미술 사조인 팝아트를 이끈 앤디 워홀도 그의 그림에 코카콜라 병을 등장시켰다.

"통속적이고, 일시적이고, 소비적이고, 대량생산적이고, 값싸고,

관능적이고, 선동적이고, 활기차고, 대기업적이다."

로버트 해밀턴이 팝 아트를 두고 한 말이다. 그것은 자본주의의 속성이기도 하고 코카콜라의 성공 비결이기도 하다.

병 탄생 백 주년을 맞아 코카콜라가 발표한 새로운 캠페인의 제목이 'Kiss the Happiness(행복에 키스하라)'였다. 과거의 유혹과 욕망의 상징인 마릴린 먼로와 엘비스 프레슬리, 우리나라에서는 차범근·차두리 부자가 그 병에 키스하는 모습을 내보낼 거라고 한다. "나는 생각한다. 고로 존재한다Cogito, ergo sum"라는 데카르트의 명제가 위태로운 시대다. "나는 욕망한다. 고로 존재한다"로 바꿔야 할지도 모른다. 백 주년을 맞은 코카콜라 병을 보며, "너 자신의 욕망을 사용하라"라는 들뢰즈의 말까지 빌리지 않더라도 오늘날의 우리의 존재 양식이 사유와 이성에 기초하기보다는 감성과 욕망 위에서 있는 건 아닐까라는 생각을 하게 된다.

우리가 잃어버린 세상 이야기로 끝을 맺자. 영화 〈부시맨〉에서 문명 세계와 격리된 아프리카 칼라하리 사막을 걷고 있던 부시맨이 신비한 휘파람 소리와 함께 하늘에서 떨어진 요상하게 생긴 물체를 보고 깊은 고민에 빠진다. 하늘을 날던 조종사가 마시고 난 빈 콜라병을 비행기 밖으로 던진 것이었건만 그는 하늘에서 떨어진 그 요상한 물건의 주인이 신이라고 생각한다. 그리고 땅이 끝나는 곳까지 가서 그것을 주인에게 돌려주기 위해 먼 길을 떠난다.

달콤 쌉싸름한

언제부턴가 봄이 시작되려는 어느 날에 '밸런타인데이'라는 이름으로 연인들이 초콜릿을 주고받으며 사랑을 확인하는 일이 의례적인 행사가 되어버렸다.

이날과 이날에 행해지는 풍습에는 많은 분명치 않은 기원들이 있다. 3세기경 로마의 황제 클라우디우스 2세는 젊은이들에 금혼령禁婚令을 내렸다. 이민족과의 전쟁에 나가 용감하게 싸워야 했던 로마의 젊은이들이 결혼이나 연애로 인해 나약해지고 군기가 문란해지는 걸 막기 위해서였다고 한다. 그런데 로마교회의 사제였던 발렌티누스가 사랑에 애 끓이는 젊은이들의 결혼식을 몰래 집전해주다가 발각되어 처형을 당했고, 그가 순교한 날인 2월 14일을 기념하게 되었다는 설이 있다. 또 15세기 영국의 어느 시골 처녀가 짝사랑하던 남자에게 뜨거운 연애편지를 보내 그 남자의 마음을 얻고 결혼에 성공하게 된 날이 2월 14일이었다는 설도 있다. 그러나 이날을 전후해 새들이 짝짓기를 시작한다는 데서 밸런타인데이가 생겼다는 것이 더 설득력 있는 듯하다. 다가올 봄날에 대한 기대와 사랑에 대한 설렘이 어우러져 만들어진 환상 같은 게 아니었을까?

이날 초콜릿을 주고받는 풍습은 19세기 영국에서 시작되었지만 '여자가 남자에게 초콜릿을 주는 날'로 굳어버린 것은 1960년대 일본의 제과회사 '모리나가'의 교묘한 상술 때문이었고 1970년대 중반부터 우리나라에도 그 열풍이 불어닥쳤다. 1, 2천 원짜리도 아니고 수만 원에 호가하는 사치스러운 초콜릿을 선물하지 못해 안달하는 젊은이들을 보노라면 국적도 분명치 않은 얄팍한 장삿속에 휘둘리는 모습에 씁쓸해진다. 소박하게 포장한 몇 개의 초콜릿만으로도 달콤 쌉싸름한 사랑의 환상을 표현하기에 충분한 터이기에 하는 말이다.

"기부 미 쪼꼬렛"이 어린 시절 내가 처음으로 구사했던 영어였다. 지금의 영광고등학교 맞은편 어름의 숲 속에 소규모로 주둔하고 있던 미군들의 지프차나 트럭이 마을 앞을 지날 때면 "기부 미 쪼꼬렛"을 외치며 뒤쫓곤 했는데 가끔 그들이 던져주는 초콜릿의 맛은 주전부리가 마땅치 않던 가난한 나라의 아이에게는 상상하지 못했던 이국적이면서도 환상적인 것이었다.

오래전 처음으로 초콜릿을 접했던 유럽 사람들에게도 그 신기한 맛과 향의 충격은 다르지 않았을 것이다. 초콜릿의 원료인 카카오나무는 5세기경부터 중앙아메리카의 유카탄반도에서 마야인들에 의해 재배되기 시작했다. 1502년 콜럼버스가 아즈텍의 인디오 추장으로부터 카카오 열매를 처음 선사받았지만 그것이 '갈색의 금brown gold'으로 그 가치가 인식되기까지는 1528년 스페인의 무자비한 정복자 에르난 코르테스와 그의 부하들이 서인도제도를 정복할 때까지 기다려야 했다. 아즈텍의 추장들이 여인을 만나러 갈 때 카카오 음료를 마시는 걸 본 콩키스타도르(스페인 말로 '정복자'라는 뜻)들은 오묘한 맛과 향에다가 사랑의 감정을 불러일으키는 강정제라는 환상까지 더해져 그 음료의 마력에 빠져들었다.

16세기 스페인으로 전해진 카카오는 우울한 사람들을 유쾌하게 해주고 피로 회복과 설사에도 효험이 있는 데다가 입증된 바는 없지만 성적 흥분과의 연관성 때문에 유럽인들을 열광시켰다. 17세기에는 음료가 아닌 판형鈑形으로도 만들어져, 프랑스혁명의 도화선이 된 루이 16세의 왕비 마리 앙투아네트가 초콜릿 담당 요리사를 따로 둘 정도로 사치와 고급 취향의 식품으로 자리 잡아 갔다.

걷잡을 수 없이 늘어나는 카카오의 수요 때문에 유럽의 강대국들은 카카오 재배를 위해 중앙아메리카는 물론이고 남아메리카와 아프리카까지 식민지를 넓혀갔고, 그 결과 설탕과 커피와 더불어 카카오는 오늘날까지 불공정무역이라는 상처로 남아 있다.

브라질의 매력적인 작가 조르지 아마두는 그의 걸작 「죽음을 삼킨 땅」과 「카카오」에서 카카오 농장을 둘러싼 농장주와 일꾼들의 욕망과 추억과 향수와 상실감으로 점철된 이야기를 그려 카카오의 그 맛처럼 달콤하면서도 쌉싸름한 독후감을 남긴다.

프랑스에서는 카카오의 함량이 높은 블랙 초콜릿이, 스위스에서는 밀크를 곁들인 초콜릿이, 영국에서는 캐러멜 향을 섞은 초콜릿이 사람들의 입맛과 환상을 사로잡으면서 장인들의 상상력과 창의력에 의해 무수히 많은 향과 맛의 초콜릿들이 만들어져 왔다. 아몬드나 헤이즐넛 같은 견과류뿐만 아니라 위스키나 코냑, 샴페인, 과일 브랜디 같은 알코올음료까지 어우러진 초콜릿의 변신은 눈부시다. 밸런타인데이의 풍습에서도 보듯이 그 변신의 중심에는 언제나 환상이 있다.

초콜릿을 소재로 한 소설이나 영화들도 환상으로 가득 차 있다. 쥘리에트 비노슈와 조니 뎁이 나오는 영화 〈초콜릿〉은 어느 북풍이 몰아치는 날 폐쇄적이고 보수적인 마을에 한 모녀가 찾아드는 장면으로부터 시작된다. 초콜릿 가게를 차린 비안느(쥘리에트 비노슈 분)는 규범만이 지배하는 금욕적이고 따분하고 우울한 마을 사람들을 그녀가 만드는 갖가지 초콜릿으로 치유해간다.

멕시코의 여류 작가 라우라 에스키벨의 소설 「달콤 쌉싸름한 초콜릿」(그녀의 남편 알폰소 아라우에 의해 영화로도 만들어졌다)은 어두운 숙명과 함께 비밀스런 에로티시즘으로 가득 차 있고, 〈찰리와 초콜릿 공장〉(이 영화에도 조니 뎁이 나온다)은 어린아이의 눈으로 본 세상에 대한 풍자가 가득하다.

영화 〈포레스트 검프〉에서 어머니는 어린 검프에게 말한다.

"인생은 초콜릿 상자와 같단다. 어느 것을 집게 될지는 아무도 모르지."

밸런타인데이. 우리가 맛보게 될 초콜릿은 달콤한 맛일까, 씁싸름한 맛일까?

백 년의 유랑

'작은 중산모와 콧수염, 헐렁한 바지와 꽉 끼는 윗도리, 지나치게 큰 구두와 지팡이, 뒤뚱거리는 걸음걸이' 하면 떠오르는 인물이 있다. 찰리 채플린이다. 「백 년의 고독」「백 년의 욕망」에 이어 채플린 이야기를 쓰게 된 것은 우연히 들른 이웃 도시의 전시장 입구에 쓰인 "우리는 너무 많이 생각하고 너무 적게 느낀다We think too much and feel too little"라는 말 때문이었다. 그 전시장 벽면에는 출처를 밝혀놓지 않았지만 그것은 내가 늘 마음에 두고 스스로를 경계해오던 채플린의 말이었다. 서울 어디선가는 '떠돌이 탄생 100주년 기획전'이 열린다는 소식도 들린다. 채플린이 그 우스꽝스러운 캐릭터를 그 이전에도 간혹 무대 위에서 선보이기는 했지만, 그것이 눈물 나지만 우스꽝스럽고 어리바리해 보이지만 사랑스러운 캐릭터로 우리에게 다가온 것은 1915년, 〈방랑자The Tramp〉라는 제목의 무성영화를 통해서였다.

찰스 스펜서 채플린은 1889년 런던에서 태어났다. 아버지는 술주정뱅이 배우였고 어머니 역시 가난한 삼류 배우였다. 부모의 이혼과 극도의 가난으로 그의 성장기는 아홉 살이 되기 전에 고아원으로 두 번이나 보내지는 등 고난의 연속이었다. 우리의 옛 유랑극단의 배우들이 그랬듯이 그 시절 영국의 배우들도 무대 위에서 춤추고 노래를 해야 했다. 어느 날 후두염을 앓던 그의 어머니가 무대 위에서 목소리가 갈라져 노래를 계속할 수 없게 되자 관중들의 야유와 욕설이 쏟아졌다. 당황한 극장 감독이 어머니를 따라온 다섯 살의 찰리를 무대 위로 밀어 넣었다. 얼떨결에 떼밀려 나온 그의 즉흥적인 연기와 춤, 노래에 관중들이 환호했고 객석에서 던진 동전들이 무대 위에 우박처럼 쏟아졌다. 그날 밤이 찰리 채플린의 첫 무대였고 그의 어머니의 마지막 무대였다.

가난한 떠돌이 배우로 전전하던 그는 열아홉 되던 해 미국 진출로 인생의 전환점을 맞게 된다. 그의 무성영화 첫 출연작은 150달러를 받고 사기꾼 역을 한 〈생계(Making a Living, 1914)〉였다. 이듬해 〈방랑자〉로 그의 이름을 알렸고 그가 1921년 최초의 장편영화 〈키드The Kid〉를 만들었을 때는 편당 백만 달러를 받는 세계에서 가장 유명한 배우가 되어 있었다. 부와 명성을 거머쥐었지만 채플린의 영화에 대한 열정은 지칠 줄 몰랐다. 〈키드〉가 가난한 이들의 고달픈 삶을 통해 자본주의의 어두운 면을 드러낸 슬프고도 아름다운 영화였다면, 〈황금광 시대(The Gold Rush, 1925)〉는 황금을 좇는 인간의 추악한 본성을 웃음으로 풍자한 영화였다.

그의 대표작이라 할 〈모던 타임즈(Modern Times, 1936)〉에서 보여준 대량생산을 위한 기계화 시대의 한가운데에서 소외된 인간의 모습은 80년이 흐른 지금에도 '위대한 작품이란 시대를 뛰어넘어 여전히 유효하다'는 사실을 말해주고 있다. 그가 만든 최초의 유성영화 〈위대한 독재자(The Great Dictator, 1940)〉는 히틀러와 나치즘에 대한 풍자와 조롱으로 가득하다. 히틀러를 닮은 평범한 이발사가 우연히 신분이 뒤바뀌어 히틀러 특유의 제스처로 주먹을 흔들며 연설하는 마지막 장면은 섬뜩하면서도 웃음을 자아내는, 영화사에 길이 남을 명장면이다. 그의 예측대로 히틀러는 폴란드 침공을 시작으로 인류 최대의 비극적인 전쟁을 일으킨다. 히틀러도 낄낄거리며 그 영화를 보았다는 말이 전해지지만 채플린은 히틀러가 가장 저주했던 인물이었다. 디지털 기술의 힘을 빌려 2015년 〈위대한 독재자〉가 재개봉되기도 했다.

그의 영화의 위대성은 '슬프지만 우습고, 우습지만 슬프다'는 데 있다고 할 것이다. 그의 영화의 밑바닥에 깔려 있는 이른바 '페이소스(pathos, 그리스 말의 '파토스', 예술 작품에서 감성에 호소하는 장치를 이르는 말인데 '연민'이나 '비애감'을 뜻하는 말로 많이 쓰인다)'를 읽어내는 것이 중요하다는 말이다. "인생은 멀리서 보면 희극이지만 가까이에서 보면 비극이다". 우리가 채플린의 말로 자주 인용하는 명언이지만 이것은 오류다. 원래 채플린이 한 말은 "Life is a tragedy when seen in close-up, but a comedy in long-shot", 즉 "인생은 가까이에서 보면 비극이지만 멀리서 보면 희극이다"라는 것이다. 이 두 말에는 큰 뉘앙스의 차이가 있다. '희극적 상황이 정작 알고 보니 비극'이 아니라 그 반대, 즉 '비극적 상황이 알고 보니 희극'이더라는 것이다.

부와 명성을 손에 넣었지만 그는 영원한 떠돌이였다. 영국에서의 무명 시절에 만난 첫사랑 헤티 켈리는 그가 미국에 있는 동안 그 당시 유럽을 휩쓸었던 스페인 독감으로 죽어 이루지 못한 사랑으로 끝났고 그는 네 번의 결혼과 수많은 여인들과의 만남과 헤어짐으로 한 여인의 품에 정착하지 못했다. 매카시즘(1950년대 미국을 휩쓴 극단적 반공주의)의 광풍 속에서 FBI의 국장 에드거 후버의 미움을 사 공산주의자로 몰려 미국으로부터 추방당하고 스위스에서 말년을 보내다 쓸쓸히 죽음을 맞는다. 「느릅나무 밑의 욕망」「밤으로의 긴 여로」 등으로 우리에게 알려진 미국 현대연극의 아버지 유진 오닐의 딸 우나 오닐이 그녀 나이 열여덟에 54세의 채플린과 결혼해 그의 마지막을 지켰다. 영화 〈닥터 지바고〉에서 지바고의 헌신적인 비련의 아내 역을 했던 제랄딘 채플린이 두 사람 사이에 난 딸이다.

작은 중산모와 콧수염에 헐렁한 바지와 꽉 끼는 윗도리를 입고 지팡이를 짚은 '방랑자'가 지나치게 큰 구두를 신고 뒤뚱거리며 백 년의 세월을 넘어 우리에게 걸어오고 있다.

흐뭇하여라, 봄꽃 세상

봄이 오는 길목을 노란 어지럼증으로 물들이던 산수유를 시작으로 매화며 개나리, 진달래가 앞서거니 뒤서거니 화르르 피어나더니 지난 주말에는 서천 둑길과 시내 곳곳에 벚꽃이 흐드러져 자욱한 가지들마다 꽃망울들이 퐁퐁 터져 나오고 손을 잡고 걸어가는 젊은이들이나 풍선을 든 아이들, 유모차를 밀고 가는 할머니들의 얼굴에서 행복한 웃음이 팝콘처럼 터지는 한바탕 꿈길을 이루었다. 몇 해 전 이맘때쯤 「봄꽃 열전列傳」이라는 제목으로 두 편의 글을 쓴 적이 있다. 그 글 중 일부를 발췌해 다시 이 지면을 채움을 부디 양해하시라. 몇 번의 봄이 오고 갔지만 봄꽃을 마주하는 심사가 그 설렘이나 흐뭇함에 있어 이 봄도 도무지 다르지 않음이다.

복사꽃은 멀리서 봐야 좋고 배꽃은 가까이에서 보는 게 좋다는 말이 있다. 매화는 반쯤 피었을 때가 제일 예쁘고 벚꽃은 활짝 피었을 때가 가장 화려하다. 이웃 나라 일본 사람들이 거의 맹목적으로 벚꽃을 좋아하게 된 것은 헤이안平安시대(8~12C)부터였을 거라고 한다. “원하노니 봄날 벚꽃나무 아래에서 죽고 싶구나”라는 시로 유명한 사이교西行도 그 시대의 사람이다. 고백하건대 워낙 그들이 ‘사쿠라 혼魂’이라고 할 정도로 난리를 부리는 꽃이라 대놓고 좋아하기가 눈치 보였던 게 사실이지만 그럴 필요까지 없을 것 같다. 봄철 그 섬나라 전체를 흰 물결로 뒤덮는 그 꽃이 제주도에서 건너간 것이라고 하니까.

가지 가득 흰 꽃들을 매달고 있는 그 황홀을 보고 있노라면 가히 만해 한용운의 시, “지난겨울엔 눈이 꽃 같더니 올봄에는 꽃이 눈 같구나昨冬雪如花 今春花如雪”의 경지와 마주하게 된다. 내가 잘 아는 어떤 분의 이야기다. 어느 봄날, 대학 시절에 미팅깨나 해보았다는 그녀가 부모님의 강권으로 처음 맞선이란 걸 보러 나갔는데 외모도 세련되지 못하고 유머 감각도 전혀 없는 상대가 영 맘에 차지 않았다고 한다. 어색한 티타임을 가진 뒤 커피숍을 나와 마지못해 여의도의 유명한 벚꽃 길을 함께 걸었는데 난데없는 바람이 불어와 두 사람의 만남을 축복이라도 하듯 하늘 가득 그 꽃잎들이 눈처럼 쏟아져 내리더란다. 독실한 기독교 신자였던 그녀가 하늘을 흘겨보며 ‘오, 하나님. 이러실 필요까지 없어요. 이 사람은 아니에요’라고 저항해보았지만 몇 달 후 별수 없이 그 사람과 결혼할 수밖에 없었단다. 이유는 단 하나, 그놈의 흐드러진 벚꽃 때문에.

“매화는 한평생 추울지언정 향기를 팔지 않는다梅一生寒不賣香”라는 조선 중기의 문인 신흠의 시는 추운 겨울 끝자락에서도 그 은은한 향기를 자아내는 매화의 의연한 지조를 찬한 것이다. 퇴계 선생도 유난히 매화를 좋아해 "내 전생이 밝은 달이었건만 몇 생애나 더 닦아야 매화에 이를까前身應是明月 幾生修到梅花"라는 시를 짓고 "매화에 물을 주어라"라는 마지막 말을 남기고 숨을 거두었다 한다. 내 친구 K 시인은 진달래꽃 지짐 화전놀이를 가자고 하지만 그 번거로움을 조금은 덜어서 하얀 매화꽃 그늘에 앉아 막걸릿잔에 그 꽃잎 하나씩 얌전히 띄워놓고 후후 불어가며 거나해지는 것도 아쉬운 대로 봄날에나 누릴 수 있는 호사가 아니겠는가? 그 꽃잎 다 져버리기 전에.

죽령고개보다 높고 험하다는 보릿고개를 넘어야 했던 어린 시절, 우리는 참꽃이라고 부르던 진달래꽃을 따 먹으러 뻐꾸기 소리 들리는 산등성이를 오르곤 했는데 그때마다 어머니의 당부를 들어야 했다. 제발 참꽃이 한자리에 오방지게 피어 있는 곳에는 가지 말라는 거였다. 그 꽃 무더기 뒤에는 문둥이들이 아이들의 간을 빼 먹으려 기다리고 있다는 것이었다. 그 시절의 사람들은 한센인에 대한 근거 없는 적개심으로 가득 차 있었고 먼 어느 마을에서 아이들이 사라졌다는 확인되지도 않은 흉흉한 소문들이 떠돌고 있었으므로 '참꽃문둥이'라고 불리던 그 이름은 우리에게는 혐오와 공포의 대상이었다. 훗날, "가도 가도 붉은 황톳길 / (……) / 버드나무 밑에서 지까다비를 벗으면 / 발가락이 또 한 개 없어졌다"는 한센인 시인 한하운의 「전라도 길」을 읽으며 나도 그 시절 그들에 대한 악의적 따

돌림의 공범이었다는 사실이 못내 부끄럽고 가슴 아팠다. 산기슭에 조그만 계집아이들이 분홍 치마를 입고 쪼그리고 앉은 것 같은 그 꽃, 어릴 적 이웃집 순이 같은 그 꽃들이 이 봄에도 뒷산을 붉게 물들이고 있다.

노란 꽃잎으로 들판을 가득 채운다고 해서 '만지금滿地金'이라고도 불리는 민들레들이 올봄에도 어김없이 내 작은 뜰의 잔디 위에 찾아왔다. 뿌리를 땅속 깊이 박고 잎과 꽃으로 땅에 납작 엎드려 피어 있다가 이제 곧 그 노란 꽃이 지고 나면 안테나처럼 꽃대를 곧추 세워 동그란 갓털을 만들어 바람 속으로 훨훨 홀씨들을 날려 보낼 것이다. 불어오는 바람에 실려 어디론가 떠가는 그 홀씨들을 보노라면 '아, 이렇게 한 생애를 기화氣化로 완성하는 삶도 있는 거로구나'라는 경이로움에 사로잡히게 된다. 언제부턴가 그 잎과 뿌리에 무슨 신통한 효험이 있다고 호미를 들고 들판을 누비는 이들이 부쩍 눈에 띈다. 그러나 제발 조금만 더 기다려주시라. 그 꽃들이 홀씨가 되어 멀리멀리 날아가 그들의 영토를 넓힐 때까지만.

봄꽃을 통틀어 가장 우아하다 할 목련이 봄비 속에 지고 있다. 그냥 겉치레만 우아할 뿐, "퉁퉁 부어오르는 영혼의 눈시울"(구상, 「백련」)일 뿐이고 가지에 매달린 흰 눈물일 뿐이던 목련이 양희은의 노래처럼 "슬픈 그대 뒷모습"(〈하얀 목련〉)으로 지고 있다. 봄꽃들은 다 저렇게 져갈 것이다. 프랑스의 시인 자크 프레베르는 세상 모든 꽃들은 이렇게 말하며 져간다고 읊었다. "죽도록 말해주고 싶어요 / 삶은 아름다운 거라고".

예스터데이

퀴즈 하나. 지금도 지구 상 어느 곳에선가는 두 뮤지션의 음악이 끊이지 않고 연주되거나 불리고 있다. 그중 하나는 모차르트다. 다른 하나는 누구일까?

둘. 1962년, 영국의 데카 레코드사의 매니저는 작은 항구도시 리버풀에서 온 네 젊은이의 연주를 들어보고는 "자네들 노래는 마음에 안 들어. 기타 주법도 너무 구식이잖아"라며 무안을 주고 돌려보냈다. 나중에 록의 전설이 된 이 젊은이들은 누구일까?

셋. 두 번째 밀레니엄이 끝나가던 1999년, 영국의 BBC 방송은 지난 천 년 동안의 최고의 작곡가로 베토벤도 모차르트도 아닌 이 록그룹의 한 멤버를 선정했다. 이들은 과연 누구일까?

벌써 눈치채셨으리라. 그렇다. 정답은 '비틀즈Beatles'다.

그리고 최고의 작곡자라는 영예를 안은 이는 바로 폴 매카트니였다. 피아노 앞에 앉아 〈헤이 주드Hey Jude〉를 부르며 2012년 런던올림픽 개막식 피날레를 장식하던, 일흔을 훌쩍 넘긴 그를 떠올리며 비틀즈를 추억한다.

존 레논(보컬, 리듬 기타), 폴 매카트니(보컬, 베이스 기타), 조지 해리슨(보컬, 리드 기타), 링고 스타(보컬, 드럼). 리버풀의 가난한 부두 노동자와 선원의 아들이던 이 별 볼 일 없던 네 젊은이는 '쿼리멘'이라는 그룹을 만들고 음악을 시작했다. 1960년 비틀즈로 이름을 바꾸고 리버풀과 함부르크에서 연주 활동을 했지만 주목받지 못하다가 1963년 그들의 첫 앨범 〈플리즈 플리즈 미Please Please Me〉를 내면서 정식으로 데뷔했다. 첫 번째 곡 〈I Saw Her Standing There(그녀가 거기 서 있는 걸 보았네)〉처럼 로큰롤의 전형적인 비트로 이루어진 수록곡들은 우리가 '비틀즈' 하면 떠올리는 그들의 음악적 정체성(혹은 색깔)과는 거리가 있었지만 대단한 반향을 불러일으켰다. 이어서 발표한 〈I Want to Hold Your Hand(당신 손을 잡고 싶어요)〉로 그들의 색깔을 드러내면서 비틀즈는 단숨에 최고의 자리에 오른다.

1964년 그들이 뉴욕에 상륙했을 때는 그들의 얼굴을 보기 위해 몰려든 사람들로 공항이 마비될 지경이었다. 〈I Want to Hold Your Hand〉가 이미 미국의 빌보드 싱글 차트 1위를 달리고 있었기 때문이다. 그들이 〈에드 설리번 쇼〉에 출연했을 때 미국 인구의 거의 절반인 7500만 명이 시청했다. 미국 신문들은 '영국의 침공British Invasion'이라는 제목의 기사를 내보냈고 《타임》은 링고 스타가 걸어가는 모습 뒤에서 그의 발걸음이 지나간 자리의 잔디를 뜯어 들고 대성

통곡하는 소녀의 사진을 표지에 실었다. '비틀즈 광풍Beatlemania'이라는 신조어까지 만들어졌다. 비틀즈 전설의 서곡이었다.

1970년 그룹이 해체되기까지 7년 동안 그들은 열두 개의 앨범을 내고 16억 장의 레코드가 팔렸으며 스무 곡이 빌보드 차트 1위에 오르는 전무후무한 기록을 세우며 시대의 아이콘이 되었다.

멤버 네 사람 중 한 사람도 악보를 읽지 못해 떠오르는 선율을 기타로 녹음해 수없이 함께 연주하면서 다듬어 곡을 완성했다. 엘비스 프레슬리의 〈하트브레이크 호텔Heartbreake Hotel〉의 영향을 시작으로 밥 딜런의 포크, 에벌리 브라더스의 화음, 척 베리와 버디 홀리의 비트 등 선배 뮤지션들로부터 영향을 받았지만 수많은 실험을 통해 그들만의 음악을 만들어내 그 이후의 모든 음악들에 영향을 주었다. 한 곡의 노래를 만들기 위해 꼬박 열두 시간을 쉬지 않고 연습하면서 그것이 그들의 평범한 일상일 뿐이라고 말했다.

그들의 전설은 땀과 열정뿐만 아니라 거침없고 대담한 실험들로 완성된 것이다. 하프시코드 연주가 동원된 〈비코즈Because〉는 베토벤의 〈월광〉의 코드를 거꾸로 적용해 세 번의 오버랩으로 녹음해 아홉 명의 목소리로 들리게 했다. 폴 매카트니는 잠에서 깨어나 꿈속에서 들은 선율 그대로 노래를 만들고는 누군가 다른 사람에 의해 이미 만들어져 이전에 들었던 곡일지도 모른다고 오랫동안 의심한 뒤에야 자신이 처음 만든 곡이라는 걸 확신하게 되었다고 한다. 대중음악 사상 최초로 현악사중주를 도입해 만든, 20세기 최고의 음악으로 일컬어지는 그 노래가 바로 〈예스터데이Yesterday〉였다.

비틀즈의 음악들은 사회 문화 전반에 두루 영향을 미쳐왔다. 우리나라에서 '상실의 시대'라는 제목으로 번역돼 베스트셀러가 되었던 무라카미 하루키의 소설의 원래 제목은 '노르웨이의 숲'이었다. 역사상 가장 위대한 음반으로 평가받는 비틀즈의 1965년에 나온 〈Rubber Soul(고무로 만든 영혼)〉에 수록된 〈Norwegian Wood〉에서 영감을 받은 소설이었다. 이 노래는 인도의 전통 악기 시타르로 연주한 것으로도 유명하다. 한때 우리나라에 동양학 열풍을 일으켜 유명세를 탄 학자가 텔레비전에 나와 비틀즈의 마지막 앨범에 들어있는 〈렛 잇 비Let It Be〉를 노자에 비유했다. "괜찮아", "까짓것, 그러라지, 뭐"로 번역하는 게 합당한, 어떤 어려움에 처하더라도 우리 귀에 나직이 속삭여주는 위로의 말이 있음을 노래하는 "Let It Be"가 과연 노자의 '무위자연無爲自然'과 무슨 관계가 있을까? 그의 무소불위의 상상력이 놀랍다.

1980년 존 레논이 자신의 집 앞에서 네 군데의 총상을 입고 죽었다. 조지 해리슨은 2001년 암으로 세상을 떠났다. 일흔세 살의 폴 매카트니는 지난해 잠실경기장을 가득 메운 우리나라 팬들 앞에서 〈예스터데이〉를 열창했다. 리버풀의 네 젊은이는 어제 속으로 떠났지만 그들의 노래 〈예스터데이〉는 어제가 아니다. 오늘이다.

노랑, 봄

어느 때부턴가 나의 봄은 프리지아 한 다발을 사는 걸로 시작되었다. 맑고 청아한 향기 때문일 수도 있겠지만 겨우내 잠들어 있던 심장이 깨어나 뛰게 하는 그 꽃의 소스라친 노랑 때문일 것이다. 노랑은 그렇게 새봄의 등장을 알리는 환희의 나팔 소리 같은 것이다. "어느 작은 우체국 앞 계단에 앉아 프리지아 꽃향기를 내게 안겨줄 그런 연인을 만나봤으면" 어쩌고 하는 마로니에의 노래처럼 그 노랑을 누군가에게 주거나 받고 싶은 것, 그게 봄의 마음일지도 모른다.

마음의 봄뿐만 아니라 산하의 봄도 노란 물결로 시작된다. 산수유와 생강나무가 노란 깃발을 들고 앞장서 온다. 개화 시기가 같고 노랗게 몽글몽글 피어나는 모양새가 비슷해 그 두 꽃을 구별하지 못하는 사람들이 많지만 나무껍질이 매끈하고 좁쌀같이 작은 꽃들이 다닥다닥 피어난 밀도가 높은 것이 생강나무, 거칠고 투박한 껍질에 꽃망울이 성글게 핀 것은 산수유, 그렇게 구별하면 어렵지 않다.

그러나 그 꽃들은 그냥 선발대일 뿐이고 길섶이나 울타리 근처나 산비탈 할 것 없이 우리 산하 전체를 노랗게 물들이는 개나리야말로 봄의 점령군이다. 'Forsythia Koreana'라는 그 꽃의 학명에서도 보듯이 개나리는 정겨운 우리 토박이꽃으로, 우리 민족과 애환을 같이해왔다.

> 나리 나리 개나리 입에 따다 물고요 병아리 떼 종종종 봄나들이 갑니다

1920년대에 나온 이 〈봄나들이〉 동요에서 개나리는 '개나으리', 즉 왜놈 순사를 의미하고 병아리는 힘없는 우리 백성을 말하는 거라는 얘기도 있지만 여기서는 개나리와 병아리의 노랑에만 집중하자. 노랑은 새봄의 색깔이다. 봄 말고 어느 계절 이름에 '새'라는 말이 붙던가? 그러므로 노랑은 희망과 위안의 색이다.

어떤 시인은 산수유꽃을 보고서는 "노란 좁쌀 다섯 되 무게의 그늘"이라고 읊었다. 길고 배고팠던 봄날의 한낮에 대한 시인의 기억이 그 '노란 좁쌀 다섯 되'에 투영되어 있는 것은 아닐까? 좁쌀 한 됫박에도 애면글면하던 보릿고개, 그 시절의 봄날은 길었다.

송홧가루 날리는 / 외딴 봉우리 // 윤사월 해 길다 / 꾀꼬리 울면 // 산지기 외딴집 / 눈먼 처녀사 // 문설주에 귀 대이고 / 엿듣고 있다(박목월의 시 「윤사월」 전문)

중학교 국어책에서 이 시를 읽었을 때 아련히 밀려든 것은 외로움이 아니라 배고픔이었을지도 모른다. 물로만 배를 채우고 학교를 파하고 돌아오는 신작로에서, 칡뿌리를 캐러 오르던 산길에서 하늘이 노래져 쓰러지던 동무들이 있었다. 노란 현기증. 그렇게 노랑은 희망과 위안과는 동떨어진 모순의 색깔이기도 했다.

태양과 황금을 의미하는 노랑은 부와 권력을 상징했다. 그리스의 태양의 신 헬리오스는 황금마차를 타고 하늘을 가로질렀고 이집트의 파라오들은 황금기둥의 궁전에서 살았고 우리나라와 중국의 왕들도 황금빛 곤룡포를 입었다.

그러나 노랑은 멸시받는 자들의 색깔이기도 했다. 15, 6세기의 라이프치히 법에 의해 창녀들은 노란 망토를 걸쳐야 했고 이탈리아와 함부르크의 창녀들은 노란 머리 수건을 써야 했다. 나라 없이 떠돌며 멸시받던 유럽의 유대인들은 모자에 노란 표식을 해야 했고 히틀러는 그들의 가슴에 노란 '다윗의 별'을 달게 해 아우슈비츠의 가스실로 데리고 갔다. 그들에게 노랑은 숨을 수 없는 색깔이었다. 노랑은 가시광선 중에서 빨강 다음으로 눈에 잘 띄는 색이기 때문이다. 자동차의 헤드라이트가 노란색인 것도, 절대로 넘어가서는 안 되는 도로의 추월 금지선이 노란색인 것도 같은 이유에서다.

노랑은 권위와 신뢰의 색이기도 해서 불경도 노란 종이에 썼었고 부적의 붉은 그림조차 노란색 바탕 위에 그리지만, 거의 대부분 유언비어들로 채워지는 노란 신문yellow paper은 권위와 신뢰 같은 것과는 거리가 멀다. 앞에서 말했듯 노랑은 권력을 의미하는 것이지만 중국 후한 말에 왕권에 도전해 난을 일으킨 황건적黃巾賊은 노란 두건을 썼고 한 생애 동안 끊임없이 기득권과 맞선 노무현의 지지자들도 노란 풍선을 들었다. 이만하면 노랑이야말로 극명한 모순의 색깔이 아닌가?

노란색의 화가 빈센트 반 고흐. 네덜란드에서 파리로, 파리에서 아를로, 서른일곱 해의 짧았던 그의 여정은 태양으로 더 가까이 다가가는 것이었다. 그의 유일하고 변함없는 우군이요, 동지였던 동생 테오에게 "인생의 고통은 살아 있다는 그 자체"라는 편지를 남기고 '까마귀가 나는 밀밭'(그의 그림 제목이기도 하다)에서 리볼버 권총으로 생을 마감한 그는 수많은 해바라기 그림들을 남겼다. 그가 그린 해바라기의 노랑은 그에게 어떤 의미였을까? 열정이었을까, 고통이었을까? 아니면 그의 노랑은 단순한 광기의 산물이었을까?

〈봄나들이〉와 거의 같은 시대에 나온 동요 〈꼬까신〉이다.

> 개나리 노란 꽃그늘 아래 / 가지런히 놓여 있는 꼬까신 하나 / 아기는 사알짝 신 벗어놓고 / 맨발로 한들한들 나들이 갔나 / 가지런히 놓여 있는 꼬까신 하나

병아리도 개나리 입에 따다 물고 봄나들이 가고 아기도 꼬까신 벗어놓고 봄나들이 가는데, 이번 주말에는 만사 제쳐두고 노란 봄 물결 속으로 나서봐야겠다.

복사꽃 피고, 복사꽃 지고

봄 햇살이 환장하게 아롱거리는 날이어도 좋고, 춘곤春困이 낮잠처럼 밀려드는 날이어도 좋다. 순이네 울타리 너머로 분홍도 붉음도 아니게 뭉게구름같이 흐벅지게 피어오른 복사꽃 무리를 본 적이 있는가? 춘곤의 노곤함이 한순간에 춘정春情의 어지럼으로 바뀌어 버리는 순간과 마주한 적이 있는가? 온전히 넋을 가누기 힘든 통정通情의 순간이다. 어떤 시인은 그걸 그리움이라 부른다.

삐뚜로만 피었다가 지는 그리움을 만난 적 있으신가 백금白金의 물소리와 청금靑金의 새소리가 맡기고 간 자리 연분홍의 떼가, 저렇게 세살장지 미닫이문에 여닫이창까지 옻칠경대 빼닫이서랍까지 죄다 열어젖혀 버린 그리움을 만난 적 있으신가(오태환의 시 「복사꽃, 천지간의 우수리」 중에서)

훈련소 시절, 조교들의 욕설을 들으며 진흙탕을 뒹굴다가 쉬는 시간이면 매운 화랑 담배 연기 속에 눈물을 찔끔거리곤 했던 것은 순전히 철조망 너머 복사꽃이 너무 붉었기 때문이었다. 조교들이 낮은포복, 높은포복으로 흙투성이가 된 훈련병들을 울리기란 손바닥 뒤집듯 쉬웠다. 〈고향의 봄〉을 부르게만 하면 되었다. "나의 살던 고향은 꽃 피는 산골"로 시작할 때부터 여기저기서 훌쩍거리다가 "복숭아꽃 살구꽃 아기 진달래"를 부를 즈음에는 울음바다가 되곤 했던 것이다. 최무룡의 노래 "복사꽃 능금꽃이 피는 내 고향(〈외나무다리〉)"에서도 보듯 그리운 고향은 언제나 복사꽃 피는 마을이었다. 예로부터 도화동桃花洞이라는 동네 이름이 많은 것도 그런 연유에서이리라.

몇 해 전, 우리 지역 순흥에서 있었던 정축지변의 아픈 역사를 소재로 한 세미 뮤지컬 〈연꽃 만나러 가는 바람같이〉를 무대에 올렸을 때 나는 역사의 순간들 앞에 선 사람들의 포즈에 대해 이야기하고 싶었다. 세종의 여섯째 아들 금성은 겨누는 칼의 방향만 달랐을 뿐 그의 형 수양과 다를 바 없이 권력 지향적인 인물이었지만 안평은 이상향을 꿈꾸던 예인藝人이었다. 그의 대사 한 꼭지를 그대로 옮겨본다.

"내가 말이오. 꿈속에서 박팽년과 함께 말을 달리고 있었는데 세勢가 좋은 산들이 첩첩이고 명경 같은 계간수가 도도히 흘러 가히 세외世外에나 있을 법한 절경이지 않겠소. 그 꿈 같은 경치에 취해 한참을 달리다 보니 어디선가 정신을 혼미하게 하는 복사꽃 향기가 풍겨오지 뭐요. 그때 마침 물 위에 배를 띄워놓고 낚시를 하고 있는 방갓 쓴 노인이 손가락을 가리키기에 보니 수천 그루의 복숭아나무에 붉은 꽃이 만발하여 불붙는 듯해 그 향기에 넋이 나갈 지경이었다오. '오호라, 도연명이 말한 무릉도원武陵桃源이 바로 예로구나' 하고 한참이나 넋을 놓고 보고 있다가 꿈에서 깨고 말았지 뭐요. 이 세상에 그런 데가 있을 리도 없고, 내 다시 꿈속에라도 가볼 수 있을 것 같지 않으니……. 그림으로라도 두고두고 볼 욕심으로 안견에게 그리게 했다오."

그렇게 해서 탄생하게 된 조선 최고의 그림이 '꿈속에 복사꽃 사이를 거닐다', 즉 〈몽유도원도夢遊桃源圖〉였다. 그 희대의 걸작을 남긴 안견은 그 후 안평이 아끼던 벼루를 일부러 훔쳐 쫓겨남을 자초해 수양의 칼을 피해 구차한 목숨을 이었고 그 그림은 일본 덴리대학의 도서관에 소장된 채로 돌아오지 못하고 있다. 안평이 그토록 가보고 싶어 했던 복사꽃 피어나는 무릉도원은 유토피아(그리스 말로 '아무 데도 없는 곳'이라는 뜻)처럼 이 세상에는 존재하지 않는 곳인가?

근대의 민족사학자 문일평 선생은 살구꽃이 요부妖婦라면 복사꽃은 염부艶婦의 자태라고 했지만 복사꽃이야말로 요妖와 염艶을 두루 갖춘 요염한 여인의 상징이다. 『삼국유사』에서 신라의 진지왕이 그 남편을 죽이면서까지 차지하고 싶어 했던 여인의 이름도 복사꽃, 도화桃花였다. 도화살桃花煞이란 색기가 넘쳐 불행을 불러오는 운명을 뜻하지만 대중의 사랑을 먹고 사는 연예인들은 그런 기운을 타고나야 인기를 얻을 수 있다고 하니 꼭 저주스러운 것만도 아닌 듯하다.

그 열매인 복숭아도 그 빛깔과 모양새로, '수밀도水蜜桃'라는 이름으로 춘정을 불러일으키기는 마찬가지다. 1923년, 23세이던 청년 이상화는 불온하게도 이런 시를 쓰고 있다.

마돈나 (……) 아, 너도 먼동이 트기 전으로, 수밀도의 네 가슴에 이슬이 맺도록 달려오너라(이상화의 시 「나의 침실로」 중에서)

'복숭아 도桃'는 '나무 목木'과 '점괘 조兆'가 합해진 것이어서 귀신을 쫓는다는 속설이 전해져 온다. 제사상에 복숭아를 올리지 않는 것도 그 때문이요, 무당들이 동쪽으로 난 복숭아나무 가지로 귀신 들린 사람을 때리는 것도 그런 연유에서다.

조선의 문인 이행원이 봄비에 젖은 복사꽃을 보며 읊고 있다.

묻노니, 복사꽃이여 / 가랑비 속에서 왜 우느냐爲問桃花泣 如何細雨中

조선 후기의 가객歌客 안민영의 화답이 이러하다.

도화는 무슨 일로 홍장紅粧을 지어 서서 / 동풍세우東風細雨에 눈물을 머금었노 / 삼춘三春이 쉬운가 하여 그를 슬퍼하노라

주말쯤에 봄비가 내린단다. 복사꽃 비바람에 날려 떨어지고 누군가는 또 봄날의 덧없음을 서러워하며 이별을 준비할 것이다.

도둑들

2013년 대도大盜라고 불리던 조세형이 강남의 고급 아파트를 털다가 덜미를 잡혔다. 70년대 말과 80년대 초에 걸쳐 부잣집들만 골라서 털었다는 그의 장물들 가운데서 우리는 말로만 듣던 '물방울 다이아몬드'를 신문이나 방송을 통해 구경해보는 호사를 누리기도 했었다. 잠입, 탈출, 도피, 은닉 등에서 신출귀몰했음은 물론이고 절대로 사람을 해치지는 않고 가난한 서민들의 물건에는 손을 대지 않으며 훔친 것들 중 일부를 가난한 사람들에게 나눠주는 등 의적 흉내까지 내기도 했던 그는 대도라고 불리며 대중들 사이에 화제의 중심이 되었던 인물이다. 15년간의 수감 생활을 마치고 1998년에 출감한 뒤 개과천선을 한 듯하더니 또다시 일을 벌이고 말았다. 일흔여섯이라는 나이 탓인지 그답지 않게 엉성하기 짝이 없는 절도 행각을 하다 현장에서 잡혀버린 것이다.

도둑질은 인류의 오래된 직업 중의 하나다. 인간의 탐욕이 존재하는 곳에는 언제나 도둑들이 있었다. 2천여 년 전 중국의 역사가 사마천이 쓴『사기열전史記列傳』에도 주가, 섭정 등의 도둑들이 등장하고「수호지」의 양산박은 도둑들의 소굴이었다. 우리나라에도 의적이라는 이름으로 홍길동이나 장길산, 임꺽정 등 도둑들의 행적이 소설이나 이야기로 전해진다. 중국 고대의 이야기 속에서는 '대들보 위의 군자'라는 뜻으로 '양상군자梁上君子'라는 점잖은 이름으로 불리기도 했고 우리나라에서는 반갑지 않은 '밤손님'이라고 부르기도 한다.

영국의 중세부터 전해지는 발라드(이야기체의 짤막한 민요)에는 로빈 후드라는 매력적인 의적이 등장한다. 활을 귀신처럼 쏘는 그가 뜻을 같이하는 친구들과 함께, 폭정을 일삼는 관리들의 재물을 빼앗아 가난한 사람들에게 나누어주는 이야기는 여자와 빈자貧者와 천민들에게 공손히 해야 한다는 그들의 신조와 더불어 오랜 세월 민중들의 환호를 받아왔다. 어린 시절 몇 번이나 읽은 로빈 후드의 이야기는 번번이 나를 '로맨틱하면서도 완력이 있는 멋진 사내'의 환상에 사로잡히게 하곤 했다. 비록 도둑이지만 약자의 친구라는 것은 얼마나 매력적인가?

그러나 어린 시절 내 환상을 가장 사로잡은 도둑의 이름은 아르센 루팡(뤼팽으로 발음하는 것이 더 가까울 듯하지만 그냥 귀에 익은 대로 루팡이라고 부르자)이었다. 희미하게나마 초록색 표지였던 걸로 기억되는 프랑스 작가 모리스 르블랑의 추리소설「기암성奇巖城」에 등장하는 도둑 아르센 루팡은 동에 번쩍 서에 번쩍하는 홍길동처럼 도둑 최고의 미덕이라 할 신출귀몰 그 자체였다. 귀신같이 나타났다가 귀신처럼 사라진다는 말이다. 흔적을 남기지 않는, 안개와도 같고 그림자와도 같은 그 도둑은 코난 도일 소설의 주인공 홈즈까지 끌어들여 쫓고 쫓기는 숨 막히는 추격전을 벌이며 어린 시절의 내 환상을 사로잡았다.

〈뮤지컬 정도전〉의 도적들이 삼각산에 초막을 지은 정도전을 으르는 장면에 나오는 대사다.

"우리 도둑들에게도 오륜五倫이 있나니, 자, 들어보거라. 제일 먼저 뛰어드는 것은 용勇(용기)이요, 맨 나중에 나오는 것은 의義(의리), 훔친 물건을 공평하게 나누는 것은 어질 인 자 인仁, 도둑끼리는 서로 빼앗지 않으니 믿을 신信이요, 센 놈을 만나면 잽싸게 달아나는 것이 지智(지혜)이니라."

도둑들의 미덕인 셈이다.

최동훈 감독의 영화 〈도둑들〉이 천만 관객을 훌쩍 뛰어넘어 최고의 흥행 기록을 세웠다. 이 영화는 이른바 '하이스트(heist, 강탈) 무비'에 속한다. 떼도둑들이 등장해 치밀한 작전을 세워 은행을 턴다거나 귀중품이나 예술 작품들을 훔치는 영화를 일컫는 말이다. 하이스트 무비의 계보를 빛낸 〈스팅〉 〈오션스 일레븐〉 〈뱅크 잡〉 〈이탈리안 잡〉 같은 작품들에 비하면 그 얼개나 스토리가 조잡한 수준이었건만 아마도 김윤석, 김혜수, 이정재, 전지현, 김해숙 등의 쟁쟁한 배우들이 발산하는 매력 덕택에 예상 이상의 흥행을 거둔 듯

하다. 도둑이라는 캐릭터는 언제나 그렇게 매력적인 것이다.

대도라는 이름이 무색하게 되어버린 조세형은 체포되자 가난한 사람들을 돕고 그들에게 전도를 하기 위한 사무실을 임대할 돈 3천만 원이 필요해서 범행을 했노라는 옹색한 변명을 늘어놓았다고 한다. “성경책을 읽기 위해 초를 훔쳤다. 이것은 옳은 일인가, 비난받아야 할 일인가?”라는 질문은 “목적이 수단을 정당화할 수 있는가?”라는 인류의 오랜 논쟁에 등장해온 질문이었다.

몇 해 전 대선이 한창 뜨거울 때 TV 대담 프로그램에 나온 어떤 국회의원이 이 익숙한 질문을 인용했다. 무지한 앵커가 정말 기발한 말이라고 찬사를 보내며 그 말이 당신이 만들어낸 말이냐고 묻자 그 뻔뻔한 국회의원은 저작권이 자신에게 있노라며 으스댔다. 무지함과 뻔뻔함이 도둑의 세상을 만드는 것인가?

내가 그의 이름을 불러주었을 때

2015년부터 출생신고를 할 때 이름에 쓸 수 있는 한자가 5761자에서 8142자로 대폭 늘어났다. 그동안은 한자 이름이건만 한자로 이름을 신고할 수 없었던 사람들이 있었다. 그 이름에 행정 편의상 법적으로 허용되지 않는 한자가 있었기 때문이다. 예를 들어 〈금강전도〉와 〈인왕제색도〉로 유명한 조선 중후기의 화가 겸재 정선이 20세기에 태어났더라면 그의 이름 鄭敾의 '기울 선敾' 자를 호적에 등재할 수 없었을 것이다. 이제 그게 가능해지게 되었다. '달빛 교晈', '글 읽는 소리 오唔' 등 2381자가 추가로 허용되었기 때문이다.

조선시대 왕들의 이름은 그와는 다른 이유로 백성들의 이름으로 쓰일 수 없었다. 왕의 권위와 위엄을 훼손한다는 이유에서였다. 대개의 조선 임금들의 이름이 외자였던 것은 민간이 사용할 수 없는 한자의 수를 줄여주자는 배려에서였다. 세종 임금의 이름 이도, 영조의 이름 이금, 정조의 이름 이산 등이 그랬다. 오늘날의 북쪽 백성들이 김일성이나 정일, 정은의 이름을 사용할 없는 것처럼 절대 왕조시대의 한 단면을 보여주고 있다.

우리가 어린 시절 처음 배운 글자는 자신의 이름이었다. 사람이 태어나서 최초로 온전히 자신만의 것으로 갖게 되는 것이 이름이다. 이름은 한 인간의 정체성과 직결된다. '신분증'을 의미하는 영어의 'ID'는 'identification'을 줄인 것이고 '정체성'이라는 의미의 '아이덴티티identity'를 이르는 것이다. 한 인간의 생애는 출생신고서에 이름을 올렸다가 사망신고로 그 이름을 지우는 데서 끝난다. 묘하게 매력적인 미소를 지닌 여배우 오드리 토투의 영화 〈아멜리에〉는 장례식을 다녀온 한 노인이 자신의 수첩에서 친구의 이름을 지우는 장면으로부터 시작된다. 그렇게 누군가에 의해 그 이름이 지워지는 것으로 한 존재가 사라지는 것이다.

여러 해 전 도올이라는 이가 텔레비전에 나와 노자의 『도덕경』을 강의하면서 동양학 열풍을 몰고 온 적이 있었다. 그는 『도덕경』의 첫 구절 "도가도 비상도道可道 非常道"를 두고 "도를 도라고 부르면 이미 도가 아니다"라는 요령부득의 사자후를 토해 구구한 논란들을 일으킨 바 있다. 애써 폼 잡을 필요 없다. 비루한 내 문자 속으로도 "길을 길이라고 할 수는 있으되 늘 길인 것만은 아니다"쯤으로 이해하면 되는 게 아닌가 싶다. 그 구절은 "명가명 비상명名可名 非常名"으로 이어진다. 노자의 무위자연無爲自然을 두고 보더라도 사람이 만들어낸 이름은 자연의 이름이 아니라는 뜻일 것이다.

셰익스피어는 로미오와 만나 첫눈에 사랑에 빠진 줄리엣의 독백을 통해 이름이라는 것의 속절없음을 갈파하고 있다. 줄리엣은 로미오가 자기 집안의 원수인 몬터규가家의 이름을 가졌다는 사실을 알고 탄식한다.

"오, 로미오, 당신은 왜 로미오인가요? 장미는 다른 이름으로 불려도 그 향기는 여전히 같은 것을!"

그러나 우리 생애의 시간들은 이름이라는 것을 통해 존재한다. 이 대목에서는 김춘수의 시 「꽃」이 필요하다.

> 내가 그의 이름을 불러주기 전에는 / 그는 다만 / 하나의 몸짓에 지나지 않았다 / 내가 그의 이름을 불러주었을 때 / 그는 나에게로 와서 / 꽃이 되었다 // 내가 그의 이름을 불러준 것처럼 / 나의 이 빛깔과 향기에 알맞은 / 누가 나의 이름을 불러다오 / 그에게로 가서 나도 / 그의 꽃이 되고 싶다 // 우리들은 모두 / 무엇이 되고 싶다 / 너는 나에게 나는 너에게 / 잊혀지지 않는 하나의 눈짓이 되고 싶다

시인은 이름을 통한 '관계'와 이름으로 인한 '기억의 지속성'을 이야기하고 있다.

김소월은 그의 시 「초혼招魂」을 통해 죽어 떠나간 그리운 이의 이름을 불러 그 혼백까지 불러낸다.

> 산산이 부서진 이름이여! / 허공중에 헤어진 이름이여! / 불러도 주인

없는 이름이여! / 부르다가 내가 죽을 이름이여!

저승과 이승을 이어주는 것, 여기 서 있는 나와 저기로 흘러간 너를 이어주는 것, 이름이다.

이름名이 같은 음을 가진 명命(운명)과 가를 수 없는 관계에 있다고 사람들은 믿는다. 그래서 태어난 아이에게 지어지는 이름에는 부모의 희원希願이 들어 있다. 홍역이나 학질 같은 질병으로 유아사망률이 높던 시절에는 '똥개'나 '돼지' 같은 아명이 많았다. 이름이 천해야 삼신할미가 데려가지 않는다는 속설 때문이었다. '붙들이'라는 이름에는 이번 아이만은 놓치지 않고 꼭 붙들겠다는 부모의 애타는 심정이 들어 있다. 여자아이들에게 '끝순이', '말순末順이', '필녀畢女'라는 이름이 흔했던 것도 아들을 바라는 부모의 간절한 마음 때문이었다.

어릴 때부터 나는 내 이름이 부끄러웠다. '훈'이나 '준'처럼 만화의 주인공 같은 멋진 이름이 아니라 촌스러운 '봉'이라는 이름을 지어준 아버지를 원망하면서도 그 이름에 얹혀 한 갑자를 살았다. 아버지는 높이 나는 봉황이 되라고 지으신 이름이었겠지만 돌아보면 게으르고 살뜰하지 못해 '봉이나 잡히며' 살아온 것은 아닌지, 오래전 세상을 뜬 아버지께 죄스럽기도 하다.

"호랑이는 죽어서 가죽을 남기고 사람은 죽어서 이름을 남긴다"라는 말이 있다. 명예욕은 인간이 가장 벗어나기 힘든 굴레다. 명예를 가볍게 여기라고 책에 쓰는 사람도 자신의 이름을 그 책 표지에

박는다. 사람들은 자신의 이름을 돌에 새겨 남기고 싶어 한다. 그러나 자신의 이름을 물 위에 써 흘려보내고 싶어 한 사람도 있다. 영국의 시인 존 키츠의 묘비명이다.

"그 이름을 물 위에 쓴 자, 여기 잠들다."

피카소

뉴욕에서 열린 크리스티 미술품 경매에서 피카소의 유화 작품 〈알제의 여인들〉이 우리 돈 1968억 원이라는 사상 최고의 경매가로 익명의 구매자에게 낙찰되었다. 2004년 그의 장밋빛시대 작품인 〈파이프를 든 소년〉이 처음으로 천억 원의 경매가를 기록한 후 프랜시스 베이컨("아는 것이 힘이다"라는 말로 우리에게 잘 알려진 16세기 영국의 철학자가 아니라 아일랜드 출신의 20세기 화가이다)의 〈루치안 프로이트에 대한 세 개의 습작〉(1528억 원)에 잠시 내주었던 1위 자리를 되찾은 것이다. 외신들은 '왕의 귀환'이라는 제목으로 그의 건재함을 알리고 있다.

이제껏 세계 미술품 경매시장에 나온 가장 값비싼 열 개의 작품 중 네 점이 그의 그림이다. "피카소 같다", "지가 무슨 피카소라고". 우리가 흔히 쓰거나 들어온 말이다. 이렇듯 그의 이름을 빼고는 현대미술을 설명할 수 없는, 20세기를 대표하는 화가가 바로 파블로 피카소다. 그는 1881년 스페인 말라가에서 소묘를 가르치는 미술 교사를 아버지로 하여 태어났다.

"나는 여덟 살에 이미 라파엘로만큼 그렸다."

말보다 연필 잡는 법을 먼저 배워 어린 시절부터 그림에 뛰어난 천재성을 보였던 그가 한 말이다. 열아홉 살에 첫 개인전을 열었지만 열다섯 살에 그린 데생과 유화들은 이미 그가 대가의 경지에 이르렀음을 보여준다.

새로운 세기를 눈앞에 둔 1900년 그는 오랫동안 동경해왔던 파리로 향한다. 그의 나이 열아홉이었다. 낯선 도시에서의 궁핍하고 외로운 생활 속에서도 폴 세잔을 비롯해 마티스, 르누아르, 고갱 등 인상파 화가들의 그림을 보면서 창작욕을 불태웠다. 그가 파리에 와서 사귄 친구 카를로스는 아름다운 처녀 제르맨을 사랑했다. 성 불구였던 그가 끝내 사랑을 이루지 못하고 실연의 아픔으로 권총 자살을 한 후 우울증에 빠진 스무 살의 청년 피카소는 카를로스와 제르맨을 그린 〈인생〉 〈포옹〉을 시작으로 매춘부, 장님, 알코올중독자, 거지 등 뒷골목 사람들을 푸른색으로 그렸다. 후세의 비평가들은 이 시기를 '피카소의 청색시대(1901-1904)'로 명명했다. 그의 생애 중 거의 유일하게 우울했던 시기였다.

우울하고 고독한 데다가 괴팍하기까지 했던 그의 청춘을 바꿔놓은 사건이 일어났다. 그에게 뮤즈가 나타난 것이다. 오늘날의 '음악music'이라든가 '미술관museum'을 뜻하는 말의 어원이기도 한, 그리스신화에서 학문과 예술의 여신의 이름인 '뮤즈Muse'는 "시인이나 예술가에게 영감을 주는 여인"이라는 의미로도 쓰이고 있다. 아흔한 살의 나이로 죽기까지 그는 평생 수많은 여인들과 만남과 헤어짐을 거듭하지만 페르낭드 올리비에는 그가 거의 유일하게 순수한 사랑을 바친 여인이었다. 어린 나이에 두 차례의 불행한 결혼을 겪은 그녀는 파리로 도망쳐 와 화가들의 모델 일을 하다가 피카소와 만난다. 열정에 빠진 피카소의 간절한 소원으로 그녀는 다른 화가들의 모델 일은 접고 피카소에게만 헌신한다. 그의 캔버스에 붉은색과 분홍색이 나타나기 시작한 것이 이 무렵부터였다. 이른바 '피카소의 장밋빛시대(1904–1906)'가 시작된 것이다. 그림들이 팔려 나가면서 그는 부와 명성과 여인들에게 둘러싸였다. 피카소의 무관심 속에 페르낭드는 그를 떠났다.

여기에서 끝났더라면 우리는 오늘날과 같이 피카소의 이름을 기억하고 있지는 않을 것이다. 그의 생애에서 가장 의미 있는 작품 하나를 고르라면 단연 〈아비뇽의 처녀들〉일 것이다. 가면 같은 얼굴과 심하게 왜곡한 여인들의 몸으로 아름다움에 대한 전통적 규범을 거부한 이 작품으로 그는 '입체파cubism의 창시자'라는 불멸의 이름을 얻었다. 원래의 제목이 〈아비뇽의 매춘부들〉이었던 이 그림을 발표했을 때 그는 많은 사람들의 경악과 조롱과 비난에 맞서야 했지만 형태와 원근법을 무시한 작품들을 속속 내놓았다. 정면에서 바라본 코와 측면에서 본 코를 동시에 표현한다든가, 짝짝이 눈이나 젖가슴을 그려 넣는다든가 하는, 평면 위에 입체의 여러 특성을 표현하려는 그의 시도로 '입체파'라는 새로운 유파가 만들어지고 그것은 현대미술의 시발점이 되었다.

피카소가 남긴 만여 점에 이르는 스케치와 유화 작품들 중 가장 유명한 것은 아마도 〈게르니카〉일 것이다. 1936년 스페인에 새로 들어선 공화국에 쿠데타가 일어나 공화파와 왕당파의 싸움이 시작되었다. 헤밍웨이의 소설 「누구를 위하여 종은 울리나」의 배경으로도 잘 알려진, 3년에 걸쳐 계속된 스페인내전內戰이었다. 스페인의 바스크 지방의 작은 마을 게르니카에 나치의 콘도르비행단이 무차별 폭격을 가해 1500여 명의 민간인들이 목숨을 잃는 사건을 접하고 분노한 피카소가 세로 3.5m, 가로 7.8m 크기의 거대한 캔버스에 벽화 형태로 그린 흑백의 이 작품은 전쟁의 공포와 야만성을 잘 드러내 준다. 피를 흘리며 쓰러진 사람, 울부짖는 말, 두 팔을 들고 하늘을 향해 절규하는 사람, 죽은 아이를 안고 울고 있는 여인 등의 군상들이 우리를 압도하는 이 그림은 그의 유언에 따라 독재자 프랑코가 죽고 스페인이 민주화된 후(1981년)에야 그의 조국 스페인으로 돌아갈 수 있었다.

〈알제의 여인들〉에는 네 사람의 여인이 등장한다. 2015년 10월 김환기의 그림이 기록을 갈아치우기 전까지 우리나라 미술품 경매 사상 최고의 가격은 2007년 서울옥션에서 45억 2천만 원에 낙찰된 박수근의 〈빨래터〉였다. 여섯 명의 여인들이 빨래터에 앉아 있는 그림이다. 이번 크리스티 경매를 지켜보면서 '빨래터의 여인들이 알제의 여인들보다 머릿수로도 둘이 더 많은데……'라는 객쩍은 비교와 함께 어떤 작품의 가치를 결정하는 것은 작품성이 아니라 시장성이라는 생각이 들어 씁쓸하기도 했다.

희망가

일제강점기, 3·1만세운동이 실패로 끝난 뒤 어둡고 막막한 절망이 한반도를 뒤덮었다. 그때 기댈 곳 없던 민중들 사이로 퍼져나가기 시작한 노래가 있었다. 〈희망가〉였다. 외국 곡을 번안해 〈희망가〉 또는 〈청년경계가〉라는 제목으로 불리던 이 노래는 몇 년 뒤 정식 음악 수업을 받은 우리나라 최초의 대중가요 가수 채규엽에 의해 레코드로 만들어졌다. 옛날 영화배우 황해의 매제이자 가수 전영록의 고모부였던 채규엽은 일제 말기의 적극적인 친일 활동과 뒤이은 월북으로 우리 기억 속에 잊히고 그 노래만 남았다.

이 풍진세상을 만났으니 너의 희망이 무엇이냐 / 부귀와 영화를 누렸으니 희망이 족할까 / 푸른 하늘 밝은 달 아래 곰곰이 생각하니 / 세상만사가 춘몽 중에 또다시 꿈같도다 // 이 풍진세상을 만났으니 너의 희망이 무엇이냐 / 부귀와 영화를 누렸으니 희망이 족할까 / 담소화락에 엄벙덤벙 주색잡기에 침몰하니 / 세상만사를 잊었으면 희망이 족할까

일제의 수탈과 강압에 의해 빼앗기고 찢긴 조선의 백성들에게 살아간다는 것은 얼마나 풍진 속이었을까? 그들에게 희망이란 얼마나 아득한 바람과 먼지 속 풍경이었을까? 손을 뻗어봐도 소리를 질러봐도 아무것도 잡히지 않고 들리지 않는 허무한 꿈같은 세상에서 부귀영화나 주색잡기로도 채워지지 않고, 잊어버린다고 사라지지 않던 희망이란 그들에게 무엇이었을까?

그리스신화에 등장하는 판도라는 최초의 여성이었다. 신들은 흙으로 빚어 그녀를 만들고 그녀에게 온갖 선물을 주었다. 아테나는 화려한 옷을 짜서 그녀에게 주었고, 아프로디테는 여인으로서의 교태와 감성과 나른한 슬픔을 주었으며, 헤르메스는 염치없는 마음씨와 영리함과 호기심을 보태주었다. “모든 선물을 받은 여인”이라는 뜻의 ‘판도라’라는 이름을 얻게 된 그녀에게 절대로 열어봐서는 안 된다는 당부와 함께 상자 하나가 마지막 선물로 주어졌다. 구약성서에 등장하는 최초의 여인 이브처럼 호기심을 이기지 못한 그녀가 상자를 열었을 때 악惡과 화禍를 부르는 세상의 모든 것이 상자 밖으로 나왔다. 깜짝 놀란 그녀가 상자를 닫았을 때 상자에 남아 있던 것은 제일 밑바닥에 깔려 있던 희망뿐이었다.

판도라가 상자를 연 뒤로 세상은 고통과 슬픔과 절망으로 가득하게 되었지만 언제나 희망만은 남아 있게 되었다는 것이다. 그렇게

언제나 존재하고, 마지막 순간까지 놓아서는 안 되는, 희망이라는 것은 무엇일까? 아이돌 스타의 브로마이드 사진들만 빼곡한 요즘 아이들의 방과는 달리 어린 시절 우리의 책상 앞에는 '희망'이라는 말이 붙어 있곤 했다. "미래에 자신이 바라는 상황이 일어날 거라는 기대나 예측"이라는 사전적 의미를 떠나 그냥 희망이라는 말이 우리에게 주는 느낌만으로도 앞날에 대한 기대로 부풀던 시절이 있었다. "희망은 빈자貧者들의 빵Hope is the poor man's bread"이라는 속담도 있지 않던가? 불확실한 미래와 가난 속에서 우리는 그렇게 희망이라는 말에 기대어 살았다.

"진짜 절망은 헛된 희망을 동반하는 법이지."

영화 〈다크 나이트 라이즈〉에서 악당 베인이 우리의 영웅 배트맨에게 하는 말이다. 판도라의 상자에 마지막까지 남은 그것을 '헛된 희망'으로 풀이하는 이들도 있다. 절망적인 결과가 기다리고 있을게 번한 상황에서 불확실하고 부질없는 희망으로 인해 오히려 더 괴로울 수도 있다는 것이다. 때로는 포기하는 게 마음의 평화를 가져다줄 수도 있다는 것이다. 희망이 있는 것처럼 보이게 해 실재하지도 않는 헛된 희망에 처절하게 매달리게 하는 것이야말로 더 큰 절망이라는 것이다. 사람들은 그걸 '희망고문'이라고 부르기도 한다. 그러나 그것은 패배주의자들의 풀이일 뿐이다. 우리의 희망이 언제 이뤄질지 불명확하다고 해서 희망을 포기해서는 안 된다. 들국화가 노래하지 않던가? "사노라면 언젠가는 밝은 날도 오겠지 / 흐린 날도 날이 새면 해가 뜨지 않더냐"(〈사노라면〉). '언젠가는'이라는 불확실한 말에라도 기대어 살아가는 것이 더 삶다운 삶이다.

그리하여 희망은 우리 삶의 영원한 단 하나의 테마이다. 〈바람과 함께 사라지다〉에서 모든 걸 잃고 다시 삶을 마주한 스칼릿 오하라는 "내일은 내일의 태양이 떠오른다Tomorrow is another day"라고 스스로에게 말한다. 전장에서 당한 부상으로 성불구가 된 주인공이 절망 속에서 사랑하는 여인을 떠나보내면서도 "그래도 해는 떠오른다The sun also rises"라며 스스로를 위로하는 말은 헤밍웨이 소설의 제목이 되었다. 〈사운드 오브 뮤직〉에서 사랑의 기회를 잃고 돌아온 마리아 수녀에게 원장 수녀는 말해준다. "신은 한쪽 문을 닫을 때 다른 창문을 열어놓으신단다." 만신창이가 된 몸을 이끌고 백의종군한 이순신에게 수군을 폐하라는 임금의 명이 닿았을 때 이순신은 말했다. "신에게는 아직 열두 척의 배가 있나이다今臣戰船尙有十二." 영화 〈쇼생크 탈출〉의 주인공 앤디는 희망이라는 말을 잊고 살아가는 장기수 레드에게 말한다. "희망은 좋은 거예요. 그리고 좋은 건 절대 사라지지 않아요."

그렇다. 희망은 캄캄한 어둠 속에 감춰진 새벽이고 먹구름 뒤에 숨은 태양이고 타버린 재 속에 꺼지지 않고 남아 있는 불씨이다. 어떤 상황에서도, 희망을 버릴 권리는 아무에게도 없다.

2부

애고,
더워 죽겠네

해변으로 가요

고추 모종 심어놓은 농부들 애간장을 태우던 여러 날의 가뭄이 지나고 장맛비가 오락가락하더니 며칠째 폭염이 기승을 부리고 있다. 가만히 앉아 있어도 땀이 등과 팔다리를 타고 줄줄 흘러내린다. 이맘때쯤 텔레비전을 틀기만 하면 벌거벗은 사람들로 가득한 해수욕장의 풍경이 화면에 가득하다. 물 반, 사람 반이라고 해야 하나, 마치 사람들이 물에 들어간 게 아니라 사람들에게 물을 부어놓은 것처럼 해변이 발 디딜 틈 없이 빼곡하다.

어제 속초에서 찾아온 지인은 오는 길에 바다로 향하는 반대편 차선이 평일인데도 정체를 이루더라고 전했다. 그를 만난 김에 저 동해 북쪽 끝 바다 화진포에 살고 있는 지인에게 안부 전화를 했다. 그의 억센 강원도 사투리 너머로 파도 소리와 함께 "황금 물결 찰랑대는 정다운 바닷가"로 시작되는 이씨스터즈의 옛날 노래 〈화진포에서 맺은 사랑〉이 들려오는 듯했다. 북적이는 사람들 틈에 끼기 싫어 여름 바다에 잘 가지 않지만 갑자기 바다가 그리웠다. 뜨거운 모래밭과 파도와 갈매기들이 그리워졌다. 까짓것, 다 놓아버리고 떠나볼까, 바다로?

프랑스 말 '바캉스vacances'는 '무언가로부터 자유로워지다'라는 의미의 'vacatio'에서 온 말이라고 한다. 사람들은 왜 바다로 떠나는 것으로 권태로운 일상으로부터 벗어나려 했을까? 고대 이집트의 점토판에 이미 해수욕을 즐기는 모습이 그려져 있다고 하니 그 역사가 아득하지만 17세기까지만 하더라도 소금물 목욕이 고혈압과 우울증에 좋다는 의사들의 소견에 따라 치료가 목적이었고, 그것도 일부 귀족들에게만 국한된 사치였다. 본격적인 해수욕의 시대가 열린 것은 19세기 이후부터였다. 산업혁명이 일어나고 먼 바다까지 사람들을 데려다주는 철도가 생긴 것이다.

내 첫 해수욕의 경험도 기차 덕분이었다. 고등학교 시절의 여름, 영동선 기차를 타고 가 처음 바다 구경을 했다. 북평해수욕장이었다. 1970년대 후반쯤 동해의 수산업과 해상운송의 전진기지로 만든다는 명목으로 그 아름답던 해변을 시멘트로 덮어버렸다. 내륙에서 나고 자란 내게 첫 여름 바다의 추억의 장소는 그렇게 사라져버렸다. 그래서 어느 글에선가 "시멘트는 추억마저 덮어버린다"라고 쓴 적이 있다.

우리나라에서 처음 해수욕이라는 걸 즐긴 사람들은 구한말 서양에서 온 파란 눈의 선교사들이었을 것이다. 그들이 황해도의 몽금

포와 원산의 명사십리 송도원에서 수영복을 입고 찍은 사진들이 전해온다. 송도원松濤園, 소나무松와 파도濤, 그 멋진 이름 때문일까, 언제부턴가 통일이 되면 제일 먼저 가보고 싶은 곳이 그 바닷가가 되었다. 우리나라 최초의 본격 해수욕장으로는 1910년대에 일본인들이 만든 부산의 송도松島가 있다. 그 이후 일본은 우리나라 곡창지대의 쌀을 수탈하기 위해 호남선과 장항선 철도를 놓았다. 목포의 외달도와 군산의 선유도가 해수욕장으로 각광받기 시작한 것이 그 무렵이었다. 해방 후 미군들이 휴양지로 쓰던 거제도의 구조라 해변과 대천이 사람들이 즐겨 찾는 해수욕장이 되었으니 우리 해수욕장들은 이래저래 아픈 역사를 가지고 있다고 하겠다.

1960년대 초 영동선 철도가 강릉까지 연결되면서 동해바다의 역사가 시작되었다. "자, 떠나자 동해 바다로 / 삼등 삼등 완행열차 기차를 타고"라고 목 놓아 부르던 송창식의 〈고래 사냥〉이나 키보이스의 "별이 쏟아지는 해변으로 가요"(《해변으로 가요》)와 〈바닷가의 추억〉, 조개껍질 묶어 그녀의 목에 걸고 물가에 마주 앉아 밤새 속삭인다는 윤형주의 〈라라라〉 등은 그 시절 청춘을 보낸 젊은이들이 품고 있던 동해 여름 바다의 환상을 노래한 것이었다.

요즘 여름 해변에서는 비키니를 입은 여성들의 신체 부위를 몰래 휴대폰으로 찍는 이른바 '몰카족'들 때문에 골머리를 앓는다고 한다. 18세기, 최초로 해수욕을 하던 여성들은 요즘 같은 비키니는 상상도 할 수 없었고 밖에서 안 보이게 가린 마차를 타고 바다로 들어가 말이 나오고 나면 마차 안에서 물장구를 치며 놀았다고 하니 참으로 답답하고 억울한 해수욕이었을 것이다. 프랑스의 신인상주의 화가 조르주 쇠라의 1886년 작 〈그랑자트 섬의 일요일 오후〉는 센 강의 한 섬에서 휴식을 즐기는 사람들을 보여주고 있는데, 여성들은 하나같이 목덜미와 손목까지 꽁꽁 싸맨 의상을 입고 있다. 팔다리를 드러낸 원피스 수영복을 입은 여성들이 해변을 걸어 다닐 수 있게 된 것은 19세기 후반이 되어서였다.

1946년 미국은 서태평양의 마셜군도의 한 작은 무인도에 원자폭탄을 투하하는 실험을 강행했다. 세계의 이목이 그 작은 섬에 쏠려 있을 때 루이 레아라는 프랑스 사람이 꼭 가려야 할 부위만 아슬아슬하게 가린 투피스 수영복을 만들고는 그 섬의 이름을 따 '비키니'라고 불렀다. 그 시절로는 경악할 만한 대사건이었지만 오늘날에는 수영복의 대명사가 되었다. 우리나라에서는 1961년에 '상어표'라는 퍽 촌스러운 이름의 비키니가 백화점 판매대에 등장했다.

여름 해변에서 비키니를 입기 위해 봄부터 몸매 관리에 노심초사하는 여성들이나, 무슨 추억을 만들겠다고 밤새워 해변에서 술을 퍼마시는 남성들은 꼭 기억해둘 일이다. 진정한 의미의 바캉스는 '일상으로부터 벗어난 휴식'이다. 그리고 꼭 명심해야 할 또 하나, 바캉스에 목을 매는 프랑스인들은 물론이고 대개의 유럽 사람들이 여행 가방에 반드시 챙기는 것이 무엇일까? 선크림이나 선글라스가 아니다. 몇 권의 책이다.

황금빛 갈증

월드컵 축구 경기를 시청할 때 거의 필수 품목에 가까운 치킨과 맥주의 조합을 이르는 '치맥'이라는 말이 언제부턴가 일반명사가 되어버렸다. 이른바 '치맥축제'라는 것이 매년 대구에서 열리고 있다. 대구 두류공원 일대에서 여름에 열리는 이 축제는 올해로 4년째를 맞고 있지만 짧은 역사에 비해 매우 성공적이라는 평가를 받고 있다.

브라질의 리우 카니발, 일본의 삿포로 눈 축제와 함께 세계 3대 축제로 꼽히는 '옥토버페스트'는 9월 말에서 10월 초에 걸쳐 2주 동안 독일 뮌헨에서 열리는 세계 최대의 맥주 축제다. 매년 6백만 명 이상의 관광객들이 몰려와 맥주를 즐긴다고 한다. 만약 대구의 맥주 축제가 10월에 열렸다면 성공할 수 없었을 것이다. 여름과 맥주의 조합이 그 성공의 열쇠였다는 말이다. 그것은 우리나라 맥주

광고들이 하나같이 '톡 쏘는 청량감'을 강조하는 것과도 무관하지 않다.

맥주는 보리를 발효시켜 만든, 알코올 함유량 2~18도에 이르는 술을 통칭하는 말이지만 일반적으로는 5도 안팎으로 제조된다. 맥주를 의미하는 영어의 'beer'나 독일어의 'bier'는 '마시다'라는 뜻의 라틴어 'bibere'에서 온 것이다. 인류가 물과 커피나 차 다음으로 많이 마셔온 음료가 맥주였다. 그 기원은 6천 년 전으로 거슬러 올라간다. 고대 메소포타미아문명의 수메르 사람들이 발효된 보리 반죽으로 맥주를 만들어 먹었다는 기록이 존재하는 것이다. 그 양조법이 고대 이집트를 거쳐 그리스로, 로마로, 그리고 유럽 전역으로 퍼져나갔다. 중세 유럽의 수도원들이 맥주 생산의 중심이었다. '물로 된 빵'이라고 부르며 수도사들이 직접 양조해 음료수처럼 마셨다.

싹 틔운 보리麥芽즙을 효모로 발효시키고 홉으로 향을 내는 오늘날과 같은 형태의 맥주가 만들어지기 시작한 것은 10세기경 독일에서였다. 독일이 맥주의 본고장이 된 연유다. 독일에는 현재 1400여 개의 맥주 공장이 있으며 맥주 양조공인 '브라우마이스터braumeister'를 체계적으로 훈련시키는 시스템으로 맥주를 문화의 경지로 끌어올려 놓았다. 십수 년 전 서울의 유명한 대학 거리에서 독일에서 온 브라우마이스터가 직접 만드는 맥주를 맛보고는 그 짙고 깊은 풍미를 잊지 못해 몇 번을 다시 찾은 적이 있다. '제대로 된 맛이란 역시 전통에서 오는 것'이라는 깨달음과 함께였다.

우리나라 최초의 맥주는 1930년대에 일본인들이 세운 삿포로와

쇼와기린 맥주 공장에서 만들어진 것이었다. 해방이 되고 일본 사람들이 떠난 후 우리나라 사람이 인수해 각각 조선맥주와 동양맥주라는 이름으로 생산하다가 하이트, OB로 오늘에 이르고 있다. 60년대까지만 해도 맥주는 흔하게 마실 수 없는 고급술이었다. "삐루('beer'의 일본식 발음)를 마셨다"라는 게 자랑이 되던 시절이었다. 이제는 맥주가 국내 주류 소비량의 54%를 차지하고 있지만 맥주 맛은 그때나 지금이나 거기서 거기인 수준을 벗어나지 못하고 있다. 후발 주자로 롯데 맥주가 등장하긴 했지만 "물맛이 난다"거나 심하게는 "찝찔한 것이 마치 오줌 맛이다"라는 비난에서 벗어나지 못해온 것은 오랜 세월 경쟁이 필요 없는 독과점 형태로 경영되어 온 탓일 것이다. 세계 어디에도 없는 이른바 '소맥'이라는 것이 가장 인기 있는 음주법이 된 것은 우리나라 맥주의 '밍밍함' 때문이라는 혐의를 벗기 어려워 보인다. 몇 해 전부터 물밀듯 밀려들어 오는 다양한 수입 맥주들에 의해 시장을 위협받고 있는 것이 어쩌면 당연한 귀결일지도 모른다. '톡 쏘는 청량감'만으로 승부하던 좋은 시절은 갔다는 말이다. 다양해지고 고급화된 소비자들의 취향과 입맛을 사로잡기 위해서는 각고의 연구와 노력이 필요할 것이다.

맥주를 병맥주, 캔맥주, 생맥주로 구분하던 시대는 지났다. 하이트와 카스와 오비로 구분하던 시대도 물론 지났다. 맥주는 그 발효 공법에 따라 크게 '에일ale'과 '라거lager'로 나눈다. 에일은 상온보다 조금 높은 온도로 장기간 발효시켜 무겁고 진한 맛이 나는 게 특징이고, 라거는 저온으로 비교적 장기간 발효시켜 깔끔하고 청량한 맛이 난다. 에일은 주로 영국이나 아일랜드 사람들이 많이 마시고, 라거가 세계 맥주 시장의 80% 이상을 차지한다. 우리가 이제까지 마셔온 국산 맥주들은 100% 라거 맥주였다. 최근 롯데에서 시판한 '클라우드'가 최초의 에일 맥주일 것이다. 마셔본 분들은 느꼈겠지만 맛이 무겁고 톡 쏘는 맛이 덜하다.

우리나라 맥주들의 광고는 '목 넘김'을 지나치게 강조하는 경향이 있지만 내 개인적으로는 '뒷맛'이 좋은 맥주를 사랑한다. 술꾼들이 맥주를 즐기지 않는 가장 흔한 이유는 아마도 '배가 불러서'일 것이다. 뒷맛이 좋은 맥주 한 모금은 또 다른 한 모금으로 우리를 유혹한다. 얼마 전 〈뮤지컬 정도전〉 공연차 대구에 머물던 중 공연을 마치고 한 크래프트 펍(craft pub, 맥주를 직접 만들어 파는 술집)에 들렀다. 1차로 소주를 꽤 마시고 소위 '입가심'으로 들른 터라 그 맛을 제대로 즐기지 못한 게 아쉬움으로 남는다. 냉장고를 채우고 싶은 국산 맥주들이 많아질 날을 기대해본다.

미국인들은 독일인들 못지않게 맥주를 많이 마신다. 그들이 병째 들고 마시는 모습이 멋있어 근래에 와서 우리나라 젊은이들도 많이 따라 하고 있지만 그것은 상스러운 맥주 음용법이다. 수입 맥주들은 저마다 특유의 유리잔과 함께 우리 맥주 시장을 공략하고 있다. 투명한 글라스를 가득 채운 황금빛 유혹, 그것은 황금빛 갈증이다.

30자字의 감동

광화문 길, 세종로 1번지. 우리나라의 심장이다. 그 거리에 자리 잡은 세종 임금님의 동상 옆으로 보이는 건물 벽에 가로 20m, 세로 8m의 거대한 글자판이 걸려 있다. 이른바 '교보빌딩 글판'이다. 서른 자 안팎의 언어로 어떤 이에게는 희망을 주고 또 어떤 이에게는 따듯한 위로의 말을 건네며 언제부턴가 우리 문화의 아이콘으로 자리 잡은 그 글판이 어느새 25주년을 맞았다.

철 따라 옷을 갈아입는 그 거리에 늘어선 가로수들처럼 그 글판도 계절마다 바뀌어 걸린다. 올해도 함민복의 시구 "꽃 피기 전 봄 산처럼 / 꽃 핀 봄 산처럼 / 누군가의 가슴 울렁여보았으면"(「마흔 번째 봄」)에서 그저께 6월 1일, 여름옷으로 갈아입었다. 정희성의 시 「숲」에서 가져왔다. "제가끔 서 있어도 나무들은 / 숲이었어 / 그대와 나는 왜 / 숲이 아닌가". 나무들은 영역 다툼을 하지 않는다. 자작나무는 자작나무들끼리 상수리나무는 상수리나무들끼리만 어울려 살려고 다른 나무들을 밀어내지 않는다. '더불어 숲'을 이룬다. 남의 영역을 인정할 때 내 영역이 넓어진다는 사실을 잊으며 살고 있지는 않은지, 그 글판은 우리 스스로를 돌아보게 한다.

교보생명의 창업자인 고故 신용호 회장의 제안으로 그 글판이 처음 걸린 것은 1991년이었다. 처음 몇 해 동안은 "우리 모두 함께 뭉쳐 / 경제 활력 다시 찾자", "개미처럼 모아라 / 여름은 길지 않다" 같은 교훈적이거나 계몽적인 문구들이 주를 이루었다. 그 시절은 구호의 시절이었다. 우리도 학생 시절 책상머리에 "시간은 금이다", "인내는 쓰다. 그러나 그 열매는 달다"와 같은 문구들을 붙여두지 않았던가? 그 글판을 구호의 언어에서 감성의 언어로 바꾸어놓은 것은 역설적이게도 IMF라는 비감성적 사건이었다. 파산과 실직으로 실의와 불안에 사로잡힌 이들에게 위로가 필요했던 것이다. 고은의 시구절 "떠나라 낯선 곳으로 / 그대 하루하루의 / 낡은 반복으로부터"(「낯선 곳」)를 시작으로 딱딱하고 건조한 언어에서 말랑말랑하고 촉촉이 가슴을 적셔주는 언어로 바뀌어 시를 읽지 않는 시대에 감성의 불씨를 살려놓고 있다.

내가 그 글판을 처음으로 직접 본 것은 아마도 몇 해 전 겨울 아침이었을 것이다. 그 근처에서 어떤 지인으로부터 문을 연 카페의 이름을 지어준 값으로 거나하게 술을 얻어먹고 숙취를 떨치며 기신기신 일어나 걷던 참이었다. 술 마시는 사람은 안다. 취기가 덜 가신 아침의 황폐한 공허함을. 그 공허함을 따듯하게 덥혀준 그 글판의 말이 이랬다. “황새는 날아서 / 말은 뛰어서 / 달팽이는 기어서 / 새해 첫날에 도착했다”(반칠환의 「새해 첫 기적」). 하늘을 찌를 듯 잘나가는 사람에게만 희망이 약속되는 건 아니다. 땅이 꺼질 것처럼 외롭고 고단한 사람에게도 희망은 공평하게 손을 내민다. 그대, 외로운가? 그대, 지쳤는가? 사소한 말이 우리에게 위로를 준다. 사소한 일들이 우리를 괴롭히는 것처럼.

내친김에 지난 25년 동안 그 글판을 수놓았던 감동과 위로의 말들을 만나보자.

“더 열심히 그 순간을 사랑할 것을 / 모든 순간이 다아 / 꽃봉오리인 것을”. 정현종의 시(「모든 순간이 꽃봉오리인 것을」)이다. 행복은 경험하는 것이 아니라 기억하는 것이라는 말이 있다. 그러나 우리 생애에서 지금 이 순간만이 가장 찬란히 빛나는 시간이다.

김승희의 시 「그래도라는 섬이 있다」의 일부다. “가장 낮은 곳에 / 그래도라는 섬이 있다 / 그래도 사랑의 불을 꺼뜨리지 않는 사람들”. 그래도는 이어도처럼 존재하지 않는 섬일까? 그래도라는 섬이 있다면 그 섬에 가고 싶다. 사람은 사랑받지 못해 외로운 것이 아니다. 남을 사랑하지 못해 외로운 것이다.

“별안간 꽃이 사고 싶다 / 꽃을 안 사면 / 무엇을 산단 말인가”. 이진명의 시 「젠장, 이런 식으로 꽃을 사나」에서 일부를 옮긴 것이다. 어느 날 시인은 등산을 하기 위해 집을 나선다. 그러나 산을 오르는 일이 부질없어져 이곳저곳 기웃거리다가 절 입구에서 좌판을 벌여놓고 파는 꽃을 산다. 부처님에게 갖다 바치라고 파는 꽃을 시인은 제 가슴에 안고 돌아온다. 젠장, 그런 식으로라도 꽃을 사면 어떤가? 남에게 바치는 꽃도 결국은 제 가슴에 꽂아두는 것이다. 그래서 꽃이 아닌가?

노벨문학상을 수상한 칠레의 시인 파블로 네루다의 시도 그 글판에 머물다 떠났다. "나였던 그 아이는 어디 있을까 / 아직 내 속에 있을까 / 아니면 사라졌을까". 우리는 흘러가 버린 시냇물에 다시 발을 담글 수는 없다. 아이의 시간은 가버렸다. 그러나 어느 날 문득 흘러가 버린 것들을 되돌아보지 않고는, 사라져버린 것들을 그리움으로 어루만져 보지 않고는 어른이 될 수 없다.

"눈이 오는가 북쪽엔 / 함박눈 쏟아져 내리는가 / 너를 남기고 온 작은 마을에도". '월북 작가'라는 이름으로 오랜 세월 잊혔던 찬란한 모더니즘의 시인 이용악이 지난해 12월부터 올 2월까지 그 글판을 장식했다. 우리는 얼마나 오랫동안 분단과 이념이라는 이름으로 그와 그의 북쪽 고향을 잊었던가? 이 지면에 그의 시 「그리움」 전문을 옮겨보는 것이, 우리의 망각에 대한 변명과 그의 시에 바치는 헌사가 될 수 있었으면 좋겠다.

> 눈이 오는가 북쪽엔 / 함박눈 쏟아져 내리는가 // 험한 벼랑을 굽이굽이 돌아간 / 백무선 철길 위에 / 느릿느릿 밤새워 달리는 / 화물차의 검은 지붕에 // 연달린 산과 산 사이 / 너를 남기고 온 / 작은 마을에도 복된 눈 내리는가 // 잉크병 얼어드는 이러한 밤에 / 어쩌자고 잠을 깨어 / 그리운 곳 차마 그리운 곳 // 눈이 오는가 북쪽엔 / 함박눈 쏟아져 내리

는가

언젠가는 저 북쪽 땅 백무선(함경북도 백암과 무산을 잇는 철길) 차창에 기대어 쏟아지는 함박눈을 바라볼 수 있을까?

우리 동네에도 역 광장이나 신호등 오거리쯤 어딘가에 그런 아름다운 글판 하나 있었으면 좋겠다.

카리브 해의 진주

'카리브 해의 진주'로 불리는 지구 반대편의 쿠바라는 나라 이름을 처음 들은 것은 초등학교 시절 선생님으로부터였다. 구소련의 서기장 흐루쇼프가 미국 턱밑에 위치한 그 나라에 핵탄두 미사일을 배치하려고 함대를 이동 중이라는 이야기였다. 이른바 '쿠바 미사일 위기'라는 것이었다. 2주일 동안 전 세계는 핵전쟁의 공포에 빠져들었다. 미국 대통령 케네디는 고뇌의 시간 끝에 결단을 내렸다. 핵전쟁의 위험을 감수하고 쿠바 해역에 기뢰를 설치해 소련 함대의 접근을 막은 것이다. 그 사태는 소련 함대의 철수로 끝났다. 우리의 우방 미국의 대통령 케네디를 절대선絕對善의 영웅으로, 흐루쇼프를 절대악絕對惡으로 여기던 시절이었다. 소련 함대가 물러나자 선생님은 감정이 복받치는 목소리로 '우리의' 승리를 선언했고 우리는 환호했다.

중학교 때 음악 선생님은 대단한 미성의 테너였다. 그분은 우리가 노래를 불러달라고 조르면 〈라 팔로마(La Paloma, 비둘기)〉를 불러주시곤 했다.

> 배를 타고 아바나를 떠날 때 / 나의 마음 슬퍼 눈물이 흘렀네 / (……) / 천사와 같은 비둘기 오는 편에 / 전하여주게 그리운 나의 마음을

오후의 교실을 울리는 그 노래를 들을 때면 눈을 감고 아름다운 이별의 항구 아바나를 떠올리곤 했다. 공산주의 악의 나라 쿠바와 그 나라의 아름다운 수도 아바나는 한동안 그렇게 상응하지 않는 조합으로 내게 남아 있었다.

미국과 쿠바가 국교 정상화를 선언했다. 1492년 인도로 가는 항로를 발견하기 위해 바닷길을 떠난 콜럼버스가 카리브 해로 접어들어 쿠바 섬의 북동쪽에 상륙했다. 그가 "지상에서 가장 아름다운 낙원"이라고까지 극찬했던 그 섬은 그렇게 스페인의 식민지가 되었다. 강압적인 식민 통치와 백인들이 가져온 천연두와 매독으로 그 섬의 원주민이었던 인디오들이 거의 전멸하다시피 하는 데는 백 년이 채 걸리지 않았다. 백인들은 아프리카에서 백만에 가까운 흑인 노예들을 데려와 사탕수수와 담배를 재배하게 했다. 잔인한 수탈의 역사였다. 1898년 스페인과의 전쟁에서 이긴 미국의 도움을 받아 쿠바는 독립을 선언했지만 거대한 미국의 자본으로부터는 자유롭지 못했다. 미국을 등에 업은 바티스타 독재정권의 횡포는 쿠바혁

명에 의해 종말을 맞는다. 피델 카스트로와 전설적인 혁명가 체 게바라는 쿠바 내의 모든 미국 재산의 국유화를 선언하고 1961년 미국과 단교한다. 미사일 위기까지 거치며 카리브 해를 마주하고 적대 관계에 있던 두 나라가 54년 만에 화해의 손을 맞잡은 것이다.

"노인은 작은 배를 타고 멕시코 만에서 홀로 고기잡이를 하는 어부였다. 그는 오늘로 84일째 물고기를 한 마리도 낚지 못했다."

헤밍웨이의 걸작 「노인과 바다」의 첫 문장은 그렇게 시작된다. 그는 "내 삶은 라 보데기타 델메디오의 모히토에 있다"라고 말했듯 놀지는 아바나 해안의 작은 선술집 델메디오에 앉아 모히토를 마시며 그 첫 문장을 썼을 것이다. 모히토는 사탕수수를 발효시킨 술인 럼에다 라임즙과 민트 향을 곁들인 것으로, 헤밍웨이로 인해 유명해져 요즘 우리나라의 칵테일 바에서도 쉽게 접할 수 있게 되었다. 쿠바가 원산인 럼주에는 뜨거운 사탕수수밭에서 혹사당하던 흑인 노예들의 애환과 카리브 해를 누비던 해적들의 전설이 깃들어 있기도 하다. 조니 뎁이 잭 스패로우 선장으로 나오는 영화 〈캐리비안의 해적〉에서 해적들이 병째 벌컥벌컥 마시는 술이 바로 럼이다.

쿠바 하면 빼놓을 수 없는 것이 카리브 해의 우수憂愁를 하얀 연기로 날려 보내는 시가이다. 발효시켜 말린 담뱃잎들을 돌돌 말고 그걸 다시 최상급 담뱃잎으로 싼, 이른바 엽궐련葉卷煉이라고 하는 것이다. 엽궐련의 또 다른 주요 산지인 필리핀의 섬 '루손'에서 음차音借해 여송연呂宋煙이라고 부르기도 하지만, 최상급의 시가는 단연 아바나산産이다. 스물여섯에 종군기자로 아바나에 왔던 윈스턴 처칠은 그 맛에 빠져 평생 시가를 물고 살았다. 헤밍웨이도 체 게바라도 영화감독 앨프리드 히치콕도 빼놓을 수 없는 아바나 시가의 광신도들이었다.

1996년, 쿠바 음악에 심취해 있던 미국의 재즈 기타리스트 라이 쿠더가 아바나로 향한다. 쿠바는 춤과 음악의 나라였다. 음악의 고향 아프리카에서 온 흑인 노예들의 리듬과 백인들의 정서와 원주민 인디오들의 감성이 뒤섞인 음악적 환경이 살사와 하바네라와 손Son을 낳았다. 세속적인 성취 같은 것과는 전혀 상관없이 아바나의 해변과 궁색한 골목들과 작은 선술집들에서 노래하고 춤추는 것이 그들의 일상이었다. 카스트로의 집권으로 사회주의 국가가 된 후 아바나의 전설적인 음악가들은 무대 뒤로 사라져갔다. 라이 쿠더가 수소문 끝에 전설적인 보컬 콤파이 세군도를 찾았을 때, 아흔을 바라보던 그는 시가 공장의 일꾼을 거쳐 이발사로 일하고 있었다. 일흔에 접어든 이브라힘 페레르 아바나 거리에서 관광객들을 상대로 구두를 닦고 있었다. 그들을 설득해 피아니스트 루벤 곤살레스, 쿠바의 에디트 피아프로 불리는 여성 보컬 오마라 포르투온도와 함께 라이 쿠더는 20세기 최고의 음반 중 하나를 만들었다. 저 유명한 '부에나 비스타 소셜 클럽'의 탄생이었다.

부에나 비스타 소셜 클럽은 지금은 사라진 아바나 뒷골목의 선술집 이름이었다고 한다. 아흔의 나이에 남은 생애 단 한 번만 더 사랑을 하고 싶다던 콤파이 세군도도 죽고 이브라힘 페레르도 죽었다. 아흔을 바라보는 오마라 포르투온도는 지금도 아바나의 어느 술집에서 "엘 아모르 꿰 야 하 파싸도 / 노 쎄 데베 레코르다르(이미 지나가 버린 사랑은 / 기억해선 안 되는 것)"라며 〈베인테 아뇨스Veinte Anos〉를 부르고 있을 것이다.

썬글라스

썬글라스의 계절이다. 표준 외래어 표기법으로는 '선글라스'가 맞지만 굳이 '썬글라스'를 고집하는 것은 그것이 주는 강렬한 인상 때문이다. 자장면을 짜장면으로 발음해야 입안에 침이 돌듯이. 그 이름에 태양sun이 들어가 있는 걸 보더라도 썬글라스는 태양이 뜨겁고 눈부신 계절에 어울리는 안경임에 틀림없다. 뜨거운 태양이 쏟아지는 여름 해변을 생각해보라. 비키니 수영복에 썬글라스를 한 여인들이 떠오르지 않는가? 오래전 이탈리아에 갔을 때 아이에서부터 할머니들에 이르기까지 하나같이 썬글라스를 끼고 있는 걸 보고 놀란 적이 있다. 오늘날 세계 최고의 명품 썬글라스 브랜드들이 하나같이 이탈리아 제품인 것은 남부 유럽과 지중해의 강렬한 태양과 무관하지 않다.

6, 70년대 우리는 썬글라스를 '나이방'이라고 불렀었다. 1938년

미국 육군 항공대에서 조종사에게 햇빛ray을 차단ban해줄 수 있는 안경을 이탈리아 안경 회사에 주문했는데 그것이 '레이밴Ray-ban'이라는 상표가 되었고 우리나라에서는 색이 들어간 안경을 통칭하는 '나이방'이라는 보통명사가 되어버린 것이었다. 그리고 우리는 지프차를 타고 한강 다리를 건너는 나이방을 낀 박정희 소장과, 나이방을 낀 채로 바지를 무릎까지 적시며 인천에 상륙하는 맥아더 장군을 현대사의 한 장면으로 기억하고 있다.

약한 시력을 교정해주는 안경의 역사도 13세기 말 이탈리아에서 시작된 것으로 알려져 있다. 그것이 비단길을 통해 중국으로 전해지는 데는 오래 걸리지 않았을 것이다. 임진왜란 때 우리나라 군사들 중에 안경을 낀 이가 있었을까? 그 답은 '있었을지도 모른다'이다. '오성과 한음'으로 유명한 오성 이항복이 안경을 썼었다고 전해지고 있고, 왜란 직전 일본에 통신사로 다녀오기도 했던 학봉 김성일이 쓰던 안경이 우리나라에서 가장 오래된 안경으로 남아 있기 때문이다.

16세기에 처음 우리나라에 들어온 안경은 '애체靉靆'라는 이름으로 불렸었다. 안경을 처음 청나라에 전한 네덜란드 사람의 이름에서 음을 차용한 것으로 전해지지만 확실치는 않다. 조선시대 왕 중에 안경을 낀 이가 있었을까? 그 답은 '있다'이다. 지독한 근시였다고 전해지는 정조 임금이 안경을 썼었다는 기록이 남아 있다. 역대 임금들 중 최고의 독서가였던 그가 밤낮을 가리지 않는 독서로 눈이 나빠졌을 수도 있는 일이기는 하다. 지금이야 안경을 낀 아이들이 많지만 옛날에는 안경 낀 아이들이 한 반에 두어 명밖에 없어서 '공부 잘하는 아이들이 안경을 낀다'라는 오해가 만연하던 시절도 있었다.

영화 속에서 한심하고 찌질한 캐릭터를 만드는 데는 검은 뿔테 안경이 거의 필수적인 소품이다. 어리바리해 보이는 사진기자 클라크도 안경을 벗어야 빨간 망토를 휘날리며 하늘을 나는 슈퍼맨이 되고, 드라마 속의 노처녀 김삼순도 검은 뿔테 안경을 벗어야 매력적인 김선아가 된다. 그러나 썬글라스는 그 반대의 역할을 해낸다. "어울려?" 선글라스를 써볼 때 우리는 묻곤 한다. 썬글라스가 어울리지 않는 사람이 있을까? 그 답은 '분명히 없다'이다. 사람의 얼굴을 매력적으로 인식하게 하는 중요한 요소 중의 하나가 대칭적인 균형미라고 한다면, 눈과 눈 주위의 골격의 모습이 얼굴에서 가장 비대칭적인 불균형을 이루고 있다. 썬글라스를 쓴다는 것은 그 밋밋하고 평범한 부위를 가리고 그 위에 또렷하고 강렬하고 도발적인 윤곽을 얹어주는 것이 된다.

렌즈를 연기로 그을려 최초의 색안경을 만든 것은 중국인이었다. 한때 안방극장을 들썩이게 했던 중국 드라마 〈판관 포청천〉에서 검은 안경을 쓴 포청천을 보지 않았던가? 우리는 사람을 만날 때 눈을 들여다보게 된다. 시선을 마주쳐 그 사람의 의도나 진실성을 판단하는 것이다. 색안경은 그렇게 상대방이 자신의 의도나 속셈을 탐지하지 못하게 하는 구실을 하기도 한다. '반공反共 방첩防諜'이 시대정신이던 때가 있었다. "불안에 떨지 말고 자수하여 광명 찾자"라는 표어를 입에 달고 살던 시절이었다. 그 시절 남파된 간첩들은 남조선에는 맨 형사들투성이라고 겁을 먹었다고 한다. 썬글라스를 낀 사람은 형사라는 교육을 받았기 때문이었다.

상대방의 눈을 볼 수 없다는 것은 신비감을 부추기기도 한다. '알 수 없는 무언가'는 상대가 이성일 때 더 큰 힘을 발휘해 성적 매력으로 발전하기도 한다. 늘 감추어진 무언가가 우리를 도발하지 않던가?

이렇듯 썬글라스의 역사는 왜곡의 역사이기도 하다. "색안경을 쓰고 본다"라는 말이 그래서 생겼다. "제 눈에 안경"이라는 말도 있다. 그러나 우리를 가장 왜곡시키는 것은 사랑이라는 안경이다.

"사랑은 구리를 황금으로 보이게 하고 눈에 난 다래끼조차 진주로 보이게 합니다."

저 위대한 스페인 작가 세르반테스가 라만차의 기사 돈키호테의 입을 빌려 한 말이다.

애고, 더워 죽겠네

덥다. 일흔 해 만의 가장 지독한 더위란다. 체온을 웃도는 날씨가 하마 여러 날째다. 태양의 열기가 수직으로 내리꽂힌다. 정수리에 숯불을 부은 듯 뜨겁다. 땅에서 올라오는 지열도 숨을 턱턱 막히게 한다. 도가니 속 같다. "녹초가 되다"라는 말이 "초가 녹아내린 듯 흐물흐물해지다"라는 뜻이라던가? 그 말뜻을 알겠다. 훅훅 더운 기운이 치솟아 올라오고 치달아 내려온다. "만국여재홍로중萬國如在紅爐中". 당나라 시인 왕곡이 쓴「고열행苦熱行」의 그 구절이 "온 나라가 벌건 화로에 든 듯하네"라는 뜻이렷다. 그 말뜻을 이제 능히 알겠다. 축생이나 미물이라고 우리와 다르겠는가? 축 늘어져 엎드린 개들의 혓바닥이 한 자는 족히 나오고 매미들도 "덥다, 더웁다" 못해 "맵다, 매웁다" 하고 울어댄다. 바람 한 점 불어오지 않는 염천炎天에 잎이란 잎들이 죄다 후줄근하게 늘어져 있다. 삼복이 다 지나고 모기 입이 삐뚤어진다는 처서가 지척인데 올여름 더위는 8월 말까지 물러가지 않는다고 한다. 애고, 이 여름 끝자락을 어이 날꼬?

"헉! 이런 개 같은 더위가 있나."

선풍기도 틀어보고 부채질도 해보고 웃통을 활활 벗어젖히고 물을 뒤집어써 봐도 끈질기게 달라붙는 더위를 어쩌지 못해 홧김에 이런 점잖지 못하고 불경스럽기까지 한 언사를 내뱉더라도 견공犬公들이여, 부디 용서하시라. 삼복三伏이라 함은 써늘한 금金의 기운이 뜨거운 화火의 기운에 눌려 납작 엎드려 있다는 의미라지만 여기에서의 '엎드릴 복伏' 자가 사람人과 개犬가 합해져 이루어진 글자라 "사람이 개처럼 혓바닥을 빼물고 헉헉댄다"거나 "사람이 개를 잡아먹는다"라는 연상을 하게 한다. "오뉴월 개 팔자"라는 말은 덥다는 시늉도 호사스러운 바쁜 농사철에 그늘에 누워 혀를 빼물고 있는 개들의 여유가 부럽기도 해 생겨난 말일 것이다. 어릴 적 복날이면 어김없이 동구 밖에서 개들의 비명이 들려오곤 했다. "복날 개 패듯"이라는 속담처럼 그렇게 개들은 나무에 매달려 비명을 지르며 죽어갔다. (오늘날까지 '개는 패야 맛'이라는 가학적 식도락을 고집하는 이가 있다면 단언하건대 개를 상전 모시듯 하는 애견인들에게 '복날 개 맞듯' 흠씬 두들겨 맞게 될지도 모른다.)

서양에서도 여름의 가장 더운 한때를 '개의 날들dog days'이라고 부른다. 그 시기에는 하늘에서 가장 밝은 별인 큰개자리 별 시리우스가 해와 함께 떴다가 해와 함께 진다. 태양의 열기에 시리우스의 밝기가 더해진 탓에 더위가 자심해지는 것이겠다. 이런 탓 저런 이유로 저들은 원치 않았겠지만 개들은 어쩔 수 없이 더운 날과 연루되어 있다. 찜통같이 푹푹 쪄대는 어느 여름날 한 서민 아파트에서 남편에게 매 맞는 여자를 둘러싸고 벌어지는 여자들의 반란을 비장하지만 유쾌하게 그린 영화의 제목도 〈개 같은 날의 오후〉가 아니었던가?

다산 정약용은 귀양에서 돌아와 말년의 여름 한때를 보내면서 더위를 이기는 여덟 가지 방법, 이른바 '소서팔사消暑八事'를 써 전하고 있다. 소나무 숲에서 활쏘기를 시작으로 회나무 그늘에서 그네타기, 넓은 정각에서 투호 놀이 하기, 대자리 위에서 바둑 두기, 서쪽 연못의 연꽃 구경하기, 숲 속에서 매미 소리 듣기, 비 오는 날 시 짓기, 달밤에 물에 발 담그기 등이 그것들이다. 아무리 다산 선생의 말씀이라도 이걸로는 어림 반 푼어치도 없다. 더위라는 것이 그렇게 풍류로 이겨낼 수 있는 만만한 상대가 아니라는 말이다. 하물며 더위를 피한다는 '피서避暑'도 아니고 더위를 아예 꺼뜨려버린다는 '소서消暑'임에랴.

옛 선비들은 등나무 줄기로 등거리나 등토시를 만들어 걸치고 여름을 나기도 했다. 양반 체면에 의관을 허술히 할 수 없어 옷과 몸 사이에 바람이 통하게 해 더위를 이기는 지혜가 놀랍기는 하지만 옷을 활활 벗어젖히고 시냇물에 뛰어들어 천렵을 하는 아랫사람들을 부러워하지는 않았을까? 열대야라는 말조차 아직 생겨나지 않았던 어린 시절 어두워지기를 기다렸다가 동네 형들을 따라 밤 고기잡이를 나서 반두질을 하노라면 상류 쪽에서 멱을 감는 동네 아낙들의 깔깔거리는 웃음소리가 불온하게 밤공기를 흔들어놓곤 했었다. 그마저 할 수 없었던 규중의 여인들은 속에서 일어나는 천불을 무슨 수로 다스렸을까?

기상관측 사상 최장最長이라는 장마까지 겹쳐 한껏 후텁지근해진 대기가 우리 머리와 가슴을 짓누르고 있다. 짜증이 더께처럼 눌어붙은 목소리로 "애고, 더워, 더워" 해봐도 더위는 더욱더 삼엄하게 우리를 에워싼다. 이 모든 게 정치하는 인간들 때문이라고 욕설도 해본다. 어떤 이들은 그놈의 국정원과 발음하기도 짜증 나는 NLL 때문에 더 덥고 또 어떤 이들은 그놈의 촛불 때문에 더 덥다. 도무지 시원한 소식 하나 들려오지 않는 세상 때문에 더 덥다.

헤르만 헤세는 날씨는 영원한 화제임과 동시에 모든 불평의 원인이라고 했다. 추워도 탈, 더워도 탈이라는 얘기겠다. 피할 수 없으면 즐기라는 말에 기댈 수밖에 없다. 어차피 이 막막한 더위 속에서도 우리 삶의 시간들은 흘러갈 거고 차갑고 매서운 바람 부는 어느 겨울날 뜨거웠던 이 여름날을 그리워할 수도 있을 테니 말이다.

롤리타, 타치오, 은교

1955년, 러시아 출신의 미국 작가 블라디미르 나보코프는「롤리타」라는 소설을 발표해 세계적인 반향(논란 또는 비난이라고 불러도 좋을)을 불러일으켰다.

집필을 위해 시골의 작은 마을에 방을 빌린 늙은 작가는 하숙집 주인의 딸인 열네 살 소녀 롤리타에게 매혹된다. "내 인생의 빛, 내 허리의 불꽃, 나의 죄, 나의 영혼"이라는 탄식과 함께 정념에 불타오른 작가는 그녀를 차지하기 위해 그녀의 어머니와 거짓 결혼을 하는 일까지 서슴지 않는다. 스탠리 큐브릭과 애드리안 라인이라는 두 걸출한 감독들에 의해 두 차례 영화로 만들어지기도 한 이 위험한 소설은 소녀에 대한 성적 욕망을 의미하는 심리학 용어 '롤리타 신드롬(Lolita syndrome 또는 Lolita complex)'이라는 말을 만들어냈다.

언제부턴가 우리 사회에서도 나이 차가 많이 나는 젊은 연인이나 배우자를 가진 사람이 '능력자'라는 이름으로 불리며 부러움과 질시의 대상이 되고 있다. '범행 현장 재현 본능'이란 범죄자는 자신의 범행 현장을 반드시 다시 찾는다는 초보적 수사 용어다. 우리는 가장 치졸하고 어리석었던 첫사랑의 대상과 그 시간에서 영원히 벗어나지 못하고 그 주변을 맴도는 것인지도 모른다.

72세의 괴테는 17세 소녀 울리케를 만나 "그녀로 인해 나의 탄식은 멈추었다"라고 고백한다. 피카소는 17세의 소녀 마리 테레즈에게 매혹된다. 그의 그림 속에서 의자에 앉아 졸고 있는 마리 테레즈의 모습에는 그녀에 대한 노화가의 불온한 욕망이 짙게 드리워져 있다. 그 그림은 몇 해 전 소설과 영화로 큰 논란의 중심에 있었던 박범신의 「은교」에서 일흔을 바라보는 노시인 이적요가 자신의 집 데크의 의자에 앉아 잠들어 있는 열일곱의 소녀 은교를 처음 만나는 장면과 이상하리만치 일치해 있다.

우리 몸의 시간은 흘러가는데 사랑에 대한 욕망이라는 우주의 시간은 멈춰져 있다. 그 시간들을 거스르는 것은 범죄인가? 인간은 욕망을 통해 환상을 현실로 만든다. 우리는 사회적 통념이라는 그물에 갇혀 환상에만 머물러 있어야 하는가? 이것은 요즘 우리 사회를 공포와 분노로 몰아넣고 있는 '페도필리아(pedophilia, 소아성도착증)'라는 괴물들이 자행하고 있는 짐승 같은 행위와 관련된 사회병리 현상과는 전혀 다른 영역에서 시대를 뛰어넘어 존재해온 질문들이다.

20세기 초 노벨상 수상 작가인 독일의 거장 토마스 만의 소설 「베니스의 죽음」에도 젊음의 아름다움에 대한 노음악가의 숭배가 아프게 깔려 있다. 오랜 투병으로 죽음을 앞둔 작곡가 구스타프 아센바흐는 요양차 떠난 베니스의 해변에서 아름다운 미소년 타치오를 발견한다. 그 소년을 바라보는 노인의 시선에서 동성애와 같은 불온함과는 전혀 다른, 아름다움에의 열망과 늙는다는 것에 대한 안타까움이 진하게 묻어난다. 문장이라든가 멜로디와 같은 예술적 행위가 아름다움을 찬미할 수는 있지만 재현할 수는 없다는, 아름다움이라는 것은 예술가의 재능보다 먼저 존재하는 것이라는 아픈 각성이기도 했다.

젊음의 아름다움과 활력으로 빛나는 소년의 모습을 먼발치에서 바라보면서 노인은 바닷가 벤치에 앉아 쓸쓸하게 죽어간다.

> 아름다움은 그렇게 태어나는 거야. 그렇게, 자발적으로, 자네와 나의 노력 같은 건 완전히 무시한 채.

아센바흐의 친구 알프레드의 말도 소설 「은교」 속에서의 노작가의 분노에 찬 독백과 상당히 닮아 있다.

> 너희의 젊음이 너희의 노력에 의하여 얻어진 것이 아닌 것처럼, 노인의 주름도 노인의 과오에 의해 얻은 것이 아니다.

늙는다는 것은 용서할 수 없는 범죄가 아닐뿐더러 기형畸形도 아니다. 그러므로 노인의 욕망도 기형이나 범죄가 아님을 박범신의 소설 「은교」는 처절하게 강변하고 있다.

일흔을 바라보는 노시인 이적요는 이른 여름 오후의 어느 날 외출에서 돌아와 자신의 집 데크의 흔들의자에 잠든 채 '놓여 있는' 열일곱 살 소녀 은교를 발견한다. 물속처럼 고요한 한낮, 소나무 그늘이 알맞게 섞여 있는 햇빛이 소녀의 턱 언저리에 걸려 있고, 달착지근한 숨소리로 잠들어 있는 소녀의 상반신은 쇠별꽃처럼 하얗고, 하얀 티셔츠 위로 봉긋하게 솟은 가슴의 융기와 거기에서 푸르스름한 정맥이 도드라져 보이는 쇄골을 향해 그려진 창槍 모양의 문신이 햇빛을 받아 푸르게 빛나고 있는 은교의 모습을 훔쳐보는 노인의 눈빛은 그지없이 탐미적이다. 내가 영화 〈은교〉를 보지 않은 것은 비루한 욕망이 끼어들지 않은 채로 그 시선을 따라갈 자신이 없었기 때문일지도 모른다.

이적요는 죽어가면서 고백한다.

> 아, 나는 한은교를 사랑했다. 우리 사이엔 52년이라는 시간의 간격이 있다. 사랑의 발화와 그 성장, 소멸은 생물학적 나이와 관계가 없다. 사랑은 사회적 그릇이나 시간의 눈금 안에 갇히지 않는다. 그렇지 않은가. 그것은 본래 미친 감정이다.

소설 「은교」는 나이 듦에 대한 성찰이 아니라, 늙음에 대한 피해의식(혹은 자기연민)과 장마철의 버섯처럼 불쑥불쑥 돋아나는 늙은 날의 누추한 욕망(혹은 갈망)에 대한 보고서일지도 모른다.

박인환의 시처럼 어차피 우리 “인생은 그저 잡지의 표지처럼 통속”할지도 모른다. 그리고 우리의 시간도 통속적으로 흘러가 늙어가는 날로 우리를 데려간다. 모든 것은 하나의 과정에 불과하다. 그 어떤 고상하고 우아한 말로도 미화되거나 치장될 수 없는.

어찌 우리 이날을

아아 잊으랴 어찌 우리 이날을 / 조국을 원수들이 짓밟아 오던 날을 / 맨주먹 붉은 피로 원수를 막아내어 / 발을 굴러 땅을 치며 의분에 떤 날을(〈6 · 25 노래〉 중에서)

뙤약볕이 내리쬐는 6월의 운동장에 서서 이 노래를 불렀었다. 우리는 그 시절 그 전쟁을 '6·25사변事變'으로 불렀다. 80년대 들어오면서 슬그머니 이 전쟁의 이름이 '한국전쟁'으로 불리기 시작했다. 영어의 공식 명칭 'Korean War'를 직역한 것이겠지만 그 말은 마치 다른 나라에서 일어난 일인 것처럼 우리를 객체화하고 있다. 북에서는 '조국해방전쟁'이라는 아름다운 이름으로 부르고 있지만 이 땅에서 그 전쟁으로 인해 해방된 이 누구인가? 아시아 변방의 갓 독립한 작은 나라에서 벌어진 전쟁에 참전해 5만 4천의 전사자를 낸 미국은 그것을 '잊힌 전쟁The Forgotten War'으로 부르고 있다. 그러나 어찌 우리가 그걸 잊을 수 있겠는가?

〈6·25 노래〉에 나오는 '원수'라는 말이 너무 원색적이어서 북을 자극할 수 있다는 이유에서였을까, 그 노래도 슬며시 자취를 감추어버렸다. 나도 안다. 북은 원수로만 여겨서는 안 될, 우리가 품어야 할 동족이라는 걸. 그러나 어찌 잊을 수 있으랴. 3년 하고도 1개월에 걸친 증오와 적개심의 날들과 250만의 죽음과 20만의 미망인과 10만의 전쟁고아와 1천만의 이산가족을 낳은 그 비극적 사변의 기억을.

나는 시대적·집단적 기억보다는 그 시대를 온몸으로 통과해온 개인사적 기억이 더 소중한 것이라 믿는다. 그리고 그 기억들의 중심에 노래들이 있다고 믿는다.

> 전우의 시체를 넘고 넘어 앞으로 앞으로 / 낙동강아 잘 있거라 우리는 전진한다 / 원한이야 피에 맺힌 적군을 무찌르고서 / 꽃잎처럼 사라져 간 전우야 잘 자라(〈전우야 잘 자라〉 중에서)

그렇게 이 땅의 젊은이들은 비정한 전쟁터로 내몰렸다. 그리고 그 비정한 전선에도 밤은 찾아왔고 두고 떠나온 이들에 대한 그리움도 함께 몰려왔다. "가랑잎이 휘날리는 전선의 달밤 / 소리 없이 내리는 이슬도 차가운데 / 단잠을 못 이루고 돌아눕는 귓가에 / 장부의 길 일러주신 어머님의 목소리 / 아~ 그 목소리 그리워"(신세영의 〈전선야곡〉).

남아 있는 이들의 전쟁도 떠나온 사람들의 전쟁 못지않게 쓰라렸다. "님께서 가신 길은 빛나는 길이옵기에 / 이 몸은 돌아서서 눈물을 감추었소"(심연옥의 〈아내의 노래〉). 피난을 못 가 서울에 남아 있던 사람들은 북으로 통하는 유일한 신작로였던 미아리고개를 넘어 후퇴하는 인민군들에게 끌려가며 애끊는斷腸 노래를 남기기도 했다. "미아리 눈물 고개 님이 넘던 이별 고개 / 화약 연기 앞을 가려 눈 못 뜨고 헤매일 때 / 당신은 철사 줄로 두 손 꽁꽁 묶인 채로 / 뒤돌아보고 또 돌아보고 / 맨발로 절며 절며 끌려가신 이 고개여 / 한 많은 미아리고개"(이해연의 〈단장斷腸의 미아리고개〉).

북진을 거듭해 압록강을 눈앞에 뒀을 때 얼어붙은 강을 건너 중공군들이 밀려왔다. 이름만으로도 춥고 절망적인 1·4후퇴였다. 통일과 지루한 전쟁을 끝낼 기회를 바로 눈앞에서 놓쳐버린 절망감에 사람들은 요즘 말로 멘붕에 빠졌다. 전쟁을 알 리 없는 아이들도 중공군에 대한 적개심이 전염되어 고무줄을 하면서 노래를 불렀다. "무찌르자 오랑캐 몇 천만이냐 / 대한 남아 가는데 초개로구나". 퇴각하는 국군과 피난민들이 흥남부두로 몰려들었다. "눈보라가 휘날리는 바람 찬 흥남부두에 / 목을 놓아 불러봤다 찾아를 봤다 / 금순아 어디로 가고 길을 잃고 헤메었더냐 / 피눈물을 흘리면서 일사 이후 나 홀로 왔다"(현인의 〈굳세어라 금순아〉). 그렇게 피붙이와 생이별을 한 사람들은 피난 보따리를 이고 지고 남쪽으로 내려왔다.

땅끝의 남쪽 항구 부산으로 몰려든 사람들은 바닷가 산동네에 다닥다닥 코딱지 같은 판잣집을 짓고 부두 노동자로, 미군 부대에서 흘러나온 미제 장사 아지매로, 때로는 비럭질로 어떻게든 한 많은 피난살이를 살아내야만 했다. 절대 절망 속에서도 웃음이 그리웠던 사람들은 땟국물이 흐르는 얼굴로 부두에서 오가는 사람들의 구두를 닦는 전쟁고아들의 절망까지 희화화戱畵化해야 했을까, 이런 만가慢歌를 만들어 부르기도 했다. "아무리 피난통에 허덕거려도 / 구두 하나 못 닦아 신는 도련님은요 / 어여쁜 아가씨는 멋쟁이 아가씨는 노노노노 노굿이래요"(박단마의 〈슈샤인 보이〉).

그러나 그 시절은 이별의 시절이었다. 서울이 수복된 뒤 피난살이를 마치고 떠나는 이들과 남은 이들의 이별은 사뭇 비장했다. "보슬비가 소리도 없이 이별 슬픈 부산 정거장 / 잘 가세요 잘 있어요 눈물의 기적이 운다 / 한 많은 피난살이 설움도 많아 그래도 잊지 못할 판잣집이여 / 경상도 사투리의 아가씨가 슬피 우네 이별의 부산 정거장"(남인수의 〈이별의 부산 정거장〉).

포성이 그치고 60년의 세월이 흘렀다. 지금 우리는 어느 미망迷忘 속을 헤매고 있는가?

하이힐

뜬금없이 하이힐을 떠올린 것은, 웃지 마시라, 늦여름 뜰에 핀 맨드라미를 보고서였다.

아마 초등학교 6학년의 초여름 오후였을 것이다. 마을 어귀의 포장이 안 된 신작로에 뿌연 먼지를 일으키며 합승버스가 멈추어 섰다. 그리고 한 여인이 내렸다. "솔솔솔 오솔길에 빨간 구두 아가씨 / 똑똑똑 구두 소리 어딜 가시나". 그 시절 유행하던 남일해의 노래(〈빨간 구두 아가씨〉) 속에서 막 튀어나온 듯한 빨간 하이힐과 초록 투피스, 초여름 오후의 먼지 속에서 그녀는 빛났다. 그녀가 어디서 왔는지, 어떤 연유로 개울가에 있던 내 동무의 집 옆방에 세 들어 살게 되었는지 아무도 몰랐고 어둠이 내리면 자전거 페달 소리와 함께 파나마모자를 쓴 한 남자가 슬며시 스며들었다가 밤이 이슥하면 가버린다는 불온한 소문만 밤안개처럼 마을을 떠돌았다. 요즘 텔레비전의 막장 드라마에나 나올 법한 사태가 벌어진 것은 공연히 그 동무의 집을 풀 방구리 쥐 드나들듯 하며 보낸 여름이 끝날 즈음이었다. 그녀의 불온한 밤손님의 마누라님과 억센 동행들이(이럴 경우에는 흔히 막말깨나 하고 드센 지원군 두엇이 등장하는 법이다) 그녀에게 무지막지한 린치를 가하고 그녀의 살림살이를 마당에 내던져 부수는 걸 대문 옆 대추나무 그늘에 숨어 입술을 깨물고 훔쳐보았다. 그렇게 그 여름은 끝났다. 그녀가 마을에서 종적을 감춘 뒤 나는 동무의 집 마당에 핀 맨드라미들 사이에 버려진 빨간 구두 한 짝을 발견했다. 그녀의 그 빨간 구두 한 짝을 어루만지며 문득 생각했던 것도 같다. 인생이란 때로 마당가에 주저앉아 맨드라미의 처연한 붉음에 눈길을 주는 일인지도 모른다고.

이렇게 연상 작용이란 때로는 뜬금없고 막무가내이고 억지스럽고 무책임하기까지 하다. 특히 그것이 우리의 욕망과 잇닿아 있을 때는 그 극치를 보여주기도 한다. 그 늦여름 내가 동무네 마당의 맨드라미 옆에서 발견한 외짝의 빨간 하이힐은 우리 무의식의 심연에서 불쑥 떠오른 욕망의 한 기호일 수도 있다는 말이다. '모노 산달로스mono sandalos'. 'mono'란 그리스 말로 '하나'라는 뜻이고 'sandalos'는 '신발'을 의미하므로 '외짝 신발을 신은 이'라는 말로 번역될 수 있겠다. "외짝 신발을 신은 이가 왕국을 차지할 것이다"라는 델피의 신탁神託(Delphian oracle, 그리스신화에서 신의 뜻을 전하는 말)이 있었다. 이아손은 숙부에 의해 왕국에서 쫓겨난 왕자였다. 아나우로스 강을 건너다 신발 한 짝을 떠내려 보낸 이아손은 잃어버린 신발을 찾지 못했고 신탁은 이루어지지 않았다. 신데렐라가 무도회에서 잃어버린 유리 구두 한 짝을 되찾지 못했다면 호박으로 변해버린 마차와 함께 그녀는 자신의 이름처럼 '재를 뒤집어쓴' 초라한 부엌데기 신세로 평생을 살아야 했을 것이다. 동쪽으로 온 달마대사는 "외짝 신발을 메고 서천으로 가다"라는 마지막 공안公案(화두)을 남기고 중국을 떠난다. 그에게 있어서도 남기거나 메고 간 신발은 욕망의 한 구현이 아니었을까?

무엇보다 극대화된 욕망의 구현은 하이힐일 것이다. 마릴린 먼로. 신화가 되어 사라진 그 여배우의 이름을 들으면 우리는 지하철의 통풍구 위에 서서 바람에 부풀어 오른 치마를 움켜잡고 있는 하얀 하이힐을 신은 그녀를 떠올리게 될 것이다. 하이 힐high heel, 즉 굽이 높은 구두는 허리를 곧게 펴지게 하고 배가 들어가게 하고 엉덩이를 올려주고, 무엇보다 팽팽하게 긴장된 다리 선을 갖게 해준다. 그녀는 실제로 한쪽 굽의 높이를 조금 낮추어 오리가 엉덩이를 뒤뚱거리듯이 둔부를 좌우로 흔들며 걸었다. 이른바 '먼로 워크Monroe Walk'의 탄생이었다. 뭇 여성들은 그녀의 걸음걸이를 흉내 내며 자신들의 성적 욕망을 구현했고 뭇 남성들은 그녀들의 걸음걸이를 보며 자신들의 성적 환상을 충족했다. "지금의 나를 있게 한 것은 하이힐이었어요." 마릴린 먼로는 그렇게 고백하기도 했다.

16세기 초, 이탈리아의 저 유명한 가문 메디치가家에서 프랑스의 앙리 2세에게 시집온 카트린은 늘씬하고 매력적인 다리를 가지고 있었는데 40cm나 되는 굽 높은 초핀chopine을 신어 하녀들의 부축을 받아 걸을 정도였다고 한다. 많은 귀부인이 그녀를 따라 굽 높은 구두를 신게 되었다고 하지만 실제로 하이힐이 유행하게 된 것은 17세기 프랑스의 심각하게 비위생적인 환경 때문이었다. 물이 전염병을 옮긴다는 잘못된 지식으로 사람들은 목욕을 하지 않았고 집 안에 화장실이 없어 요강에 담은 분뇨를 거리에 버렸다. 높은 창에서 쏟아지는 오물을 피하기 위해 숙녀들은 파라솔을 들었고 거리에 넘쳐나는 오물과 쓰레기로부터 발을 보호하기 위해 하이힐을 신었다. 필요는 역시 발명의 어머니인 것인가?

이 글을 맺으려는 순간, 나의 무책임한 연상 작용은 이멜다와 윤흥길로까지 확장된다. 1986년 21년간이나 필리핀을 통치하던 독재자 마르코스와 그의 부인 이멜다가 민중들에 의해 축출되어 하와이로 도망간 뒤 이멜다의 신발장에서는 2200켤레의 구두가 발견되었다. 윤흥길의 소설 「아홉 켤레의 구두로 남은 사내」에서 남자는 비정한 산업화 사회로부터 밀려난다. 2200과 9라는 숫자는 추악한 욕망과 억압받는 욕망의 전혀 다른 표현이 아닐까?

프랑스의 옛 이야기 「신데렐라」에서의 유리verre 구두는 모피vair 구두의 잘못된 번역이었다고 한다. 그녀가 잃어버린 것이 모피 구두였다면 신데렐라의 환상은 완성되지 않았을 것이다. 이렇듯 우리의 욕망과 환상은 허구에 기초한 것인지도 모른다.

라디오 스타

When I was young I'd listen to the radio Waiting for my favorite song / When they played I'd sing along It made me smile(어렸을 적 제일 좋아하는 노래가 나오기를 기다리면서 라디오를 듣곤 했어 / 그 노래가 나오면 따라 부르며 미소를 지었었지)

우리나라 사람들이 좋아하는 팝송 중의 하나라는 카펜터스의 〈Yesterday Once More(어제여, 다시 한 번)〉의 첫 부분이다. "에브리 샬라라라 에브리 워워워워" 어쩌고 하는 그 노래의 후렴부를 라디오에서 듣고 외며 다니던 시절이 있었다. 별빛만 봐도 설레고 바람 소리만 들어도 가슴이 콩닥거리던 소녀들이 〈별이 빛나는 밤에〉나 〈한밤의 음악 편지〉 〈밤을 잊은 그대에게〉 같은 라디오 심야 음악 프로에 신청곡과 함께 사연을 적은 편지를 보내고, 자신의 사연이

DJ의 달콤한 목소리로 읽히고 신청한 노래가 나오기를 기다리며 '까만 밤을 하얗게 지새우던' 시절이 있었다.

어떤 사람의 생애는 한 시절을 대표하거나 상징하고 그 사실은 그가 죽었을 때 더욱 도드라져 보인다. 보고 만지고 부딪쳐야 느끼는 시대가 아니라 보이지 않아도, 만질 수 없어도, 그리움만으로도 충분히 아름다웠던 한 시대를 대표하던 라디오 DJ 이종환이 지상의 마이크를 끄고 하늘로 떠났다. 샹송의 전설이던 바람둥이 에디트 피아프와 사랑에 빠지기도 했던 음유시인 조르주 무스타키가 타계했다는 소식을 들은 지 이틀 만이다. 우리는 〈Yesterday Once More〉는 물론이고 조르주 무스타키의 〈밀로르(Milord, 영어로는 sir쯤의 의미일 것이다)〉도 그의 〈별이 빛나는 밤에〉에서 들었다. 그들의 죽음은 그렇게 우리를 '어제'로 데리고 간다.

"겹겹이 벽이 가로질러 있고 문이 꼭꼭 닫힌 방 안에서도 수만 리 밖의 말소리며 노래를 손에 쥐듯 듣다니 얼마나 귀신같은 신비스런 노릇인가?"

청마 유치환이 라디오를 처음 접하고 감탄하며 했다는 말이다. 라디오는 그렇게 마법의 상자처럼 우리에게 다가왔다. 우리나라 라디오 방송의 역사는 1927년 일제강점기로 거슬러 올라간다. 식민정책의 강화라는 불순한 목적으로 일본인들이 'JODK'라는 호출부호로 경성방송국의 문을 연 것이다. 우리가 전파의 주권을 찾은 것은 'HLKA'라는 부호로 방송을 시작한 1947년이었다. 너 나 할 것 없이 찢어지게 가난해 비싼 라디오를 살 수 없었던 60년대, 대청마루

기둥에 매달린 유선 라디오('스피커'라고 불렀었다)라는 게 있었다. 그것도 매달 내야 하는 수신료가 힘겨워 집집마다 달 수는 없었던 그 스피커를 통해 연속방송극 〈섬마을 선생〉이나 요즘의 토크쇼 격인 〈재치문답〉, 구수한 목소리의 성우 구민의 〈김삿갓 방랑기〉, 장소팔 고춘자의 만담을 들으며 고단한 세상살이의 시름을 달래던 시절이었다.

몸통보다 더 큰 건전지를 고무줄로 친친 동여매어 듣던 트랜지스터라디오가 등장한 60년대 후반부터 DJ라는 생소한 이름과 함께 본격적인 음악 방송이 전파를 타면서 꿈 많은 여학생들을 잠 못 이루게 하는 밤들이 시작되었다. 최동욱, 이종환, 김기덕, 김광한 등으로부터 배철수로, DJ 계보는 오늘날까지 이어지고 있다. 1973년 종로2가에 음악감상실 '쉘부르(그 시절 우리를 한없이 울렸던 카트린 드뇌브 주연의 뮤지컬 영화 〈쉘부르의 우산〉에서 그 이름을 따왔을 것이다)'가 문을 연 이래로 전국에는 DJ가 있는 수많은 음악다방들이 생겨났고 심지어는 떡볶잇집에 이르기까지 장발을 도끼빗으로 쓸어 넘기며 느끼한 목소리로 쪽지 사연을 읽고 신청곡을 틀어주는 수많은 DJ들과, 뮤직박스 안의 그들을 애틋한 눈길로 바라보는 소녀들이 양산됐다. DJ를 짝사랑하여 매일 밤 자정이면 전화를 걸어 음산한 목소리로 "〈안개〉를 틀어주세요"라고 속삭이며 살인을 저지르는 여인이 등장하는 〈어둠 속에 벨이 울릴 때〉 같은 영화(클린트 이스트우드가 DJ로 나왔다)나 "그 음악은 제발 틀지 말아요, DJ"라고 호소하던 윤시내의 노래 〈DJ에게〉에서의 DJ는 한 시대의 트렌드였고 그 중심에 이종환이 있었다. 〈별이 빛나는 밤에〉 〈밤의 디스크 쇼〉 등에서 코맹맹이 소리처럼, 혹은 사탕을 입에 문 것처럼 웅웅거리며 울려 나오던 그의 목소리는 그 시절을 지나온 모든 이들의 가슴에 아련한 흔적으로 남게 될 것이다.

이준익 감독, 안성기·박중훈 주연의 〈라디오 스타〉라는 영화를 기억할 것이다. 한때는 잘나갔지만 이제는 한물간 가수 최곤(박중훈 분)이 시골(강원도 영월) 방송국의 DJ로 방송을 통해 순박한 시골 사람들의 사연들과 만나면서 허영으로 가득 찬 꿈으로서가 아니라 날것 그대로의 삶을 꿈꾸게 된다는 훈훈한 영화였다. 꿈, 그렇다. DJ 그들은 꿈꾸는 것조차 사치였던 그 시절을 건너온 이들의 드림 메이커dream maker였다.

이종환의 타계 소식을 듣고 문득 떠오른 노래 〈Yesterday Once More〉는 이렇게 끝난다.

> Some can even make me cry just like before / It's yesterday once more(어떤 노래들은 옛날처럼 나를 울게 하기도 하지 / 다시 한 번 어제처럼)

셜록 홈즈

여름은 추리소설의 계절이다. 여름이 다가올 무렵이면 서점가에 추리소설들이 쏟아져 나온다. 여름철의 텔레비전들이 일제히 납량 특집이라는 이름으로 수많은 공포물을 쏟아내고 극장가에도 어김없이 공포영화들이 내걸리는 현상과 다르지 않다. '납량納凉'이라 함은 여름 더위 속에 써늘함을 가져다주는 걸 뜻한다. 심리적인 공포와 우리 몸이 느끼는 써늘함이 생리적 연관성을 가지고 있기는 한 모양이다.

한때는 '탐정소설'이라고도 불리던 추리소설은 미스터리, 스릴러, 서스펜스 등 여러 장르의 중심에 있다. 우리가 흔히 읽어왔던 추리소설의 전형은 대충 이렇다. 실마리가 드러나지 않는 살인 사건이 일어나고 어김없이 단순하고 고집불통인 경찰관이 등장해 무고한 사람을 용의자로 지목한다. 그 모든 과정은 기가 막힌 추리력을 지닌 탐정이 나타나 아무도 예상하지 못한 반전을 완성하기 위해 치밀하게 준비된 장치들이다.

오늘날 〈캐리〉 〈미저리〉 〈샤이닝〉 등 영화로 만들어진 스티븐 킹과 같은 작가들의 소설들에서는 사건이 해결되는 과정에서의 추리는 중요한 요소가 아니다. 그 범죄 자체가 얼마나 잔혹하고 기괴한가에 중점을 두고 있다. 추리소설은 이성의 힘이 악보다 우위에 있다는 근대적 사유와 시민사회를 악으로부터 지켜야 한다는 보수적 태도에 기초하고 있는바, 오늘날 추리소설이 스티븐 킹류流의 소설들에 자리를 내어주고 있다는 것은 독자들이 이성보다는 폭력에, 안정보다는 파괴에 더 길들여져 있다는 방증일 것이다.

19세기 초 미국 문학의 성과를 대표하는 작가 에드거 앨런 포는 술과 도박과 가난과 지병 속에서 불행한 삶을 살다가 마흔 살의 나이에 볼티모어의 한 거리에서 정신착란의 상태로 발견된 지 하루 만에 쓸쓸히 죽었다. 그의 정확한 사인死因은 밝혀지지 않았고 무덤의 위치까지도 미스터리로 남아 있다. 그의 생애에서 유일하게 행복했던 시간은 스물일곱의 나이에 당시 13세였던 조카(그 시절 미국과 유럽에서는 친남매만 아니면 결혼할 수 있었다) 버지니아와 결혼해서 보낸 10년 가까운 세월이 전부였을 것이다. "It was many and many a year ago / In a kingdom by the sea / That a maiden there lived whom you may know / By the name of Annabel Lee(아주 먼 옛날 / 바닷가 한 왕국에 / 당신이 알지도 모르는 한 소녀가 살았지요 / 그녀의 이름은 애나벨 리)"로 시작되는 아름다운 시 「애너벨 리」는 버지니아가 스물넷의 나이에 결핵으로 세상을 뜨고 난 뒤 그녀에게 바친 것이었다. 불행하고 우울한 생애 때문이었을까, 아름다운 시 「애너벨 리」와는 달리 그는 어둡고 음울하고 괴기스럽기까지 한 소설들을 남겼다. 1841년, 죽기 8년 전에 쓴 「모르그 가街의 살인」으로 그는 세계 최초의 추리소설 작가가 되었다. 오귀스트 뒤팽이라는 탐정을 등장시킨 그의 추리소설들은 「도둑맞은 편지」 「검은 고양이」 등으로 이어지며 그를 '추리소설의 아버지'로 만들었다.

어린 시절 셜록 홈즈의 이야기를 읽어보지 않은 사람은 없을 것이다. 런던의 베이커 가街 221번지 그의 사무실의 깊숙한 안락의자에 앉아 푸른 파이프 담배 연기를 피워 올리며 홈즈는 생각에 잠겨 있다. 계단을 올라오는 의뢰인의 구두 소리만 듣고도 그녀가 어떤 가문 출신인지, 머리 색깔이 무엇인지뿐만 아니라 그녀의 심리 상태까지 추리해낸다. 구두코에 묻은 흙, 해진 소매, 불거진 무릎, 머리를 쓸어 넘기는 모습, 글씨를 쓰는 버릇에 이르기까지 우리가 지나쳐버리는 모든 것이 그의 추리의 원천이 된다. 홈즈의 추리에 사람들은 열광했다. 그 매력적인 탐정을 만들어낸 작가 코난 도일이 「마지막 사건」이라는 소설을 끝으로 홈즈를 죽였을 때 세계 각지에서 홈즈를 살려내라는 비난과 호소의 편지가 쇄도했다. 산책을 나간 코난 도일이 분개한 노부인에게 우산으로 얻어맞는 일까지 벌어질 정도로 홈즈는 많은 이들의 사랑을 받았다.

여기서 퀴즈. 성경을 제외하고 가장 많은 언어(103개)로 번역돼 기네스북에 오른 소설은 누가 썼을까? 세계 최고의 롱런(장기 공연)

기록을 가진 연극은 무엇일까? 첫 문제의 답은 영국의 여류 작가 애거사 크리스티이고, 다음 질문의 답은 그녀가 쓴 연극 〈쥐덫〉이다. 눈에 덮여 격리된 산장에서 벌어진 살인 사건에 대한 이야기다. 1952년 런던의 한 극장에서 초연된 그 연극은 60년이 넘도록 공연을 이어가고 있다. 그녀의 소설에는 '잿빛 뇌세포'라고 불리는 퇴역 경감 에르퀼 푸아로가 탐정으로 등장한다. 치밀한 그의 추리력과 기상천외한 반전은 코난 도일의 셜록 홈즈를 능가한다. 눈 덮인 산장이라든가 「오리엔트 특급 살인 사건」에서의 폐쇄된 기차 안과 같은 격리된 공간을 즐겨 사용해 공포와 함께 짜릿한 반전으로 추리의 재미를 더해준다. 에드거 앨런 포와는 달리 그녀는 평온한 삶을 살았다. 평화로운 저녁, 남편과 아이들을 위해 주방에서 도마질을 하고 있는 그녀의 머릿속이 온통 기상천외한 살인과 독극물 따위로 가득 차 있었을 걸 생각하면 섬뜩하기도 하다.

그 소설들을 읽으면서 우리는 홈즈나 푸아로와 함께 추리한다. 그러나 우리가 그들보다 먼저 추리에 성공해 진범을 찾아내는 일 같은 건 일어나서는 안 된다. 한순간 스스로의 추리력에 우쭐할 수 있을 뿐, 다시는 추리소설을 찾지 않을 것이기 때문이다.

여전사들

영화 〈암살〉이 천만 관객을 돌파했다. 2012년, 1300만 관객을 동원한 영화 〈도둑들〉에서 전지현을 섹시한 도둑으로 만들어 흥행에 성공한 최동훈 감독이, 이번에는 시대를 일제강점기로 옮겨 매력적인 독립군 저격수라는 캐릭터로 또 한 번 흥행 대박을 터뜨렸다. 푸짐한 백치미와 섹시함에다가 청순함까지 뒤섞인 그녀의 매력이 '여전사'라는 캐릭터와 만나 제대로 꽃을 피운 것이라 할 것이다.

오랜 세월 "약한 자여, 그대 이름은 여자로다Frailty, thy name is woman"라는 햄릿의 독백이 여성성을 상징해왔다. 역사 속에서 여성은 남성에 비해 나약하고 무력하고 소극적인 조연의 역할에 만족해왔다는 것이다. 나약한 여성성이라는 담론에 대한 반동은 드라마에서부터 시작되었다. 1975년 황금빛 브래지어에 별이 그려진 파란 팬티를 입은 여자가 브라운관에 등장해 남자 악당들을 무찔렀다.

〈원더우먼〉의 탄생이었다. 1979년에 나온 〈에일리언〉에서는 중성적인 매력을 지닌 여배우 시거니 위버가 우주선의 철판도 우그러뜨리는 강력한 외계 생명체와 맞서 외롭게 싸웠다. 〈터미네이터〉는 자신의 아들을 지키기 위해 미래에서 온 암살자와 맞서는 근육질의 여전사 사라 코너(린다 해밀턴 분)의 이야기다. 〈레지던트 이블〉에서 앨리스(밀라 요보비치 분)는 악의 존재와 맞서는 인류의 마지막 희망이다. 안젤리나 졸리는 〈툼 레이더〉 〈솔트〉 등에서 가장 매력적이고 섹시한 여전사의 캐릭터로 떠올랐다. "도살장에서 벌이는 칵테일파티"라는 비난의 중심에 서기도 했던 쿠엔틴 타란티노의 영화 〈킬 빌〉에서는 악에 맞서 싸우는 정의의 여전사가 아닌 복수의 화신 브라이드(우마 서먼 분)가 등장해 피비린내 나는 '과장된 폭력성의 미학'을 완성했다.

역사 속에서의 최고의 여전사는 단연 잔 다르크일 것이다. 15세기 초 왕위 계승을 둘러싸고 분열 상태에 빠진 프랑스를 침공해 오를레앙 성을 포위한 영국 왕 헨리 5세는 자신이 영국과 프랑스를 통치하는 왕임을 선언한다. 가난한 농부의 딸로 태어난 17세의 잔은 프랑스를 구하라는 신의 계시를 받고 겁에 질린 프랑스 병사들의 선봉에 서서 오를레앙 전투를 승리로 이끈다. 영국군에 잡혀 마녀, 이교도라는 죄명으로 화형을 당하는 최후를 맞지만 그녀는 오늘날까지 프랑스의 구국의 영웅으로 추앙받고 있다.

영화 〈암살〉에서 전지현이 연기한 독립군 저격수 안옥윤은 역사에는 존재하지 않는 가상의 인물이지만 실제로 총을 들고 일제와 맞선 여성이 있다. 남자현이다. 1872년 영양에서 태어난 그녀는 남편이 의병 활동 중 일본군에 의해 목숨을 잃자 1919년 만주로 떠나 독립군에 가담한다. 1926년 국내로 잠입해 사이토 총독의 암살을 기도하지만 실패하고 다시 만주로 가 독립운동을 계속한다. 1933년 일본이 세운 만주국 전권대사 무토 노부요시를 저격할 계획을 세우고 걸인 노파로 위장해 무기를 운반하던 중 일본 밀정에게 체포되어 여섯 달에 걸친 모진 고문에 시달리지만 뜻을 굽히지 않고 단식으로 저항하다가 62세를 일기로 순국한다.

"독립은 정신으로 이루어지느니라."

그녀가 남긴 마지막 말이었다. 조선의용대에 입단해 일본군의 정보를 수집하는 등 공작 활동을 벌인 전월순, 아홉 살에 가족과 함께 만주로 망명해 열여섯에 이상룡의 손자 이병화와 결혼하여 독립군들의 뒷바라지로 고난의 세월을 보낸 허은 등 우리는 수많은 독립군 여전사들의 이름을 잊고 있다.

꼭 총이나 칼을 들어야만 전사는 아닐 것이다. 1919년 기미년 봄의 유관순 누나는 강인한 여전사였다. 이화학당에 다니던 18세 소녀 유관순은 학생들과 서울에서의 3·1만세운동에 가담했다가 학교에 휴교령이 내리자 고향 병천으로 내려와 다시 만세운동을 주도했다. 이른바 '아우내장터 만세운동'이었다. 서대문형무소에 갇힌 그녀는 고문과 회유에도 뜻을 꺾지 않고 형무소 안에서도 만세운동을 일으킨다. 거듭된 고문과 영양실조로 열아홉 꽃다운 나이에 옥중에서 생애를 마친 유관순, 그녀는 진정한 우리 민족의 여전사였다.

같은 해, 독일 베를린의 한 다리 위에서 작은 키에 다리를 저는 40대 여인이 갖은 린치를 당하다가 마침내는 군인들이 휘두르는 총의 개머리판에 머리를 맞고 쓰러졌다. 군인들은 그녀를 다리 밑 운하에 버렸고 그녀의 시신은 4개월이 지나서야 떠올랐다. 평생을 평등과 자유의 민주주의 세상을 꿈꾸었던 폴란드 출신의 사회주의 혁명가 로자 룩셈부르크였다. 민족주의의 위험성을 경고한 그녀에게 독일 친구들은 등을 돌렸고 혁명을 빙자한 독재를 비난하는 그녀를 러시아 친구들이 외면했지만, 그녀는 끝내 누구나 평등하게 자유를 구가하는 사회주의 혁명에 대한 순수한 열정을 버리지 않았다. 그녀는 "인간다움이 무엇보다 중요한 것입니다. 인간답다는 것은, 꼭 그래야만 한다면 자신의 전 생애를 거대한 운명의 저울에 기꺼이 던져버리는 것을 의미하지요"라는 말을 남겼다.

안중근 의사의 사형선고 소식을 들은 어머니 조마리아 여사는 옥중에 있는 아들에게 편지를 보냈다.

> 네가 만약 늙은 어미보다 먼저 죽는 것을 불효라 생각한다면 이 어미는 웃음거리가 될 것이다. 너의 죽음은 너 한 사람 것이 아니라 조선인 전체의 공분公憤을 짊어지고 있는 것이다. 네가 항소를 한다면 그것은 일제에 목숨을 구걸하는 것이다. 네가 나라를 위해 이에 이른즉 딴마음 먹지 말고 죽으라.

총과 칼은 들지 않았지만 진정한 여전사의 모습을 그 위대한 어머니에게서 본다.

졸리의 선택

미국의 영화배우 안젤리나 졸리가 유방 절제 수술을 받았다는 소식이 세계적으로 커다란 반향을 불러일으켰다. 한 여배우의 선택을 어떤 이들은 충격적으로, 어떤 이들은 애석하게, 또 어떤 이들은 신선하게 받아들였다.

안젤리나 졸리가 누구인가? 특유의 찌르는 듯 써늘한 눈빛과 도발적인 입술로 온 세상 남자들을 아찔하게 홀려온 여배우가 아니던가? 그녀는 섹시한 여전사 라라 크로프트를 연기한 영화 〈툼 레이더〉와 CIA로부터 버림받은 스파이로 등장해 숨 막히는 액션으로 스크린을 장악한 영화 〈솔트〉 등에서는 도저히 뿌리칠 수 없는 섹시함으로, 그녀에게 아카데미 여우조연상을 안긴 영화 〈처음 만나는 자유〉에서는 도발적이며 반항적인 이미지로 환상을 만들어온 여배우였다. 그런 그녀에게 유방의 의미는 무엇이었을까?

여성의 젖가슴은 오랜 세월 남성들의 판타지의 중심에 있었다.

항라 적삼 안섶 속에 / 연적 같은 저 젖 보소 / 많이 보면 병난다네 / 담배씨만큼만 보고 가소

상주 공갈못의 옛 노래 속에서 연밥 따는 처녀가 보여주는 판타지는 얼마나 아찔한가! 어쩔 수 없이 동물의 본성에서 벗어날 수 없는 인간에게 성적 환상은 번식의 욕구와 무관하지 않으므로 아기에게 생명의 젖줄인 여성의 유방이 아름답고 신성하기까지 한 여성성의 중심에 있는 것이다.

독일의 시인이자 극작가 브레히트는 “처녀들의 젖가슴은 아직 저렇게 싱그러운데……”라며 생명의 신성함에 얹어서 자신의 늙어가는 날들을 탄식했고 여성의 가슴에 대한 최고의 찬미자라 할 프랑스의 시인 보들레르는 그의 수많은 시에서 그 신비로움과 아름다움을 뛰어넘어 평화로움으로까지 승화시켰다.

나 그대 젖가슴 그늘에서 편안한 잠을 즐기기도 하였으리 / 평화로운 마을 산기슭에서 고이 잠들듯

무슨 영화제 시상식 같은 데서 레드카펫 위의 여배우들이 드레스 아래로 풍만한 가슴과 깊게 파인 가슴골을 보여주려고 기를 쓴다거나 보형물로 가슴의 크기를 키우는 시술 따위는 화젯거리도 되지 못

하는 세상이다. 세상의 모든 신비로운 것들은 햇빛 아래 존재하지 않는다. 달빛 아래 은은히 그 모습을 드러낸다. 공갈못의 연밥 따는 처녀 모시 적삼 아래로 담배씨만큼만 드러나는, 그것도 보일 듯 말 듯 아찔하기만 한 젖가슴이 대변하는 여성성의 신비로움은 이제 고리타분한 옛말이 된 듯하다.

파리의 루브르박물관에는 인간의 손으로 만들어진 가장 아름다운 작품이라는 여성상像이 있다. 1820년, 그리스의 밀로 섬에서 한 농부가 발견한 이른바 〈밀로의 비너스〉다. 기원전 4세기경 작품으로 추정되는, 양팔이 잘려 있는(원래부터 없었을 것이라는 설도 있다) 이 조각품은 '황금분할golden section'이라는 말을 만들어내기도 했다. 얼굴 길이가 키의 8분의 1이어야 한다는 이른바 '팔등신八等身'이라는 말의 원조가 된 것이다. 그러나 여성들이여! 그녀의 가슴을 부러워하지 말라. 그렇게 큰 가슴으로는 몸을 가누기조차 힘들 테니까. 이상은 언제나 이상일 뿐이다.

다시 안젤리나 졸리의 가슴으로 돌아가자. 유방암에 걸릴 확률이 80%에 가깝다는 의학적 판단이 있었고 첨단의 성형 기술로 복원이 가능하다지만 섹시함의 화신으로 군림해온 여배우로서 유방의 절제라는 그녀의 선택은 매우 비장했을 것이다.

남미의 밀림에는 모든 강들의 어머니라는 아마존 강이 있다. 스페인의 정복자 피사로의 부하들이 밀림 속에서 여인들로만 이루어진 부족과 교전을 벌였다고 해서 붙여진 그 '아마존'이라는 이름은 '가슴이 없다'라는 뜻의 그리스 어원을 가지고 있다. 그리스신화 속의 아마존은 여인 전사들의 부족이었다. 이 아마조네스들은 아들을 낳으면 죽여버리고(그러면 종족 보전은 어떻게 하냐고? 그녀들의 전리품 중에는 건장한 남자 포로들이 얼마든지 있었다) 딸을 낳으면 어릴 때 오른쪽 젖가슴을 절제해버렸다고 한다. 활을 쏘거나 창을 던지는데 거추장스럽기 때문이었다. 졸리에게는 자신이 지키고 싶은 가치에 비해 젖가슴은 하찮은 것이었을지도 모른다.

"내 왼손 새끼손가락이 왜 없냐고? (질그릇을 만들려고) 물레를 돌리는데 걸리적거리길래 잘라버렸지."

니코스 카잔차키스의 소설 「그리스인 조르바」에 나오는 자유인 조르바의 말이다. 졸리에게 젖가슴은 조르바의 새끼손가락 같은 것이었을지도 모른다. 그게 손가락이든 젖가슴이든 존재의 본질은 아니라는 것이다.

안젤리나 졸리여! 아름다운 용기로서의 그대의 가슴을 존중했듯이 우리는 허전한 빈터로서의 그대 가슴도 존중한다.

1592년의 사람들

영화 〈명량〉은 일곱 갑자甲子(60년) 전, 때로는 분노로, 때로는 절망과 두려움으로 서남해의 조선 바다를 응시해야 했던 한 무부武夫의 이야기이다. 여름 들머리에 개봉한 그 영화가 관객 수 1700만을 넘어섰다. 아이 어른 할 것 없이 우리나라 사람 셋 중 하나는 그 영화를 본 셈이 된다. 한국 영화사를 다시 쓴 영화 〈명량〉의 힘은 어디에서 오는 것일까?

사람들은 말한다. 시대가 영웅을 필요로 하기 때문이라고. 영화 〈광해〉가 7백만을 넘었을 때 시대가 '백성을 사랑하는 지도자'를 원하고 있기 때문이라고 말했고, 〈변호인〉이 천만을 기록했을 때는 '정의로운 지도자'에 대한 갈증 때문이라고 말했다. 영화는 '그때, 거기'를 이야기하고 있지만 사실은 '지금, 여기'의 이야기라는 말이다. 그 영화들이 성공한 것은 작품성이라든가 재미를 담보하는 영화적 미덕들 때문이 아니라 시대의 결핍 때문이라는 것이다. 그렇다면 〈명량〉의 경우는? 말할 것도 없다. 2014년 4월 16일 그 비극의 순간부터 대한민국의 모든 것은 세월호로 통했다. 우리 사회의 총체적 모순 구조와 지리멸렬한 리더십과 적개심의 얼굴을 한 국론 분열은 영화적 허구보다 더 아팠다. 우리 모두 아프다고 소리치는 대신 영화관을 찾은 건 아니었을까? 그러나 영화란 작가와 감독과 배우들에 의해 윤색된 텍스트일 뿐, 역사란 언제나 텍스트보다 때로는 더 한심하고 지질하게, 때로는 더 처절하고 심각하게 사실 그 자체로 존재한다.

전쟁을 수행하는 것은 사람이다. 1592년, 그 쓰라린 전쟁의 현장에는 누가 있었을까? 전쟁은 그해 4월 13일 새벽, 부산 앞바다에 나타난 왜선들로부터 시작된 것이 아니었다. 전쟁은 그보다 훨씬 더 이전에 이미 시작되었다. 그해는 조선이 건국된 지 꼭 2백 년 되던 해였고 2백 년 동안 이렇다 할 전쟁이 단 한 차례도 없었다. 그야말로 평화의 시대였다. 왜구들이 우리 서남해안을 들쑤시고 다니지 않은 날이 단 하루도 없었건만 그 위협을 심각하게 느낀 사람은 조선 조정 어디에도 없었다.

70년대 중반이던가, 『대망大望』이라는 열두 권짜리 일본 소설이 국내에서 해적판으로 나와 천만 권 이상 팔린 적이 있다. 그 소설에 등장하는 일본 전국시대(15세기 중반-16세기 후반)의 세 인물은 이렇게 말해진다.

"오다 노부나가는 울지 않는 새는 죽여버리고, 도요토미 히데요시는 위협을 해서라도 울게 만들고, 도쿠가와 이에야스는 울 때까지 기다린다."

어떻게든 새를 울게 만들고야 만다는 그 도요토미 히데요시를 일본에 가서 만나고 돌아온 통신사 김성일은 "풍신수길豊臣秀吉(도요토미 히데요시)은 눈이 쥐 같고 얼굴이 원숭이 같아 두려워할 바가 못 되는 위인입니다"라고 선조에게 보고해 전쟁의 위협을 부인했다. 전쟁 개시 불과 1년 전의 일이었다. 조정은 다시 평화를 구가했다.

전쟁이 일어나기 딱 백 년, 콜럼버스가 아메리카 대륙을 발견하면서 세계는 '대항해시대'로 접어들었다. 1543년 규슈 남단의 한 섬에 도착한 포르투갈 상인이 조총을 가져왔다. 일본의 다이묘(영주)들은 그 새로운 병기의 사격술을 익히고 성능을 개선하고 전술을 개발했다. 오다 노부나가를 도와 전국시대를 마감하고 일본 최초의 통일국가를 만들어 간파쿠關白(모든 정무를 관장하는 관직)가 된 히데요시는 휘하의 영주들을 달랠 보다 넓은 영지가 필요했고 조선은 그에게 만만하면서도 매력적인 먹잇감이었다. 1592년, 붕당정치로 지고 새던 조선과 전쟁으로 지고 새던 일본이 그렇게 부산 앞바다의 미명 속에서 맞닥뜨리게 된 것이다.

선조는 신립을 믿었다. 용맹한 무장 신립에게 바다를 건너온 왜군들쯤은 아무것도 아닐 거라고 믿었다. 신립은 적이 불과 사흘 거리에 와 있다는 척후병의 보고를 믿지 않고 오히려 부하들의 동요를 경계하여 그의 목을 잘라 병영에 효수했다. 왜군들이 조총과 칼로 무장한 백병전의 귀재들이라는 사실을 알았는지 몰랐는지 용감한 신립은 개활지에 진을 치고 왜군들을 맞았다. 조선의 마지막 남은 8천의 정규군이 전멸하고 패전 소식을 접한 임금은 도성을 버리고 피난길에 오른다. 부산 앞바다에 왜선이 나타난 지 채 스무 날도 안 되는 4월 30일의 일이었다.

이순신은 용감한 무장이 아니었다. 질지도 모르는 전장으로 자신의 병사들을 데리고 가지 않았다. 그의 '23전 23승'이라는 세계 해전 사상 유례가 없는 기록은 그가 두려움을 아는 장수라는 걸 보여준다. 치밀하게 정보를 수집하고 요즘 말로 용의주도하게 시뮬레이션을 해보고 승리의 모든 요건을 만들어놓고 나서야 전장으로 나아갔다. 백성들과 나라의 명운을 온전히 자신의 어깨에 걸머진 그에게 전장은 두려움 외에 아무것도 아니었다. 선조는 용렬한 임금이었다. 전쟁 초기에 백성을 버리고 달아났다는 자격지심이 그를 괴롭혔다. 그는 자신이 있어야 할 자리를 한 번도 벗어난 적이 없는 이순신이 두려웠다. 그의 승전 소식을 들을 때마다 "사소한 적을 잡은 데 불과하다"라며 전공을 폄하했다. 노량해전에서의 이순신의 전사 소식을 들은 선조는 슬퍼하지 않았다. "오늘은 밤이 깊었으니 내일 아침 승정원에 고하라"라고 할 뿐이었다.

7년의 전쟁이 끝나고 그들이 물러가고 조선의 바다는 다시 잔잔해졌지만 그 한심한 나라는 망하지 않았다. 국가는 개조되지 않았고 벼슬 높은 사람들은 언제 그랬느냐는 듯 기득권을 유지했다. 이순신으로 인해 조선 정벌의 꿈을 접을 수밖에 없었던 히데요시는 좌절감으로 명을 단축했고, 새가 울 때까지 기다린 도쿠가와 이에야스가 그 섬나라의 주인이 되어 막부를 세우고 융성의 길로 치달았다. 그리고 더 강해진 그들이 다시 왔다. 을사늑약(1905년) 이후 그들에게 엎드린 세월이 40년이었다.

오늘도 울돌목鳴梁의 물결은 소리치며 흐를 것이다.

디데이, 가장 길었던 하루

2014년 6월 6일, 프랑스 북서부 해안의 작은 도시 노르망디에 미국과 영국, 프랑스, 독일, 러시아 등 19개국의 정상들이 모였다. 2차세계대전이 연합군의 승리로 끝나게 한 결정적 전기가 된 노르망디상륙작전 70주년을 기념하기 위해서였다. 7천만 명의 사상자를 낸 인류 최악의 전쟁에 연합군으로 참여한 18개국과 그들의 적국이었던 독일의 정상들은 70년 전의 그날을 기념하는 연설을 하고 아흔이 넘은 휠체어를 탄 노병들과 악수하고 기념사진을 찍고 만찬장에서 포도주를 마시고 자국 병사들의 묘지에 꽃을 바쳤다.

연합군의 사령관이었던 아이젠하워와 영국 수상 처칠은 프랑스 해안에 상륙한 뒤 독일군의 심장부인 베를린으로 진격해 그 지루한 전쟁을 끝낼 작전을 고심하고 있었다. 전쟁에서의 상륙작전이란 맥아더의 인천상륙작전에서 보듯 한순간에 전세를 뒤집을 수 있는 묘수이기는 했지만 방어군에 비해 압도적인 화력과 병력이 필요한 것은 물론이고 상륙하는 병사들이 엄폐물 하나 없는 해안에서 적의 공격에 노출되는 위험을 감수해야 하는 것이었으므로 무엇보다 적군의 허를 찌르는 철저한 보안이 필요했다. 인천상륙작전에서 유엔군이 삼척이나 군산에 상륙할 것이라는 역정보를 흘려 인민군의 주의를 분산시켰듯이 연합군은 독일군으로 하여금 영국과 프랑스 사이의 도버해협의 최단 거리 지점인 칼레로 상륙할 것이라고 믿게 하는 정황들을 만들고 도저히 상륙작전이 불가능할 것으로 여겨지는 악천후 속에서 잠시 날씨가 개는 날을 택해 작전 개시일로 정했다. 일부 연합군의 수뇌들은 작전의 성공 확률이 5000분의 1이라는 부정적 의견을 내놓았지만 아이젠하워의 고집을 꺾을 수 없었다. 독일군에 의해 점령된 프랑스에서 지하조직을 만들어 저항하던 레지스탕스들에게 연합군의 상륙이 임박했음을 알리기 위해 영국의 BBC 방송은 폴 베를렌의 시 「가을의 노래」 첫 부분을 전파로 띄웠다. "가을날 바이올린의 긴 흐느낌 / 가슴속에 스며들어 쓸쓸하여라".

1944년 6월 6일. 작전명 '오버로드Overlord', 노르망디상륙작전의 디데이D-Day가 밝았다. 누가 그렇게 부르기 시작했는지, D가 'doom(운명, 최후의 심판)'을 의미하는지 'decimal(소수, 십진법)'인지 그냥 단순히 'day'를 이르는 말인지 아무도 몰랐다. 오늘날 우리가 흔히 쓰는 '디데이'라는 말은 그날 그렇게 태어났다. 디데이, 그날 그 오마하해안에는 미군, 영국군 등 8개국 병사들로 이루어진 15만

6천의 병력과 항공기 1만여 대, 함선 1200척, 4천여 대의 상륙정이 있었고, 2만여의 독일 방어군과 4백만 개의 지뢰와 50만 개의 수중 장애물이 그들을 기다리고 있었다. 순식간에 해변은 피로 물들었다. 엄폐물 하나 없는 해안에서 1분에 120발의 탄환을 쏟아내는 '히틀러의 전기톱'이라고 불리던 독일군의 MG42 기관총 앞에 상륙하던 연합군 병사들은 방치되었다. 3천 명의 연합군 병사들이 총 한 번 제대로 쏘아보지도 못하고 죽어갔다. 나중에 '오마하의 도살자'로 불린 스물한 살의 앳된 독일군 기관총 사수 하인리히 제페를로가 혼자서 아홉 시간 동안 2천 명의 연합군 병사들을 사살했다는 전설 같은 뒷이야기를 남길 정도로 '히틀러의 전기톱'의 위력은 대단했다. 결국 압도적인 병력과 화력의 지원을 받아 독일군의 방어선을 뚫은 돌격대 연대장 조지 테일러의 말이 그 전투의 처참함을 이야기해준다.

"그 해안에는 두 종류의 병사들만 있었다. 이미 죽은 병사들과 곧 죽게 될 병사들이었다."

전날 아내의 생일을 축하하기 위해 베를린으로 돌아갔다가 황급히 복귀한, '사막의 여우'로 불리던 독일군 최고의 전술가 롬멜은 그날을 '가장 길었던 하루the longest day of the century'라고 불렀고 그의 말은 2차대전 전쟁사라고 불러도 좋을 전쟁영화의 제목(〈The Longest Day〉)이 되었다. 우리나라에서는 〈지상 최대의 작전〉이라는 제목으로 상영된 그 영화는 존 웨인, 리처드 버턴, 헨리 폰다, 숀 코네리 등 거물급 배우가 마흔세 명이나 나오는 180분짜리 대작이었다. 초등학교 시절, 지금은 없어진 아카데미극장에서 단체 관람으로 본 〈지상 최대의 작전〉은 내게도 사상 최고의 길고 지루한 영화였다.

오마하해안에서 벌어진 전투의 끔찍함을 가장 생생하게 보여주는 영화는 아마도 스티븐 스필버그가 만든 〈라이언 일병 구하기〉일 것이다. 아들 넷을 모두 전쟁터에 보내고 그중 세 형제의 전사 통지를 받은 어머니에게 마지막 남은 아들을 무사히 보내주기 위해, 노르망디상륙작전에 투입된 막내 라이언 일병을 찾아 집으로 돌려보내라는 작전명령을 받은 밀러 대위와 일곱 명의 부대원의 이야기이다. 대원들은 한 사람의 목숨을 구하기 위해 여덟 명의 목숨을 걸어도 좋은지 혼란에 빠지기도 하면서 수많은 전투 현장을 찾아다니다가 마침내 라이언 일병을 만나지만 그는 다리를 사수해야 할 전우들을 사지에 남겨두고 혼자 돌아가기를 거부한다. 휴머니즘으로 읽히기도 하지만 이 영화는 그 이전의 전쟁영화와 그 이후의 전쟁영화를 나누는 분기점이 되었다. 총소리가 들리고 피 한 방울 보이지 않고 병사가 장렬하게 쓰러지던 그 이전의 영화들과 달리 이 영화는 피와 찢어지는 살점과 떨어져 나뒹구는 팔다리 등 끔찍한 살육 현장을 감정의 개입 없이 생생하게 보여준다. 그 처참한 살육의 현장에는 좋은 편도 나쁜 편도 없다. 국가관과 애국심과 장렬함이 있던 자리에 잔인성과 참혹함과 허무만이 남아 있다. 그것이야말로 전쟁의 맨얼굴이 아니던가?

디데이, 그날 이후 76일 동안 연합군 150만이 투입되어 연합군 21만과 독일군 20만이 목숨을 잃은 노르망디전투는 2차대전에서 연합군이 승기를 잡은 전환점이 되었지만 그 거대한 전쟁은 7천만 명의 사상자를 내고 나서야 끝났다.

그날 그 해안에서 젊은 병사들이 죽어가면서 느낀 것은 무엇이었을까? 조국을 위해 죽는다는 자부심이었을까, 다시 집으로 돌아갈 수 없다는 절망이었을까?

3부

귀뚜리 우는 밤

가을의 전설

미국 북서부의 대평원에서 평화롭게 살아가던 한 가족의 역사를 밑그림으로 가을에 태어나 가을의 고독을 평생 가슴에 품고 살아간 한 사내와 그를 사랑했으나 이루지 못한 사랑 때문에 결국 죽을 수밖에 없었던 한 여인의 이야기를 웅장한 한 편의 서사시로 펼쳐놓은 영화, 우리나라에서 1995년에 개봉된 〈가을의 전설Legends of the Fall〉이다. 원제에서 'fall'이라는 단어가 '추락'이라는 의미도 지니고 있는 터여서 '몰락의 전설'로 읽힐 수도 있을 것이다.

강인하지만 다감한 아버지(앤서니 홉킨스 분)와 함께 우애 있게 살아가던 세 형제의 평화는 도시로 유학을 떠났던 막내가 아름다운 약혼녀 수잔나(줄리아 오몬드 분)를 데리고 돌아오면서 깨져버린다. 세 형제 모두가 아름다운 수잔나에게 마음을 빼앗겨버린 것이다. 그녀는 거칠고 고독한 눈빛을 가진 둘째 트리스탄(브래드 피트 분)을 사랑하게 되지만 세 형제는 1차세계대전에 참전하기 위해 집을 떠난다. 전쟁에서 막내를 잃은 데다 그의 약혼녀까지 사랑하게 된 트리스탄은 죄책감에 시달리다가 바다로 떠난다. 멀리 마을 입구가 보이는 테라스의 흔들의자에 앉아 자신을 잊으라는 트리스탄의 편지를 읽는 수잔나의 뺨에 흘러내리는 눈물은 아름다웠다(눈물이 아니라면 무엇이 전설이 되랴).

상실의 아픔에 힘겨워하던 수잔나는 변함없이 자신을 아껴주던 첫째와 결혼을 하게 되고 몇 년 뒤 영원히 마주치지 못할 평행선처럼 트리스탄이 돌아온다. 그녀는 가족을 지키기 위해 악당들과 싸우다 감옥에 갇힌 트리스탄을 찾아가 "아직도 내 사랑은 당신뿐"이라고 고백하지만 그는 수잔나를 형에게 돌려보낸다. 약혼자를 전쟁으로 잃고, 그의 첫째 형과 결혼했으나 그를 사랑하지 못하고, 둘째 형을 사랑했으나 그와의 사랑을 이루지 못한 비극의 여인은 권총 자살로 쓸쓸한 기다림의 생을 마감한다. 그녀가 죽은 후 비탄에 빠진 트리스탄은 가을의 숲으로 떠나 영원히 종적을 감춘다. 어딘가 먼 숲에서 거대한 곰과 맞붙어 싸우더라는 사람들의 목격담만을 전설로 남긴 채. 모든 살아 있는 것들과 그들의 사랑과 열정과 욕망도 언젠가는 몰락한다. 그리고 가을의 전설이 된다.

1982년의 대한민국에는 많은 일이 있었다. 민주화의 열망이 꽃피던 '서울의 봄'을 총칼로 짓밟고 정권을 잡은 신군부가 좌절에 빠진 국민들을 회유하려는 불순한 목적으로 통행금지를 해제하고 중고생들의 교복과 두발을 자유화했다. 그리고 프로야구를 만들었다.

대다수의 경기들은 그어놓은 선을 넘어서면 아웃이 되지만 야구는 멀리 쳐낼수록 박수를 받는다. 그래서 야구의 꽃은 홈런이다. 전설의 홈런 타자 베이브 루스는 1935년 714개라는 최다 홈런 기록을 세운다. 그의 기록은 40년 뒤 행크 에런이 755개라는 새로운 기록을 세울 때까지 깨지지 않았다. 행크 에런의 기록 또한 2007년 배리 본즈(762개)에 의해 깨진 채 오늘에 이르고 있다. "당신은 어떻게 714개라는 홈런을 칠 수 있었나요?" 은퇴 후 사람들이 베이브 루스에게 물었을 때 그는 담담하게 대답했다. "1330번의 삼진이 있었기 때문이지요." 사람들은 화려한 성과에만 열광하지만 달콤한 성공의 열매를 맛보려면 그 이상의 쓰디쓴 실패가 있어야만 한다.

내 개인적 취향이지만 점수가 나지 않는 팽팽한 투수전은 지루하다. 8 대 7이 이상적이라는 '케네디 스코어'가 말해주듯 호쾌한 경기가 재미있다. 영국의 크리켓에서 변형된 것이라고는 하지만 다른 어떤 경기보다 진취적이고 나쁘게 말하면 호전적이기도 한 야구는 철저히 미국적인 경기이다. 140년의 프로 역사를 가지고 있는 미국에 비해 한국 프로야구는 30년의 역사에 불과하지만 7백만 관중 시대를 맞으면서 국민적 스포츠가 되었다. 시즌 경기가 끝나고 최강자들끼리 7전 4선승제로 가을에 펼쳐지는 한국시리즈를 사람들은 '가을의 전설'로 부르며 열광한다. 챔피언 반지를 손가락에 끼기 위해 구단도 감독도 선수들도 목숨을 건다. 팬들도 자신의 승리처럼 광란하고 자신의 패배처럼 절망한다. 그들의 승리에 대한 열망은 적어도 그 순간만큼은 세상 그 어떤 것과도 바꿀 수 없는 절체절명의 가치이다.

그러나 승리만이 우리 삶의 의미가 아닐지도 모른다는 불편한 진실을 보여준 팀이 있었다. 1982년 창단된 삼미 슈퍼스타즈는 그해 15승 65패라는 최악의 기록을 남기고 최다 연패(18게임), 한 경기 최다 실점(16점), 최다 피안타, 최다 피홈런, 최다 병살타 등 모든 불명예 기록들을 깡그리 경신하고 지금까지도 그 어느 팀도 쉽사리 깰 수 없는 불멸의 기록으로 전설이 되었다. 세 번째 시즌을 끝으로 해체된 그 전설의 팀에게 박민규는 「삼미 슈퍼스타즈의 마지막 팬클럽」이라는 소설을 헌정했다. 그의 표현을 빌리면 "어제도 지고 오늘도 지고 경기가 없는 날은 하루 푹 쉬고 그다음 날 또 지는" 그 팀의 선수들은 치기 힘든 공은 치지 않고 잡기 힘든 공은 잡지 않는다는 신념으로 지는 걸 부끄러워하거나 두려워하지 않았다. 2루타성 타구를 잡으러 쫓아간 외야수가 공을 잡아 2루로 던지지 않았다. 공을 찾다가 외야에 피어난 노란 들꽃에 마음을 빼앗긴 것이다. 공은 놓쳤더라도 꽃을 봤으면 된 게 아닐까?

때로는 패배도 장엄할 수 있는 것, 그것이 우리 인생이다. 문밖을 나서보라! 장엄한 조락의 가을이다.

잘 가, 경아

최인호. 7, 80년대에 청춘을 건너온 이들이라면 누구나 그에게 빚졌다. 무참하고 상처투성이일지라도 청춘의 통증은 아름다운 낭만이었노라고 회상할 수 있게 해준 이가 그였기에 하는 말이다. 소설로, 영화로, 대중음악으로 '통속작가', '퇴폐작가'라는 이름으로까지 불린 그였지만 그 덕에 우리는 70년대의 그 춥고 어두웠던 청춘의 강을 건너온 기억을 아름다운 낭만으로 회상하는 것이다. 그런 그가 예순아홉이라는 아직은 아까운 나이로 세상을 떴다.

스무 살의 어느 가을 아침이었다. 이른바 '10월 유신'이라는 게 선포되던 해였다. 희망찬 도모 같은 것이 속절없던 시절이었고 개인사적인 청춘의 좌절이 있었던 듯도 하다. 최인호를 추억하는 대표작이 되어버린 소설 「별들의 고향」을 떠올리면, 간밤에 눈길에서 발견된 젊은 여인의 시신을 확인해달라는 서대문경찰서의 전화를 받고 깨어난 소설 속 주인공이 숙취에 시달리는 장면과 그 가을 아침이 오버랩 된다. 숙취로 지끈거리는 머리를 싸안고 비칠비칠 일어나 헛구역질을 해대며 칫솔질을 하고 나서 몽롱한 눈으로 펼쳐 든 신문에서 읽었던 것이 그 연재소설의 첫 회였던 것이다. 「처세술 개론」「술꾼」「모범 동화」 등 고등학교 2학년 때 이미 신춘문예에 입선한 전력을 가진 이 천재적 작가의 단편들을 읽고 그의 세련된 문체와 도회적 감수성에 약간은 질리고 기가 죽어 있던 나로서는 대중작가로서의 그의 변신이 낯설기는 했지만 그 소설의 흡입력은 대단했다.

산업화라는 지상至上의 명제 아래 모든 가치들이 묻혀버리던 시대, 소비가 미덕이라는 자본주의적 욕망이 꿈틀대기 시작하던 도시로 유입된 한 여자, 순정만으로 걸어가기에는 너무 강팔랐던 청춘의 거리를 다 걸어가지 못하고 스물여덟이라는 나이로 눈에 덮여 죽어간 여자 경아. 그녀를 통해 작가는 휘황찬란한 환락의 네온사인 뒤편에서 루저로 살아야 했던 도시 유민의 모습이 바로 그 시절을 살아가던 우리 모두의 얼굴임을 말하고 싶었을 것이다.

그러나 연재가 끝나고 그 소설이 단행본으로 출판돼 우리나라 최초로 백만 부 이상이 팔리고 이장호 감독, 신성일·안인숙 주연의 영화로 만들어져 최고의 흥행 기록을 세웠을 때, 그 소설은 '통속소설', '퇴폐소설', 심지어는 '호스티스 문학'이라는 낙인을 떠안게 되었다. 우리는 어차피 생활이라는 지면地面에 발을 붙이지 않고는 살 수 없는 존재들이 아닌가? 그 시대를 그만큼 대변하고 그 시대에 그만큼 영향을 미친 작가는 그 말고는 없을 것이다. "오랜만에 함께 누워보는군", "내 입술은 작은 술잔이에요" 같은 대사들이 입에서 입으로 회자되고, 영화에 삽입된 〈나 그대에게 모두 드리리〉 〈한 소녀가 울고 있네〉 같은 이장희의 노래들이 히트하면서 술집에 나가는 아가씨들은 서둘러 경아라는 이름으로 개명을 하고 남자들은 그 수많은 경아들이 건네는 술잔에서 위안을 찾았다. 그렇게 「별들의 고향」은 시대의 트렌드가 되었다. 이에 그치지 않고 최인호는 〈바보들의 행진〉 〈고래 사냥〉 〈겨울 나그네〉 등 서른 편에 가까운 영화들과 〈불새〉 〈적도의 꽃〉 〈상도〉 등의 TV 드라마에 시나리오와 원작들을 제공했고 그 영화들에 삽입된 송창식의 〈왜 불러〉와 〈고래 사냥〉은 그 시절 청춘들의 주제가가 되었다.

그보다 앞서 「무진기행」 「서울, 1964년 겨울」을 발표하며 문단에 나온 김승옥과는 차별화된 감수성으로, 그와 엇비슷하거나 나중에 나온 황석영이나 이문열과는 색깔이 다른 목소리의 시대적 발언을 한 그였지만 문단과 평단으로부터는 철저하게 외면당했다. 아마도 그만큼의 영향력을 가진 작가로서 그만큼 평단과 정치로부터 자유로웠던 이는 없을 것이다. 대중으로부터 받은 사랑이 그를 '무소의 뿔처럼 혼자서' 가게 했는지도 모른다. 80년대 중반 가톨릭에 귀의한 그는 역사추리소설들과 종교와 영원에 대한 작품을 내놓기 시작한다. 「잃어버린 왕국」 「상도」를 비롯하여 경허 스님의 일대기를 그린 「길 없는 길」과 「유림儒林」 「영혼의 새벽」 등의 구도소설들을 끊임없이 써 내려가며 작가로서의 행보를 쉬지 않았다. "피어나지 않으면 꽃이 아니고 노래 부르지 않으면 새가 아니듯 글을 쓰지 않으면 작가가 아니다"라는 그의 말은 그가 얼마나 치열한 작가였는지를 말해준다.

2008년 침샘암이 발병해 고통스러운 투병 중에서도 그는 늘 환자가 아닌 작가로서 죽고 싶다는 말을 입버릇처럼 했다고 한다. 손톱이 빠져 골무를 낀 채로 얼음 조각을 씹어 구역질을 참아가면서도 「낯익은 타인들의 도시」를 써 자신과의 약속을 지켰다. 그리고 "사랑해요"라는 아내와 딸의 말에 "나도"라는 대답과 함께 희미하게 웃으며 떠나갔다.

경아는 우리가 두고 온 청춘의 이름이다. 이루지 못한 사랑의 이름이다. 오래된 책갈피에 꽂아둔 낙엽 같은 이름이다. 그러므로 이제는 5, 60대가 되어버린 청춘들이 작가 최인호를 떠나보내는 오마주(hommage, 헌사)는 이것이다.

"잘 가, 경아."

커밍아웃

스티브 잡스의 뒤를 이어 애플의 최고경영자CEO가 된 팀 쿡의 커밍아웃은 세계적으로 큰 반향을 불러일으켰다. '커밍아웃coming-out'이란 '벽장에서 나오다come out of the closet'를 줄인 말로 동성애자가 자신의 성性 정체성을 사람들에게 공개적으로 드러내는 행위를 뜻한다. 그의 커밍아웃에 용기 있는 고백이라는 찬사가 쏟아지기도 했다. 지금은 세계 최대 기업이 된 애플의 로고 '한 입 베어 먹은 사과'를 떠올려 보면 세상이 참 많이 변했다는 생각을 하지 않을 수 없다.

영국의 수학자 앨런 튜링은 2차대전 중 최초의 컴퓨터라 할 '콜로서스Colossus'를 만들어서 독일군의 암호 체계를 해독해 노르망디상륙작전을 승리로 이끌지만, 전쟁이 끝난 뒤 동성애자라는 게 밝혀져 화학적 거세를 당하게 된다. 세상의 비난과 냉대 속에 모멸감을 이기지 못한 그는 시안화칼륨(청산가리)을 주입한 사과를 먹고 스스로 죽음을 택한다. 신의 영역을 침범한 금단의 열매라는 사과의 상징성과 묘하게도 겹치는 대목이다. 이견이 있기는 하지만 스티브 잡스가 애플을 만들면서 택한 로고 '한 입 베어 먹은 사과'는 앨런 튜링의 사과인 게 분명한 것 같다. 지금은 바뀌었지만 원래의 로고였던 사과가 무지개 색깔(무지개 깃발은 동성애자들의 상징으로 쓰인다)이었기 때문이다. 앨런 튜링과 팀 쿡 사이에는 60년의 시간이 있을 뿐이다. 사람들의 생각은 진화하고 있는 것인가?

2012년 국립국어원은 "이성의 상대에게 끌려 열렬히 좋아하는 마음, 또는 그런 일"이라는 '사랑'의 사전적 정의에서 '이성의 상대'를 '어떤 상대'로 바꾸었다. 동성애를 인정하지 않는 것이 인권 침해나 성적 소수자에 대한 차별과 억압이 될 수 있다는 판단에서였을 것이지만 기독교계의 반발 때문이었던지 올해 다시 원래대로 되돌려놓았다. 사전적 정의와 사회적 인식 사이에는 언제나 괴리가 존재한다. 사람들의 생각에서 가장 큰 힘을 행사하는 것은 언제나 편견이었다. 아직도 많은 사람들에게 동성애 혐오는 떨쳐버리기 힘든 편견이지만 오늘날과 같은 동성애 혐오의 역사는 그리 길지 않다.

고대 그리스시대나 로마시대에 동성애는 오늘날과 같은 혐오의 대상이 아니었다. 흔하지는 않았지만 부자연스럽게 받아들일 정도까지도 아니었다. 소크라테스도 알키비아데스라는 동성 애인이 있었고 네로 황제도 두 번이나 남성과 공식 결혼을 했다고 전해진다. 플라톤이 신의 반열에까지 올려놓은 2600년 전쯤의 그리스 여류 시인 사포는 그녀에게 시를 배우던 많은 여인들을 사랑했다. 여성끼리의 동성애를 의미하는 '사피즘Sapphism'에 그녀의 이름이 남아 있다. 같은 의미의 '레즈비언lesbian'도 그녀의 고향 '레스보스'에서 온 말이다. 로마의 번영을 이끌었던 황제 하드리아누스는 그의 동성애인 안티노우스를 얼마나 사랑했던지 그가 강에 빠져 죽자 식음을 전폐하고 여자처럼 울었다고 전해진다. 동양이라고 예외일 수는 없다. 전한前漢시대의 황제 애제는 스물두 살의 미소년 동현을 끔찍이도 아꼈다. 함께 낮잠을 자다가 깨어난 애제는 동현이 자신의 소매를 베고 곤하게 자고 있는 걸 보고는 깨우지 않으려고 용포의 소맷자락을 잘랐다고 한다. 동성애를 뜻하는 '단수斷袖(소매를 자르다)'라는 말이 여기에서 나왔다.

성리학을 통치 이념으로 삼은 도덕 사회 조선의 궁중에도 동성애 스캔들이 있었다. 세종 임금의 둘째 며느리(문종의 비) 봉씨가 자신의 시중을 들던 소쌍이라는 궁녀와 대식對食('마주 보고 먹다'라는 의미의 이 말이 왜 여성 동성애를 뜻하게 되었는지는 독자들의 추리에 맡길 수밖에 없다)을 했다는 혐의로 폐서인되어 궁중에서 쫓겨났다. 그녀의 아버지 봉여는 자신의 허리띠를 풀어 사가로 돌아온 딸의 목에 감고 말했다.

"다음 생애에는 사내로 태어나거라."

세상은 드러난 역사에 의해 움직이는 듯해 보이지만 가려진 역사 속에서 인간의 본성은 더 또렷이 드러난다.

4세기경, 비잔틴제국의 황제 콘스탄티누스의 개종 이후 기독교가 유럽 사회를 지배하면서 본격적인 동성애 혐오가 시작되었다. 19세기에 들어와서는 동성애가 죄악에서 질병으로 규정되기 시작했다. 1973년에 이르러서야 동성애와 성 소수자들의 인권을 보장하라는 거센 반발에 부딪혀 미국정신의학회APA는 동성애를 장애와 질병에서 제외했다. 어느 시대, 어느 곳에서든 이성애자heterosexual와 함께 동성애자homosexual와 양성애자bisexual는 존재해왔다. 도덕적 잣대나 판단과는 별개로, 그리고 인권이나 성적 취향의 선택권과도 별개로.

'기묘한', '괴상한'이라는 의미의 '퀴어queer'는 동성애자, 또는 그들의 문화를 뜻하는 말이다. 할리우드에서는 이미 오래전부터 수많은 퀴어영화들이 만들어져 왔고 근래에 들어 우리나라에서도 〈왕의 남자〉 〈쌍화점〉 등의 영화들이 개봉했지만 대개의 경우 진지하지도 점잖지도 못하다. 〈와호장룡〉 〈색色, 계戒〉 등으로 잘 알려진 대만 출신의 감독 이안의 〈브로크백 마운틴〉은 우리 시대 최고의 영화 중 하나다. 스무 살의 두 젊은이가 로키산맥 아래 초원에서 양 떼를 돌보는 일을 하며 만난다. 그들에게 찾아든 낯선 감정의 정체도 모르는 채 여름은 끝나고 그들은 헤어진다. 그리고 1년에 한두 번씩 짧은 만남을 지속하며 긴 그리움으로 평생을 보낸다. 단언하건대, 이 영화의 주제는 '동성애란 무엇인가?'가 아니다. 진보주의자 흉내를 내려는 게 아니다. 이 영화의 주제는 '사랑이란 무엇인가?'다.

노벨문학상

해마다 10월이면 세계인들은 스웨덴에서 들려오는 소식에 귀를 기울인다. 그해의 노벨상 수상자가 발표되기 때문이다.

노벨은 뛰어난 사업 수완을 지닌 발명가였지만 스스로 만족하는 삶을 살지는 못했다. 다이너마이트의 발명과 부동산 투자로 많은 부를 이룬 그였지만 자신의 발명품이 인류에 기여할 것이라는 기대가 무너지자 은둔에 가까운 쓸쓸한 말년을 보냈다. 그는 자신이 남기게 될 재산이 인류의 평화와 행복을 위해 쓰이기를 원했다. 물리학, 화학, 의학, 문학, 세계 평화 등의 분야에 의미 있는 업적을 남긴 이들에게 상이 주어지기를 바랐다. 그렇게 해서 그의 사망 5주기인 1901년부터 각 부문의 수상자를 정해 그의 기일인 12월 10일에 시상식이 열리게 된 것이 노벨상의 시작이다.(경제학상은 1969년에 신설되었다.)

해마다 각 분야의 수상자가 누가 될 것인가에 관심이 집중되지만 아마 가장 이목을 끄는 분야는 문학상일 것이다. 2014년 노벨문학상 수상자는 프랑스 작가 파트리크 모디아노다. 순전히 내 개인적 취향일 수도 있겠지만 1999년 독일 작가 귄터 그라스의 수상 이후로 가장 고개가 끄덕여지는 수상자인 것 같다. 오래전 거의 20년 동안 한 줄의 글도 쓰지 못하던 시절, "아무것도 아니"고 "실루엣으로만 남은" 한 사내가 바스러진 기억의 조각들을 찾아 헤매는 어둡고 쓸쓸한 여행을 마치 꿈속의 언어로 그려낸 듯한 그의 「어두운 상점들의 거리」는 가브리엘 G. 마르케스의 「백 년의 고독」과 함께 내게 다시 쓰고 싶다는 강렬한 욕구를 불러일으켜 준 소설이었다. 몇 해 전 같은 프랑스 작가인 르 클레지오의 수상 소식을 접했을 때, 왜 이번에도 이 사람이 아닐까 고개를 절레절레 흔들게 했던 이가 바로 파트리크 모디아노였다.

내게 '노벨문학상'이라는 말이 실감으로 다가온 것은 아마 중3이거나 고1이 되던 겨울이었을 것이다. 이웃 나라 최초의 노벨문학상 수상 작가인 가와바타 야스나리의 소설 「설국雪國」을 통해서였다. "국경의 긴 터널을 빠져나오자, 눈의 고장이었다. 밤의 밑바닥이 하얘졌다." 그 소설은 그렇게 시작됐다. 이 사랑도 금세 끝나버릴 거라고 확신하는 여행자 시마무라, 어떤 사랑도 결코 허무한 건 아니라고 굳게 믿는 기생 고마코, 시마무라가 기차를 타고 처음 눈 쌓인 그 마을로 들어서던 날 밤 차창에 눈동자가 비치던 요코라는 여인의 신비한 아름다움이 소설 전편에 차가운 눈처럼 빛나던, 어렸던 내게도 매혹적인 소설이었다. 그러나 꽤 오랜 시간이 흐른 후 다시 읽게 된 그 소설은 처음 느꼈던 만큼 매혹적이지는 않았다. 노벨상이라는 후광이 어린 시절의 내게 어떤 면으로든 영향을 미쳤으리라 짐작해본다.

세상이 다 아는 러시아의 문호 레프 톨스토이와 안톤 체호프, 프랑스의 양심 에밀 졸라, 20세기의 창조자로 불려도 전혀 이상하지 않을 호르헤 루이스 보르헤스, 「잃어버린 시간을 찾아서」의 마르셀 프루스트, 「참을 수 없는 존재의 가벼움」을 우리에게 일러준 밀란 쿤데라, 톰 소여와 허클베리 핀을 우리의 영원한 친구로 만들어준 마크 트웨인, 제임스 조이스, 프란츠 카프카, 로버트 프로스트……. 이들의 공통점이 무엇일까? 노벨문학상을 받지 못했다는 것이다. 그들이 그 상을 받지 못했다는 것은 그들의 수치가 아니라 노벨문학상의 수치라고 말해도 전혀 무리가 아니다. 세상에는 아무것도 하지 않고 상을 받는 사람도 있고 많은 일을 하고도 상을 받지 못하는 사람이 있는 법이다.

모름지기 상이란 주어지는 것이지 받으려고 애쓰는 것이 아니다. 어른이 되고 나서도 상에 연연하는 사람은 영원히 어른이 될 수 없다. 전두환 정권 시절에 우리나라에서 노벨상 수상자를 내야겠다는 국가적인 차원의 노력이 있었다고 전해지지만 정작 우리나라 최초의 노벨상 수상자는 그가 핍박했던 김대중이었다. 상이란 것의 완벽한 아이러니가 아닌가?

그해 최고의 영화와 배우들에게 주어지는, '오스카상'이라고도 불리는 아카데미 시상식을 패러디해 최악의 영화에 주어지는 '골든라즈베리상'이 있듯이 '이그노벨상'이라는 것도 있다. 불명예스럽다는 뜻의 '이그노블ignoble'과 노벨상의 '노벨nobel'을 합성한 말이니 수상자로 지목된 사람이 그리 유쾌하지 않으리라는 건 틀림없을 성싶다. 비둘기를 훈련시켜 피카소와 모네의 그림을 구별할 수 있게 한 공로로 이그노벨 심리학상을 준다거나, 바지 지퍼에 음경이 끼었을 때의 의료적 대처법에 관해 논문을 발표한 이에게 의학상을 주는 등 노벨상에 대한 풍자인 셈이다. 우리나라에도 수상자가 있다. 대규모의 합동결혼식을 성사시킨 문선명이 경제학상을, 한때 세상을 종말론으로 들끓게 했던 이장림이라는 목사가 종말의 날을 정확하게 계산해낸 공로로 수학상을 받은 바 있다. 상이란 것에 목맬 필요가 없다는 뜻으로 하는 말이다.

「닥터 지바고」의 러시아 작가 파스테르나크는 소련 정권에 의해 노벨문학상 수상의 거부를 강요당했고, 사르트르는 문학의 제도권 편입을 반대한다는 명분으로 스스로 수상을 거부했다. 이처럼 다른 분야와는 달리 문학상에만 유독 수상 거부 사례가 있는 것은 인간의 감성과 철학에 기초한 문학의 인문학적 특성 때문일 것이다. 우리가 노벨문학상에 특히 주목하는 이유도 그것이다. 그러나 올해도 노벨문학상이 우리나라 작가들을 비켜 갔다고 실망하지 말 일이다. 수상자로 정해졌다는 소식을 들은 파트리크 모디아노는 의아해하며 되물었다고 한다.

"대체 무엇 때문에 내게 그 상을 준다는 거지?"

연설하는 인간

이 글을 쓰고 있는 오늘은 에이브러햄 링컨이 저 유명한 "국민의, 국민에 의한, 국민을 위한 정부는 이 땅 위에서 사라지지 않을 것 Government of the people, by the people, for the people, shall not perish from the earth"이라는 연설을 한 지 꼭 150주년이 되는 날이다. 남북전쟁의 최대 격전지였던 게티즈버그에서 행해진 272단어로 이루어진 이 짧은 연설은 전쟁으로 상처받은 이들의 마음을 어루만졌고 남과 북으로 갈린 반목의 시간들을 치유했으며 프랑스혁명의 실패로 전체주의로 회귀하려던 유럽의 분위기에 경종을 울렸다. 미국에서는 지금 이 유명한 연설을 기념하기 위한 많은 행사가 열리고 있다고 한다.

연설이란 자신의 생각이나 주장을 대중에게 알리는 일이다. 일대일의 대화가 아닌 다중을 상대로 한 호소나 설득이라는 점에서 정치 행위의 한 형태라고 봐도 무방할 것이다. 3, 40년 전까지만 해도

이 땅에서는 많은 웅변대회가 열리곤 했었다. 주로 반공이나 국산품 애용, 근검절약 등을 주제로 한 웅변대회들이 수도 없이 열려 가히 웅변 전성시대로 불릴 만했고 골목마다 웅변학원들이 아이들로 넘쳐났었다. 연단에서 천편일률적인 제스처와 억양으로 "이 연사, 강력히, 강력히 주장하는 바입니다"라고 외치던 꼬마 연사들의 모습을 기억할 것이다. 큰 인물이 되기 위해서는 웅변을 잘해야 한다는 생각이 팽배해 있던 그런 시절이 있었다. 그러나 한꺼번에 수천, 수만 명의 사람들에게 자신의 의사를 전달할 수 있는 매체들의 발달로 사자후의 시대가 가버렸기 때문일까, 웅변대회도 웅변학원도 찾아보기 힘들어졌다.

인류의 역사는 정치의 역사이기도 한 터여서 웅변의 역사 또한 길다. 시저의 죽음을 둘러싼 공방은 고금을 통틀어 가장 드라마틱한 웅변의 장을 연출하고 있다. 〈줄리어스 시저〉라는 연극을 쓴 셰익스피어의 각색이 한몫한 사실을 인정한다고 하더라도 브루투스와 안토니우스의 연설은 자못 화려하고 장엄하다. "주사위는 던져졌다 The dice is thrown"라는 유명한 말을 남기며 루비콘 강을 건너 로마로 입성한 시저에게 원로원의 공화파들은 위협을 느낀다. 60명의 음모자들에 둘러싸여 시저는 스물세 군데나 칼에 찔려 죽는다. 믿었던 사람에게 배신을 당했을 때 흔히 쓰는 말 "브루투스, 너마저You too, Brutus"는 아들처럼 아꼈던 브루투스의 마지막 칼을 받고 죽어가면서 그가 남긴 말이다.

자신들의 영웅의 비참한 죽음에 분노한 로마 시민들 앞에 서서 브루투스는 연설한다. "내가 시저를 덜 사랑했기 때문이 아니라 로마를 더 사랑했기 때문에Not that I loved Caesar less, but that I loved Rome more" 시저를 죽일 수밖에 없었노라고. 그의 연설에 동요하는 군중들 사이로 안토니우스가 나타난다.

"나는 시저를 찬양하기 위해서가 아니라 그를 묻기 위해 여기에 왔습니다. 여러분에게 눈물이 있다면 지금이야말로 눈물을 흘릴 때입니다."

만신창이가 된 시저의 주검을 어루만지며 그는 눈물의 연설을 시작했다. 승자는 누구였을까? 안토니우스의 감성적 호소가 브루투스의 논리를 압도했다. 16대 대통령 선거에서 연탄 수레를 밀며 이마를 닦던 이회창의 땀이 아니라 "저 들에 푸르른 솔잎을 보라" 노래를 들으며 흘리던 노무현의 눈물을 선택한 경험이 우리에게도 있지 않은가?

"국가가 여러분을 위해 무엇을 해줄까를 묻지 말고 여러분이 국가를 위해 무엇을 할 것인가를 물으십시오"라며 국민들에게 당당하게 헌신을 요구하던 존 F. 케네디의 대담한 취임사도 명연설의 반열에 오르기에 손색이 없다.

그러나 현대사에서 가장 의미 있는 연설은 마틴 루서 킹의 〈나에게는 꿈이 있습니다I Have a Dream〉일 것이다. 지금으로부터 50년 전인 1963년 뜨거운 여름, 젊은 흑인 목사는 백 년 전 그들을 노예에서 해방시켰던 링컨 기념관 계단에 서서 자신과 피부 색깔이 다른 백인들과 자신의 형제인 흑인들을 향해 외쳤다.

"나에게는 꿈이 있습니다. 조지아의 붉은 언덕 위에 옛 노예의 후손들과 옛 주인의 후손들이 형제애의 식탁에 함께 둘러앉는 날이 오리라는 꿈입니다."

5년 뒤 저격수의 총탄에 맞아 서른아홉의 나이로 세상을 떴지만 그의 연설은 자유를 사랑하는 모든 인류의 꿈이 되었다.

지역에서 열리는 행사에 가보면 무슨 직위를 가진 이들을 줄줄이 앞에 내세워 연설을 하게 하는 행태를 볼 수 있다. 적어도 문화 행사에서만큼은 행사를 대표하는 한 사람의 짤막한 축사로 끝내는 게 좋지 않을까? 그들의 연설을 들어보면 깊이가 없는 것을 길이로 보충하려 한다는 혐의를 지우기가 어렵다.

"오늘, 독일 정부는 항복했습니다. 이것으로 독일과의 전쟁은 종료되었습니다. 국왕폐하 만세!"

1945년 5월 7일, 윈스턴 처칠이 영국 의회에서 한 연설의 전부다. 이 '짧은 연설' 속에 그 '긴 전쟁(2차세계대전)'을 치러온 영국인들의 고난과 고뇌가 고스란히 담겨 있지 않은가? 여성 비하로 들린다면 부디 용서하시라. "여성들의 치마와 연설은 짧을수록 좋다"라는 우스갯말도 있는 터이다.

우스갯말 한 김에 하나 더 하면서 끝을 맺어야겠다. 망망대해의 배 위에서 일어난 일이다. 한 젊은 여성이 발을 헛디뎌 갑판에서 떨어져 바다에 빠져버렸다. 당황하는 사람들 사이에서 갑자기 한 노인이 바다로 뛰어들더니 그 여성을 구해 배로 돌아왔다. 그 영웅적 행동에 감탄한 사람들이 노인에게 경의를 표하며 연설을 요구하자 노인은 원망스러운 눈빛으로 주위를 둘러보며 한마디 했다.

"누가 나 밀었어?"

디아스포라

디아스포라diaspora는 떠나고 흩어짐, 즉 '이산離散'을 뜻하는 그리스 말이다. 기원전 6세기 팔레스타인을 침공한 바빌론은 수많은 히브리인(유대인)들을 포로로 끌고 갔다. 가족과 고향을 떠나 먼 이국 땅으로 끌려온 이들은 그리움과 슬픔 속에 살아야 했다. 1842년 초연된 베르디의 오페라 〈나부코Nabucco〉의 〈히브리 노예들의 합창〉은 고향으로 돌아갈 날만 애타게 기다리는 그들의 절절함을 잘 말해주고 있다. "요르단 강 언덕과 무너진 시온의 탑들에게 전해주오 / 빼앗긴 나의 아름다운 조국 / 오, 그립고 절망적인 추억이여". 고국을 떠나 만주나 연해주를 헤매야 했던 일제강점기의 우리나라 사람들이 〈아리랑〉을 부르며 고국에 대한 그리움을 달래는 모습이 연상되는 장면이다.

몇 차례 내한 공연을 하기도 했던 4인조 흑인 레게 그룹 보니엠의 유명한 노래 〈바빌론 강가에서〉도 그 정경을 잘 말해준다. "By the rivers of Babylon, there we sat down / Yea, we wept, when we remembered Zion(바빌론 강가에 앉아 / 우리는 시온을 그리며 울었노라)". 이른바 '바빌론유수幽囚'라는 역사적 사건으로부터 '디아스포라'는 고향이나 고국을 떠나 떠돌아야 하는 삶이나 그 집단을 이르는 말로 쓰이게 되었다.

우리 민족의 디아스포라는 1860년대에 시작되었다. 관리들의 수탈과 흉년으로 기근에 시달리던 사람들이 두만강을 건너 러시아령領 연해주(블라디보스토크와 우수리스크 지역)로 떠났다. 자신들을 이역만리 낯선 땅으로 내몬 조국 조선이 미워서였을까, 그들은 스스로를 '고려인'으로 부르며 집을 짓고 땅을 일구어 삶의 터전을 만들었지만 그 평화도 오래가지는 못했다. 1930년대 독재자 스탈린에 의해 중앙아시아로 강제 이주를 당해야 했던 것이다. 18만 명이나 되는 고려인들이 시베리아 횡단열차의 지붕에 올라 피눈물을 흘리며 머나먼 카자흐나 우즈베크로 떠나야 했다. 그들의 후손들은 지금도 그곳에서 한국인도 러시아인도 아닌 경계인으로 디아스포라의 삶을 살아가고 있다.

구한말이던 1900년대 초, 미국 공사 알렌의 주선으로 '살기 좋고 돈도 벌 수 있는 곳'이라는 환상을 좇아 7천여 명의 동포들이 하와이로 이주했다. 뜨거운 사탕수수 농장에서 중노동에 시달려야 했던 그들은 고국에서 보내온 처녀들의 사진만 보고 데려와 결혼하기도 해 '사진 신부'라는 말이 생겨나기도 했다. 1905년 "묵서가墨西哥('멕시코'의 한자 차음)는 문명 부강국이요, 수토水土가 좋고 기후도 따뜻하여 병질이 없는 나라이니, 노동을 하면 큰 이익을 볼 수 있다"라는 사기성 광고에 속아 천여 명의 조선인들이 수개월의 고달픈 항해 끝에 멕시코의 유카탄반도에 도착했지만 그들을 기다리고 있는 것은 뜨거운 태양 아래서의 노예와 같은 중노동과 무서운 풍토병뿐이었다.

일제의 수탈과 지긋지긋한 가난을 피해 보따리를 이고 지고 중국의 동북 3성으로 떠나야 했던 이들에게도, 관부연락선을 타고 일본으로 떠나 '조센징朝鮮人'이라는 이름으로 멸시를 받으면서도 모욕적인 삶을 살아내야 했던 사람들에게도, 빼앗긴 조국을 되찾겠다는 신념으로 바람 찬 북만주 벌판을 헤매던 이들에게도, '위안부'라는 아픈 이름으로 화난華南의 전쟁터로 끌려다녀야 했던 이 땅의 애달픈 처녀들에게도, 해방을 맞았건만 찢어지게 가난한 조국을 떠나 낯설고 물선 독일 땅으로 간 60년대의 광부들과 간호사들에게도 디아스포라의 삶은 외롭고도 고달픈 것이었다.

세계 10위권의 경제 대국이라는 오늘날의 이 땅에도 디아스포라는 존재한다. 배불리 먹고 싶어 북을 떠난 수많은 우리 동포들이 감시를 피해 중국과 동남아를 떠돌고 있고, '새터민'이라는 이름으로 남한에 정착한 탈북자들도 디아스포라의 삶을 살고 있기는 마찬가지다.

'이산가족 찾기' 텔레비전 생방송이 시작된 지 30년이 흘렀다. 이 방송은 2015년 10월 유네스코 세계기록유산에 등재되었다. 〈누가

이 사람을 모르시나요〉라는 곽순옥의 구슬픈 노래 속에 수많은 사람들이 이름과 나이와 고향을 적은 피켓을 들고 여의도광장으로 모여들었다. 그것조차 모르는 이들은 "목 뒤에 흉터 있음", "마을 앞에 작은 시냇물이 흘렀음"과 같은 허술하기 짝이 없는 정보에라도 매달려야 했다. 무력으로 정권을 탈취한 신군부에 의해 기획되었다는 불순한 측면도 없지 않았지만 이 땅에서의 이산의 아픔과 슬픔은 엄연한 현실이었다. 그해 여름, 이 땅의 어느 누군들 텔레비전 앞에 넋을 놓고 앉아 펑펑 소리 내어 울지 않았으랴?

천만에 가깝던 이산가족 1세대들이 6만으로 줄어들고 그분들마저 하루에 10여 명씩 만나지 못한 피붙이에 대한 그리움에 눈을 감지 못하고 세상을 뜨고 있다고 한다. 이들의 맞잡은 손을 떼어놓은 이들이 누구인가? 이들의 사이를 가로막고 있는 이들이 누구인가? 이 땅에 디아스포라의 슬픔이 더 이상 존재하지 않게 될 그날은 언제일까?

농담

이른바 혁명조직(RO라고 하던가?)의 회합에서 총기 탈취라든가 시설 파괴와 같은 국가 전복을 기도하는 말들이 오고 갔다는 국가정보원이 밝힌 혐의에 대해 총이라는 말조차 꺼낸 적이 없다고 강변하던 통합진보당의 이정희 대표가 국정원 측이 녹취록을 공개하자 "농담이었다"라고 변명하는 모습을 보고 사건의 추이를 지켜보던 분들이 많이 당황하셨을 것이다.

농담이란 상황이나 분위기에 따라서 국면 전환의 약이 될 수도 있고 급전직하急轉直下의 독이 될 수도 있다. "새빨간 립스틱에 / 나름대로 멋을 부린 마담에게 / 실없이 던지는 농담 사이로 / 짙은 색소폰 소릴 들어보렴". 최백호의 노래 〈낭만에 대하여〉의 한 대목이다. 궂은비 내리는 날 옛날식 다방에 앉아 색소폰 소리를 들으며 던지는 농담이라면 어지간히 성적性的인 뉘앙스가 풍기는 농담이라도 실없기는 하겠지만 지탄이나 분노의 대상은 아닐 것이다. 그러나 정치하는 사람들이나 정치적으로 자기를 표현하고 싶어 안달인 사람들이 종작없이 양산해내는 성적 농담들이나, 스스로는 위트나 유머라고 뻐기면서 상대측에 대한 적의로 가득 차 내뱉는 농담들은 얼마나 우리 사회를 불쾌하게 하는가? 지금 우리 사회에서 농담에도 격이 있어야 한다는 사실을 무엇보다 잘 보여주고 있는 것이 '나꼼수'라든가 '일베'가 쏟아내는 저급한 패러디와 욕설에 가까운 풍자들일 것이다.

유머란 우리말로는 우스개나 익살 등으로, 한자로는 농담弄談이나 골계滑稽, 해학諧謔으로, 영어로는 조크joke와 위트wit 등으로 설명할 수 있는 아주 복잡한 말이다. 라틴어의 '체액體液'을 의미하는 '후모르humor'에서 유래된 이 말은 인간의 웃음을 인식하거나 표현하는 능력을 일컫는다 하겠다. 흔히 서양 여성들이 이상적인 남성상을 꼽을 때 빠지지 않고 등장하는 조건인 '유머 감각'이라는 것이 요즘의 우리나라 여성들에게도 남성을 선택하는 기준이 되고 있지만 우리에게는 그 말에 대한 오해가 있는 듯하다. 우리는 '유머 감각이 있는 사람'이란 잡지나 인터넷에 나도는 '우스갯소리를 많이 알고 있는 웃기는 사람'쯤으로 생각하는 경향이 있다. 그러나 진정한 유머 감각이란 세상을 보는 경직되지 않은 시선이나 낙천적 성격, 또는 따뜻한 체액humor으로 대변될 수 있는 인간미를 이르는 말이다.

"우리나라 정치인들에게는 유머 감각이 없다"라는 말을 자주 듣는다. 나름대로 유머를 구사한다고는 하지만 그것이 정적政敵에 대한 적개심이나 그릇된 우월감에 기초하고 있기 때문일 것이다. 예를 들어보자. 2차대전을 연합군의 승리로 이끈 영국의 수상 윈스턴 처칠이 의회 화장실에 들어갔더니 정적인 노동당 당수가 소변을 보고 있었다. 멀찍이 떨어져서 소변을 보고 있는 처칠을 보고 노동당 당수가 비아냥거리며 말했다.

"뭐가 무서워서 그렇게 멀찍이 떨어져서 소변을 보시오?"

아마 우리나라 정치인이라면 "똥이 무서워서 피하냐, 더러워서 피하지"라고 응수했을지도 모른다. 그러나 처칠의 대답은 이랬다.

"당신네 노동당 사람들은 큰 것만 보면 무조건 국유화해야 한다고 우기잖소."

흔히 저질 유머를 '화장실 유머'라고 부르지만 이 정도의 화장실 유머라면 넉넉하고 향기롭지 않은가?

하나 더. 선거 유세에서 평생의 정적이던 스티븐 더글러스가 에이브러햄 링컨을 두 개의 얼굴을 가진 이중인격자라고 공격했을 때 링컨은 미소 지으며 말했다.

"여러분, 제가 두 개의 얼굴을 가지고 있다면 오늘 같은 중요한 자리에 하필 이 못생긴 얼굴을 들고 나왔겠습니까?"

뭐 묻은 개가 겨 묻은 개 나무란다는 식으로 응수했다면 막장으로 치달았을 상황을 흐뭇한 웃음으로 버무려버리는 놀라운 유머의 위력을 우리 정치인들도 배웠으면 하는 안타까움에서 하는 말이다.

「참을 수 없는 존재의 가벼움」으로 우리에게 잘 알려진 체코의 소설가 밀란 쿤데라의 데뷔작은 「농담」이었다. 2차대전 직후의 공산화된 체코를 배경으로 한 소설 속에서 주인공 루드빅은 연인 마르케타에게 보낸 편지 말미에 "낙관주의는 인류의 아편이다. 건전한 정신은 어리석음의 악취를 풍긴다. 트로츠키 만세!"라는 농담을 써 보낸다. 그야말로 농담이었을 뿐이었지만 정적 트로츠키를 살해한 엄혹한 스탈린의 시대였다. 루드빅은 학교에서 제적당하고 직장에서 쫓겨나고 강제징집되어 광산으로 축출돼 강제 노역의 삶을 살게 된다. 그냥 농담이었을 뿐인데……. 상황에 따라서는 농담이 인생 전체를 송두리째 바꾸는 치명적인 독이 될 수도 있는 것이다. 통진당 이정희 대표의 '농담' 발언과 29만 원밖에 없다는 전직 대통령의 농담 아닌 농담은 듣는 이들에게도 상처를 줄 뿐만 아니라 자신들의 손발마저 묶어버리고 있지 않은가?

「장미의 이름」「푸코의 추」 등의 소설로도 유명한, 우리 시대 최고의 지식인으로 일컬어지는 이탈리아의 기호학자 움베르토 에코는 『세상의 바보들에게 웃으면서 화내는 방법』이라는 매력적인 책에서 세상 모든 농담들의 진수를 보여주고 있다. 이를테면 이렇다. "요즘 어떻게 지내세요?"라는 질문에 대답하는 107가지 방법. 소크라테스-"모르겠소." 갈릴레이-"잘 돌아갑니다." 비발디-"계절에 따라 다르지요." 잔 다르크-"아, 너무 뜨거워요." 세례요한-"잘될 거요. 그 점에 대해 내 목을 걸겠소." 이런 식으로 늘어놓다가 마지막에는 이렇게 너스레를 떨고 있다. "다빈치에게 물었더니 알 듯 모를 듯 묘한 미소만 지을 뿐이었다."(소크라테스는 "너 자신을 알라", 갈릴

레이는 "그래도 지구는 돈다"라는 말을 남겼다. 〈사계四季〉는 비발디의 대표적 교향곡이며, 잔 다르크는 화형을 당했고, 세례요한은 목이 잘려 죽었다. 다빈치의 작품 〈모나리자〉는 주인공의 신비스러운 미소로 유명하다.)

국정원의 이석기 내란음모사건으로 다른 현안들이 다 사라져버린 작금의 상황을 '석기시대'로 에둘러 부르고 있다. 만약 우리 사회에 "요즘 어떻게 지내세요?"라는 질문이 던져진다면 이런 대답이 나오지 않을까?

"아, 예. 돌 좀 깨고 지냅니다."

부석사 가는 길

가을날, 그 절집으로 오르는 길처럼 아득하고 아름다운 길이 또 있으랴! 극락정토로 오르는 길이라고 말하기에도, 부처님과 조우하는 화엄의 순간을 향해 오르는 길이라고 말하기에도 우리가 사바에서 쌓은 업이 너무 높고 걸쳐 입은 번뇌가 너무 무겁다. 그냥 우리가 살아가는 날들에서 가장 아름답게 물들 그리움으로 오르는 길이라고 말하는 게 좋을 듯하다. 극락이든 부처든 그리움의 끝에 있는 것일 테니까.

신라 문무왕 16년(676년)에 의상대사가 창건한 우리나라 최고最高, 최고最古의 건축물인 무량수전을 비롯해 수많은 국보와 보물들이 있는 곳, 우리나라에서 가장 아름다운 가람으로 손꼽히는 곳, 부석사는 가을이면 더 화려하고 장엄하게(몇 해 전, 동양철학에 관한 책들과 강연으로 유명짜한 양반이 영주에 와서 화엄 사상에 대해 강의하면서

"화엄華嚴이란 화려하고 장엄한 것"이라는 소리만 늘어놓고 화려하고 장엄하게 제 자랑만으로 시간을 때우고 가버린 적이 있었다. 옳거니, 화엄의 종찰宗刹 부석사는 화려하고 장엄한 가람이다) 우리에게 다가온다.

가을 부석사의 최고의 화엄은 무엇보다 매표소를 지나고 일주문, 당간지주를 지나 천왕문으로 오르는 은행나무 길이다. 노란 은행잎들이 일부는 〈Tie a Yellow Ribbon Round the Ole Oak Tree(고목나무에 노란 리본을 달아주세요)〉라는 노래에 얽힌 이야기 속의 노란 손수건처럼 나무에 매달려 있고, 일부는 황금빛 축복처럼 하늘에서 떨어져 내리고, 또 일부는 김광균의 시 「추일서정秋日抒情」의 "폴란드 망명정부의 지폐"처럼 떨어져 땅을 덮고 있다. 탄성을 자아내게 하고야 마는 환상적인 가을 길이다. 친구 김승기 시인이 남도의 어떤 절에 갔더니 절집으로 오르는 길 양쪽의 음식점들에서 전어 굽는 냄새가 자욱하더란다. 그래서 "전어 공양 받고 대웅전 부처님 뵈러 간다"는 시를 지었단다. 그에 비하면 은행잎의 황금빛 공양은 얼마나 아름답고 은혜로운가? 10월 중순을 넘어서면 그 황홀한 황금빛이 절정을 이루리라. 그 길을 걸어보지 않는다면 '후회할 일' 하나를 또 남기고 가을을 보내버리게 될 것이다.

천왕문과 안양루를 오르는 계단의 석축의 아름다움을 놓치는 것도 부석사의 기막히게 좋은 것들 중 하나를 잃어버리는 것이다. 같은 형태나 크기가 하나도 없는 자연석들이 그야말로 자연스럽게 서로를 붙잡고 풍우風雨와 세월을 견디고 서 있다. 일본인들이 나고야성의 석축을 비롯해 그들의 정교한 축조 기술을 자랑하고 있지만,

부석사 석축의 여유롭고 너그러운 품새에 비하면 하하품下下品에 머물 뿐이다.

안양루 마루 아래로 난 계단을 오르면 국보 17호 석등이 그 고졸하면서도 우아한 기품을 드러낸다. 팔각의 지붕을 단아하게 얹은 이 석등은 무엇과도 견줄 수 없는 조형미를 자랑한다. 받침돌과 팔각의 간주석(기둥)과 연꽃무늬가 수놓인 윗받침돌과 네 개의 창이 나 있는 화사석, 그리고 머릿돌의 비례가 빚어내는 아름다움이다. 무량수전의 중앙에서 약간 서쪽에 위치한 이 석등은, 안양루 계단을 다 오른 사람을 위해 성큼 한쪽으로 비켜나며 자연스럽게 무량수전으로 시선을 인도해주는 기막히게 계산된 위치에 서서 그 단아하면서도 화려한 기품으로 무량수전 앞마당을 가득 채우고 있다. 의상대사가 당나라에 유학할 때 그를 연모하던 선묘 낭자가 용이 되어 신라까지 따라와 부석사 창건을 방해하는 무리들을 돌浮石을 들어 물리쳤다는 설화가 전한다. 용이 된 선묘가 대웅전의 불상에 머리를 두고 석등 아래에 꼬리를 둔 채로 묻혀 있다는 이야기에서도 이 석등은 범상치 않다.

“부석사는 우리나라에서 가장 아름다운 절집이다. 그러나 아름답다는 형용사로는 부석사의 장쾌함을 담아내지 못하며, 장쾌하다는 표현으로는 정연한 자태를 나타내지 못한다. 부석사는 오직 한마디, 위대한 건축이라고 부를 때만 그 온당한 가치를 받아낼 수 있다.”

전 문화재청장 유홍준 교수가 『나의 문화유산 답사기』에서 부석사를 두고 이른 말이다. 건축학자 2백 인을 대상으로 한 “우리나라 최고의 건축물은 무엇인가?”라는 설문에서 단연 1위를 차지했듯이 팔작지붕, 주심포, 배흘림기둥 같은 어려운 말들을 늘어놓지 않더라도 무량수전은 그 빼어난 아름다움으로 보는 이를 압도하고야 만다.

부석사가 우리나라 사람들이 많이 찾는 절집 중 하나가 된 것은 전 국립중앙박물관장을 지낸 미술사학자 혜곡 최순우 선생의 책『무량수전 배흘림기둥에 기대서서』에 힘입은 바 크다. 그가 무량수전 배흘림기둥에 기대서서 본 것이 무엇이었을까? 유홍준이 우리나라 ‘국보 0호’라고까지 부르며 찬탄한 것, 바로 무량수전 앞마당에서 내려다보는 사바의 풍경이다. 끊어진 듯 이어지고 이어진 듯 끊어지며 파노라마처럼 펼쳐지는 첩첩한 산들의 모습은 가히 최고의 장관이라 할 것이다. 방랑 시인 김삿갓은 안양루에 올라 그 장엄한 광경을 내려다보며 이렇게 읊었다.

> 평생 틈이 없어 명승을 못 보더니 / 흰머리 되어 안양루에 올랐네 / 강산은 그림처럼 동남에 펼쳐지고 / 천지는 부평초처럼 밤낮으로 떠 있네
> (平生未暇踏名區 / 白首今登安養樓 / 江山似畵東南列 / 天地如萍日夜浮)

이 귀한 명승이 너무 가까이 있는 탓에 오히려 홀대해오지는 않았는지. 서둘러 찾아 볼 일이다. 김삿갓처럼 너무 늦게 찾은 걸 탄식하기 전에.

귀뚜리 우는 밤

대지大地의 시詩는 멈추지 않는다The poetry of earth is never dead

영국의 시인 존 키츠 시의 한 구절이다. 그렇다. 봄날의 새소리가 멈추고 여름의 풀벌레 소리가 잦아드는 가을의 적막 속에서도 대지는 노래를 멈추지 않는다. 귀뚤귀뚤, 귀뚜라미 소리다.

늦여름 밤의 온갖 풀벌레 소리들 속에서 귀뚜라미 소리만 또렷이 들리기 시작하면 가을이 오는 것이다. 가을을 제일 먼저 알아차리는 게 귀뚜라미라서 '추초생秋初生'이라고 불리기도 하고 여인들에게 길쌈할 때를 알려준다고 해서 '촉직促織'이라는 이름도 얻어 가졌다. "귀뚜라미 소리에 게으른 며느리 놀란다"라는 속담도 그렇게 생겨난 것이다. 온갖 일에 아는 체하는 이를 빗대어 "알기는 7월(양력으로는 8월) 귀뚜라미"라고 하기도 한다. 서양에서는 14초 동안 가

만히 귀 기울여 귀뚜라미 우는 횟수를 세어 거기에다 40을 더하면 화씨온도가 된다는 속설이 전해진다. 스물다섯 번을 울었다면 현재 온도가 화씨 65도, 우리가 쓰는 섭씨로는 18도가 된다는 말이다. 우리말에서는 '귀뚤귀뚤' 하는 그 소리에서 귀뚜리, 귀뚜라미라는 이름을 얻었고 영어를 쓰는 사람들에게는 그 소리가 '크리크리'라고 들렸던지 '크리켓cricket'이라는 이름으로 불린다. 그것은 가장 정확한 가을의 전령사이다.

가을의 정서적 상징이라 하면 코스모스와 낙엽과 귀뚜라미가 대표적이라 할 것이지만 그중에서도 가장 쓸쓸한 애상을 자아내는 것이 귀뚜리 우는 소리일 것이다. 귀뚜라미는 아주 작고 하찮아 보인다. 짧은 목숨이다. 제 울음을 다 게워내고 나면 가벼운 껍질만 남기고 사라진다. 그 울음소리에는 조락과 무상의 애잔함이 겹친다.

낮은 귀뚜라미의 시간이 아니다. 그것은 어둠 속에서만 존재한다. 먼 산과 들은 귀뚜라미의 세상이 아니다. 그놈들은 아주 가까이에 있다. 섬돌 아래에서 울어댄다. 쓸쓸한 이의 머리맡에서 울어댄다. 어린 시절 귀뚜라미가 벽 속에 산다고 생각했다.

가을밤이면 일부러 머리맡에 와서 조금만 더 쓸쓸해보라고, 서글퍼보라고 보채는 것 같았다. 당나라 때 시인 두보는 "귀뚜라미야, 너는 작은데 너의 슬픈 소리는 어찌 이리 사람의 마음을 뒤흔들어 놓느냐"라고 하소연했다. 노천명의 시를 들어보자.

밤이면 나와 함께 우는 이도 있어 / 달이 밝으면 더 깊이 숨겨둡니다

/ 오늘도 저 섬돌 뒤 / 내 슬픈 밤을 지켜야 합니다(노천명의 시 「귀뚜라미」 중에서)

집을 떠나 낯선 곳을 떠도는 나그네의 머리맡에서 귀뚜라미는 더 서글피 울어댄다. '여수旅愁'라는 말은 얼마나 쓸쓸한가? 영어에도 '여행자의 우울traveler's melancholy'이라는 말이 있지만 여수, 나그네의 시름에 비하겠는가? 떠돌다 쓰러져 누운 객창에서 귀뚜리가 운다. 나그네가 고된 몸을 뒤척일 때는 가만 숨을 죽였다가 다시 운다. 한 해가 다 가기 전에 돌아가라고, 겨울이 오기 전에 어서 고향으로 돌아가라고 회유한다. 원망 같기도 하고 후회 같기도 하고 이별 같기도 하고 그리운 이의 이름 같기도 하다. "깊어가는 가을밤에 낯선 타향에 / 외로운 맘 그지없이 나 홀로 서러워". 고등학교 시절 음악책에 실려 우리나라 사람들의 가을 애창곡이 된 외국 곡 〈여수〉의 원래 제목은 〈Dreaming of Home and Mother(고향과 어머니를 그리워함)〉이다. 가을밤 귀뚜리 소리는 그리움이다.

이태선 작사, 박태준 작곡의 동요를 보자.

가을밤 외로운 밤 벌레 우는 밤 / 초가집 뒷산길 어두워질 때 / 엄마품이 그리워 눈물 나오면 / 마루 끝에 나와 앉아 별만 셉니다(동요 〈가을밤〉 중에서)

옛날 궁중의 비첩들이 가을이 오면 귀뚜리를 잡아 작은 금롱金籠

속에 넣어 베갯머리에 두고 그 울음소리를 들었다고 한다. 구중궁궐 높은 담 속에 갇혀 자의로든 타의로든 아리따운 여인으로서의 삶을 포기하고 살아야 했던 그들에게 귀뚜리 소리는 위안이었을까, 더 아린 고독이었을까?

애련의 시인 김소월이 깊어가는 가을밤, 잎 지는 산속 외딴 숯막으로 우리를 데리고 간다.

> 산바람 소리 / 찬비 듣는 소리 / 그대가 세상 고락 말하는 날 밤에, / 숯막집 불도 지고 귀뚜라미 울어라(「귀뚜라미」 전문)

가을비가 비어가는 들판을 적시고 있다. 찬비 내리는 오늘 밤도 누군가는 외로움으로, 누군가는 그리움으로 귀를 대고 가만히 그 소리를 듣고 있을 것이다.

적음 최영해

적음寂音은 법명이고 본명은 최영해崔永海다. 경주에서 태어나 15세에 함월산 기림사祇林寺로 출가. 동화사 혜봉 노사께 내전內典을 이수하고 전국을 떠돌다가 서라벌예대 문예창작과를 졸업했다. 시집으로는 『소요집逍遙集』『저녁에』 등이 있고 산문집으로 『어디엔들 머물 곳 없으랴』『저문 날의 목판화』『가을밤의 춤』 등이 있다. 긴 무정처無定處의 삶을 잠시 접고 현재 경북 봉화 물야면 수식리의 일소암一笑庵에서 혼자 살고 있다.

그가 쓴 책들의 날개를 장식하던 그의 이력에 이제 화룡점정畵龍點睛, 용 그림에 눈동자를 그려 넣듯이 마지막 한 문장을 더해야 한다.

"2011년 10월 보름 언저리의 어느 날, 홀로 풍진세상風塵世上을 떠나다."

사람들은 천화遷化(아무도 모르는 깊은 산으로 들어가 아무 흔적도 남기지 않고 죽음)나 좌탈입망坐脫立亡(앉거나 선 채로 열반에 듦)을 선승의 가장 고매한 입적의 경지로 우러르지만 적음은 아무것도 걸치지 않은 태어날 때의 모습 그대로 편안히 누운 채로 떠났다. 평생을 일의일발一衣一鉢의 무소유로 살아온 그에게 옷가지 하나의 무게조차도 성가신 것이었으리라. 아무튼 열다섯에 집을 떠나 쉰 해에 걸친 만행漫行이거나 만행蠻行에 가까운 만행卍行을 접고 숨을 거둔 지 열흘 안팎쯤 될 거라는 의학적 소견을 남기게 되는 고독사의 전범을 보이고 그는 떠났다.

어떤 이들은 땡초라고 얕잡아 부르기도 하고 어떤 이들은 선사禪師로 높여 불러주기도 하고 또 어떤 이들은 시인으로 기억하기도 하는 적음 최영해는 우리 시대의 마지막 기인奇人 중의 한 사람이었다.

그는 땡초였다. 미아리와 흑석동, 인사동 골목의 술집들을 종횡무진으로 누비며 주酒유천하하던 그의 무용담은 그 시절 그와 교유하던 이들의 글이나 말을 통해 익히 들어온 터이고 스무 해에 가까운 나와의 술자리나 오고 감에 있어서도 땡초로서의 진면목을 유감없이 보여주었다. 그와 술을 마시기 위해서는 약간은 뻔뻔스러워져야 했다. 평생 어느 것에 매이거나 갇힌 적이 없는 그의 웃음소리로 다른 자리의 술꾼들의 눈총을 감내하는 용기가 필요했기 때문이다. 탈탈탈탈, 카카카카. 그가 있는 자리에서는 언제나 발동기 돌아가는 폭음이 술청을 쩌렁쩌렁 울리곤 했다. 그가 술을 마시는 모습은, 탈탈탈탈 양수기의 발동기가 돌아가면 마른논으로 물이 들어가고 다시 또 카카카카 발동기 소리가 이어지는, 영락없이 그런 형상이었다. 밥보다 술을 더 좋아했고 적어도 두 여인(내가 아는 바로는)과 살림을 차리기도 했던 적음 최영해는 좋은 말로 하자면 비승비속非僧非俗의 자유인이었지만 사실은 갈 데 없는 땡초였다.

적음은 선사였다. 술을 좋아하되 탐하지 않았고 여인을 좋아하되 탐하지 않았고 돈을 좋아하되 탐하지 아니하였다. 그는 돈을 '가루'라고 불렀다. 한 자락 가벼운 바람결에도 금방 흩어져 버린다는 뜻이었을까? 그의 염불 공력이 대단했다고는 하나 들어보지 못했다. 술자리에서는 단 한 번도 그 초식抄式을 펼친 바가 없었기 때문이다. 옛 도반의 절에 가서 풀어놓는 염불 공양이나 글품을 팔아 가뭄에 콩 나듯이 생긴 돈은 며칠이 못 가서 가루처럼 흩어져 버리곤 했다. 멀리 있는 벗에게 가기 위한 차비와 목을 축일 몇 잔의 술값, 그에게 돈이 필요한 이유는 딱 두 가지 뿐이었다.

生也一片浮雲起 死也一片浮雲滅 浮雲自體本無實 生死去來亦如然
(산다는 것은 한 조각 구름이 일어나는 것이요, 죽는 것은 한 조각 구름이 스러지는 것이다. 뜬구름, 그것은 본래 없는 것이니 나고 죽는 것과 오고 감 또한 이와 같아라.)

그가 애송하던 서산대사의 열반송이다. 이 세상 아무것도 무거울 게 없었던 적음의 삶은 우리네가 쉬 가볼 수 있는 경지가 도무지 아니었다.

적음 최영해는 천의무봉天衣無縫(어디 하나 꾸민 데도 없고 거칠 곳도 없다는 뜻으로 작가 표성흠이 그의 시집 발문에 쓴 말이다)의 시를 쓴 순수무구純粹無垢의 시인이다. 아직 어리기만 한 아들을 등 떼밀어 절에 보내는 게 가엾고 미안했던 어머니는 그에게 고깃국을 끓여주었다. 고깃국을 너무 먹은 그는 설사를 해대며 어머니의 손에 이끌려 산문山門에 들었다. 그날로부터 시작된 유랑과 탁발의 삶에서 우러나온 절절히 외로운 그의 시들을, 중광은 “아아, 아침 이슬 같다”라고 했고 천상병은 “이런 문장, 문체가 있다니. 적음, 요놈. 요놈 요 이쁜 놈”이라고 했다.

왜 그처럼 늦게 연락을 주었는지 / 어제는 감꽃이 지기 시작하더니 / 늦가을 바람이 / 벌써 한차례 비를 몰고 가는구나 // 저녁엔 스산해서 한잔 소주로 속을 달랬다 / 그리운 것은 그리운 대로 놓아두고 / 그렇게 내리는 비를 보며 / 이 저녁을 꾸려가야 하는 것인가 // 연락은 한차례 내리는 비처럼 / 왔다 갔다 // 감이 발갛게 익어가는 모습을 / 차마 / 보지 못하겠다(그의 시 「저녁에」 전문)

땡초이자 선사이자 외로움의 시인이었던 적음 최영해가 너무 이른 연락을 받고 떠났다. 먹물 옷에 걸망을 메고 떠나는 운수납자雲水衲子의 뒷모습이 표표하다. 올가을엔 나도 감잎 물드는 모습을 차마 보지 못하겠다. 적음이여, 그대의 술 먹자는 기별의 절반을 거짓 핑계로 물리쳤음을 용서하라. 그리고 영면하시라.

거짓말

거짓말이야 거짓말이야 거짓말이야 거짓말이야 거짓말이야 / 사랑도 거짓말 웃음도 거짓말

저 70년대 초, 그 시절로는 파격적이라 할 의상에 도발적인 춤과 발칙한 창법을 선보이며 〈거짓말이야〉라는 노래로 무대를 휩쓸던 여가수가 있었다. 그 시절 "담배는 청자, 노래는 추자"라는 유행어까지 낳았던 무대 위의 혁명가 김추자였다. "거짓말이야"라는 노랫말이 반복되면서 만들어내는 묘한 뉘앙스 때문에 유신헌법을 밀어붙이던 당시 군사정권에 의해 노래는 곧 금지곡이 되어버렸고 우리는 무대 위에서 "거짓말이야"를 외치는 그녀를 더 이상 볼 수 없었다.

거짓으로 쌓은 부와 거짓으로 거머쥔 권력과 거짓으로 이룬 명예에 취해 살아가던 한 남자가 스스로 목숨을 끊으면서 남긴 이른

바 '성완종 리스트'라는 지진에 온 나라가 들썩거렸다. 그 리스트에 3천만 원을 받은 것으로 드러난 국무총리가 사퇴했다. 그가 낙마할 수밖에 없었던 것은 기껏해야 3천만 원('기껏해야'라고 말함을 양해하시라. 우리는 수십억, 수백억의 검은돈에 대한 추문들을 귀에 못이 박이도록 들어오지 않았던가?)이 아니라 그가 한 거짓말 때문이었다. "신은 사자에게는 발톱과 이빨을 주고, 소에게는 뿔을 주고, 문어에게는 먹물을, 여자에게는 거짓말을 주었다"라고 쇼펜하우어는 말했다. 그러나 여자의 거짓말은 한 남자의 가슴을 할퀴고 지나갈 뿐이지만 정치인의 거짓말은 온 국민의 가슴에 모멸감과 박탈감을 안긴다. "일면식도 없다"에서 "몇 번 만나 점심을 같이 했을 뿐이다"로, "한 푼도 받지 않았다"에서 "받기는 했지만 대가성은 없었다"로 말을 바꾸어가는 것이 우리가 익히 들어온 그들의 '거짓말의 정석'이다. 그들에게 있어서 "경험은 최고의 학교"라는 말은 거짓말이다. 우리가 보아온 수많은 공직 후보자들이 인사청문회에서 낙마한 것이 거짓말 때문이었다는 사실에서 그들은 도무지 배우지 못하는 것 같다. 그들이 혹시 거짓말로 실패한 사례보다는 성공한 사례가 더 많다고 굳게 믿고 있는 건 아닐까라는 추측은 우리를 씁쓸하게 한다.

옛날 초등학교 도덕책(지금의 『바른생활』)에 미국의 초대 대통령 조지 워싱턴과 버찌나무 이야기가 있었다. 어느 날 조지는 선물로 받은 새 도끼로 아버지가 아끼던 나무를 베어버리고 말았다. 누가 나무를 베었느냐고 서슬 푸르게 호통을 치는 아버지에게 어린 조지는 두려움에 떨면서도 자신의 잘못을 고백한다. 아버지는 정직하게 잘못을 시인했으니 장하다면서, 같은 잘못을 다시 저지르지만 않으면 된다며 그를 용서했다. 모든 신화란 때로는 부풀려지고 조작되기도 하지만 그 일로 인해 그는 '정직한 조지Honest George'라는 별명을 얻게 되었고 나중에 미국의 '건국 대통령'이 되었다.

"정직했기 때문에 워싱턴은 미국의 초대 대통령이 될 수 있었다."

도덕 시간에 선생님이 하신 말씀이었다. 민족주체성을 높인다는 의도에서였을까, 어느 때부턴가 그 미국 대통령 이야기는 교과서에서 사라졌지만 정직을 중시하는 그들의 청교도적 전통은 존경받아 마땅하다.

거짓말에 대한 그들의 태도를 아주 잘 보여주는 사례 중의 하나가 '워터게이트 사건Watergate Scandal'이다. 1972년 6월 17일 워싱턴 DC에 있는 민주당 사무실에 불법 침입한 다섯 명의 남자가 현행범으로 체포되었다. 그들의 침입 목적이 도청 장치를 설치하기 위한 것으로 드러나자 당시의 닉슨 대통령과 그의 보좌관들은 행정부의 어느 누구도 그 일에 관여하지 않았다고 거짓말을 했고 은폐 시도에 대한 거짓말들이 뒤를 이었다. 하나의 거짓말을 완성하기 위해서는 무수히 많은 다른 거짓말들이 필요한 법이다. 2년여에 걸친 거짓말과 폭로가 이어진 끝에 닉슨은 현직에서 물러난 최초이자 유일한 대통령이라는 오명을 남기고 백악관을 떠났다.

"나는 국가를 통치하는 데 필요한 정치적 기반을 상실했습니다."

그의 뼈아픈 이임사였다. 여기에서 그가 말한 '정치적 기반'이란 무엇이었을까? 바로 '정직'이 아니었을까? 우리 정치인들이 아프게 가슴에 새길 일이다.

"It's the economy, stupid(바보야, 문제는 경제야)"라는 유명한 슬로건으로 대통령에 당선돼 미국의 경제 재건 드라이브에 성공한 젊고 잘생기고 인기 있는 대통령이었던 클린턴이 나락으로 떨어진 것도 거짓말 때문이었다. 1998년 1월, 백악관 인턴사원이던 모니카 르윈스키와의 섹스 스캔들이 불거졌을 때 클린턴의 대처 방법은 완강한 부인이었다. 그의 거짓말은 그녀의 드레스에 묻은 체액의 DNA 검사로까지 몰고 가는 수모를 겪게 했다. 이른바 클린턴의 '지퍼 스캔들Zipper Scandal'은 재판 과정에서 '부적절한 관계Inappropriate Relationship'라는 점잖은 신조어를 낳았고 그는 그해가 채 가기 전에 하원에서 탄핵을 당했지만 상원의 부결로 간신히 대통령직을 유지할 수 있었다. 만약 처음부터 클린턴이 자신의 잘못을 시인하고 자신의 아내와 국민들에게 용서를 구했다면 어땠을까? 국민들은 워싱턴의 아버지처럼 "잘못을 고백하는 용기가 가상하다. 용서할 테니 같은 죄를 다시 짓지 마라" 하고 용서하지 않았을까? 사퇴한 이완구 총리는 물론이고 그 이전에 낙마한 정치인들과 그 리스트에 거명된 다른 정치인들에게도 해당되는 말이다.

"한 사람을 영원히 속일 수 있고 모든 사람을 한동안 속일 수는 있지만 모든 사람을 영원히 속일 수는 없다."

링컨의 말이다.

"거짓으로 얻은 빵은 입에 달지 모르지만 나중에는 그 입에 모래가 가득하게 된다."

구약성서의 「잠언」에 나오는 말이다. 거짓말은 자신의 흔적을 지우기 위해 눈 속을 달리는 것과 같다.

만추, 짧은 사랑

11월이다. 근래에 들어 그 빛이 가장 고왔다는 올해의 단풍들도 윤기를 잃고 불어오는 바람에 이리저리 흩날리며 떨어져 내린다. 조락의 절정이다. 풀꽃들과 열매들과 작은 새 무리들을 키우던 벌판은 비어가고 풀벌레 소리마저 잦아들었다. 제 갈 곳을 알고 있는 목숨들은 그렇게 흘러가고 온 곳도 갈 곳도 모르는 우리만 남아 빈 벌판을 보고 있다. 만추의 적막이다.

'늦가을'이라는 우리말보다, 'late autumn'이라는 영어보다 '만추晩秋'가 더 쓸쓸함을 자아내는 것은 아마도 그 말 속의 '만晩'이 '늦다' 뿐만 아니라 '저녁', '노년老年'이라는 뜻도 가지고 있기 때문이리라. 인디언의 어떤 부족들은 11월을 '아직 다 사라진 건 아닌 달'이라고 부른다지만 어느 순간 땡그랑땡그랑 마지막 종소리는 우리를 찾아온다. 이제 곧 조금 남은 가을도 마저 갈 것이고 올 한 해도 저물어

갈 것이다. 먼 길을 떠나는 여행자가 기차에 오르기 전 저녁의 플랫폼을 문득 돌아보듯이. 그리하여 만추는 바라보는 시간이 아니라 돌아보는 시간이다.

매력적인 중국의 여배우 탕웨이가 자신이 출연했던 영화 〈만추〉의 한국인 감독과 결혼해 화제의 중심이 되었다. 1966년 이만희 감독이 만들어 그 작품성을 인정받은 후 네 번째 리메이크였다. 남편을 살해한 죄로 수감되었다가 7년 만에 사흘의 휴가를 받아 어머니의 묘소를 찾아가는 여인과 위조지폐범의 짧은 만남과 헤어짐을 그렸다. 탄탄한 스토리 라인과 아름다운 영상미로 찬사를 한 몸에 받은 영화였다. 2011년판 〈만추〉에서는 감독이 이만희에서 김태용으로, 문정숙과 신성일이 탕웨이와 현빈으로, 그들이 처음 만나는 공간이 포항으로 가는 기차에서 시애틀로 가는 버스로 바뀌었을 뿐 대략의 이야기 전개는 크게 다르지 않다. 원작에서의 낙엽이 떨어져 쌓이는 공원 벤치나 노란 은행나무 길 등 만추를 나타내는 장치를 탕웨이의 〈만추〉에서는 찾아볼 수 없지만 그녀의 영화에서 더 깊은 가을의 우수를 느꼈던 것은 시종일관하는 무표정 속에서도 모든 감정의 무늬들을 담아내는 그녀의 눈빛 때문이었다. 그리고 시애틀의 안개가 있었다.

미국 북서부의 그 도시에 가보지는 않았지만 연중 5분의 3은 안개가 낀다고 하니 런던쯤의 분위기로 미루어 짐작할 수 있겠다. 젊은 시절 나를 울렸던 영화 〈애수哀愁〉에서의 안개 낀 워털루다리를 떠올려 봐도 좋으리라. 우리나라에서도 11월은 연중 안개 낀 날수가 가장 많은 달이니 안개는 낙엽 못지않게 만추의 정서를 나타내기에 부족함이 없다고 하겠다. 안개는 서로의 시야를 가로막는 장벽이지만 서로의 가슴속으로 스며든다. 정훈희의 노래 〈안개〉처럼 "돌아서면 가로막는 낮은 목소리"이다. 오래전 「우리들의 순결했던 마지막 여름」이라는 소설에 이렇게 쓴 적이 있다. 30대의 마지막 여행을 떠나는 두 여자의 이야기였다.

> 풍경들은 안개 속에 갇혀 있다. 시간들은 안개 속에 갇혀 있다. 자유란 얼마나 자욱한 혼미昏迷이며 모호함이란 얼마나 깊은 자유인가? (……) 우리가 빠져나온 안개의 시간들과 우리가 지나온 안개의 풍경들과 우리를 스쳐 지나간 안개의 사랑들을 돌아보며 우리는 쓸쓸히 미소 지었다.

7년 만에 어머니의 장례식에 참석하기 위해 사흘간의 짧은 외출을 허락받은 애나와, 여자들에게 짧은 사랑을 팔며 삶의 시간들을 낭비하던 훈을 시애틀의 안개가 휘감았다. 자욱한 도시의 안개는 그들이 잊고 있었거나 잃어버린 감정들을 오히려 더 또렷이 드러내주었다. 사흘간의 짧은 사랑, 그렇다, 영원한 사랑이란 우리에게 너무 익숙한, 가장 오래된 거짓말이다. 3년 후 같은 시간 같은 장소에서 만나자는 안개와 같은 약속을 남기고 애나는 교도소로 돌아가고 훈은 그를 뒤쫓던 남자들에게 끌려간다. 3년 뒤 출소한 애나는 그 자리에 나타나지만 남자는 오지 않는다. 그녀를 기다리고 있는 건,

아니 우리 모두를 기다리고 있는 건 안개의 시간일지도 모른다고 그 영화의 마지막 장면은 말해준다.

내게 있어서 만추 하면 가장 먼저 떠오르는 풍경은 고등학교 때 선생님들의 눈을 피해 본 영화 〈비설悲雪〉의 마지막 장면이다. 영화의 배경은 눈은 한 송이도 보이지 않는 깊은 가을 풍경이었지만 그 시절 우리나라 관객들의 눈물샘을 자극하며 공전의 히트를 기록했던 영화 〈비우悲雨〉의 후광효과를 노린 얄팍한 상술로 붙여진 제목이었다. 모차르트의 〈피아노 협주곡 21번〉은 '엘비라 마디간'이라는 이름으로 불리기도 한다. 동명의 영화의 주제가로 쓰여 세계적으로 히트한 음악이기 때문이다. 발레를 공부하던 17세의 소녀 피아 데게르마르크는 〈엘비라 마디간〉과 〈비설〉, 〈거울나라의 전쟁〉 등 단 세 편의 영화를 끝으로 대중들로부터 사라졌다. 그녀가 대중들에게 남긴 잔상은 짧아서 더 강렬하다. 다시 〈비설〉의 마지막 장면으로 돌아가자. 명문가의 여자와 막노동꾼 남자가 사랑에 빠져 도피 행각을 벌이다 실수로 경관을 총으로 쏘아 경찰의 추격을 받게 된다. 경찰의 포위망은 점점 좁혀오고 마지막 순간 두 남녀는 만추의 깊은 산속 산장 뜰의 탁자에 마주 앉아 스스로 목숨을 끊는다. 두 발의 총성이 울리고 그들이 쓰러진 자리 위로 떨어지던 낙엽들과 멀리서 들려오던 종소리가, 마흔 해가 훨씬 더 지난 지금까지 잊히지 않는다.

그 영화의 원제는 'A Brief Season', '짧은 계절'이다. 짧아서 아름답다고는 말하지 않겠다. 짧은 사랑이 어떤 이의 생애에서는 가장 긴 사랑일 수도 있다는 말이다.

살롱 '신라'의 기억

생애 전체를 고독과 병마 속에서 살다 간 한 사내의 죽음을 애도하기에 앞서 살롱이라는 말의 연원과 사전적 의미 따위를 거론하게 됨을 양해하시라. 이를테면 사랑을 고백함에 있어서도 때마침 지저귀는 새소리라든가 영창으로 흘러드는 달빛 같은 것으로 변죽을 울리는 일이 흔치 않던가?

요즈음의 우리 사회에서 룸살롱, 가요살롱이라든가 풀살롱이라는 것들은 때로는 건강하지 못한 서비스의 거래를 연상하게 하는 다소 불온한 용어가 되어 있지만, 살롱salon이라는 말은 사실은 그와는 사뭇 다른 역사와 연원을 지니고 있다. 살롱은 원래 소수의 사람들이 모여 담화를 나누거나 여흥을 즐기는 큰 방을 이르는 말이다. 우리말로는 사랑방쯤으로 이해하면 크게 틀리지 않을 것이다. 17세기경부터 유럽의 귀족들 사이에서 생겨나기 시작한 '살롱문화'라는 것의 풍경을 살펴보자면 대충 이렇다.

고전으로만 치자면 세상에서 가장 야한 소설이라 할『데카메론』은 흑사병의 창궐을 피해 피렌체를 탈출한 열 명의 남녀가 시골 마을의 별장에 모여 주고받은 열흘간의 이야기이다. 필자도 중학교 시절 수업 시간에 선생님의 눈을 피해 탐독해 마지않았던 이탈리아의 작가 보카치오가 쓴 이 소설의 풍경이 살롱문화라는 것이 태동한 시발점이 아니었을까 짐작해본다.

"어느 날 아침 잠에서 깨어나 보니 유명해져 있더라I awoke one morning and found myself famous"라는 영국의 시인 바이런의 고백도 살롱문화에 힘입은 바 크다. 당시 문학 토론을 주로 하던 런던의 살롱 곳곳에서 그의 시가 알려지기 시작했던 것이다. 다리를 절었지만 "그리스 조각상과 같은 얼굴"을 하고 있었다고 회자될 만큼 준수했던 이 낭만주의 시인은 살롱에서 알게 된 많은 귀족 부인들과 염문에 휩싸여 사회적으로 매장당하게 된다. 사람들의 손가락질을 뒤로하고 영국을 떠난 그는 다시는 돌아오지 못하고 그리스 독립전쟁에 뛰어들어 말라리아로 인한 열과 출혈로 비참하게 생을 마감한다.

살롱은 문학 토론의 장을 뛰어넘어 새로운 예술가들이 등장하는 데뷔 무대가 되기도 했다. 스물여섯 살이던 피아노의 시인 쇼팽이 작곡가 리스트의 소개로 여섯 살 연상의 소설가 조르주 상드를 만난 것도 어느 귀족 부인의 살롱에서였다. 열병과도 같은 사랑의 불길에 휩싸인 두 사람은 만남과 헤어짐을 거듭하지만 폐결핵이 깊어진 쇼팽은 서른아홉의 나이로 가난과 병마에 시달리다 홀로 쓸쓸히 세상을 떠난다.

18세기 런던에서는 여성들끼리 모여 문학과 예술을 논하는 살롱이 유명했다. 이 살롱을 드나드는 일부 여성들이 푸른 양말을 즐겨 신었다고 해서 '블루 스타킹 소사이어티Blue Stockings Society'라고 불렀다. 지적인 여성들을 못마땅한 시선으로 바라보던 당시의 사회 분위기 때문에 '파란 양말blue stocking'은 '지적 허영에 빠진 여성'을 비하하는 말로 쓰였다. 유부남과의 사랑에 빠진 자신을 비난하는 손가락질에도 의연하게 자신의 성적性的 결정권을 외치던 맹렬한 신여성 히라쓰카 라이초가 1911년 창간한 잡지 《세이토靑鞜》는 일본 페미니즘의 새 역사를 열었다. '청탑靑鞜'이라는 말이 '푸른 양말'의 한자 조어임을 미루어 짐작하실 것이다. 우리 지역에도 한때 그 원래의 의미와 전혀 상관없이 '청탑'이라는 이름의 다방이 있었다.

전쟁이 끝나고 무질서와 혼돈이 지배하던 폐허의 명동 거리에 딜레탕트(dilettante, 취미나 멋으로 예술을 하는 사람) 박인환이 나타난다. 명동성당으로 통하는 길목에 있던 '동방싸롱'과 그 맞은편의 대폿집 '은성銀星(배우 최불암의 모친이 경영했다)' 등에서 박인환을 비롯해 김수영, 전혜린, 이봉구 등이 모여, 커피나 술잔을 기울이며 문학과 예술과 인생을 논했다. 어느 날 박인환이 지은 시에 즉석에서 이진섭이 곡을 붙이고 나애심이 불러서 저 아름다운 노래 〈세월이 가면〉이 탄생하게 되었다는 낭만적인 비화가 그 시절 명동의 살롱 문화를 대변해주고 있다.

이제 우리 곁을 떠난 삼해정三亥亭 손창욱(양문)의 살롱 이야기로 돌아가 보자. 손창욱은 송윤환, 전성진, 김만용, 윤항수, 황명희 등과 더불어 소백한화회를 함께했고 타계하기 몇 해 전부터는 봉화미협의 일원으로 작품 활동을 해왔다. 영민하고 준수한 외모를 가졌지만 소아마비로 다리를 절었고 결핵성 늑막염과 뇌종양 등으로 평생을 고독과 병마에 시달리며 살았다.

시화를 보는 안목이 뛰어났던 그가 80년대에 영주1동 시의회에서 순창병원 쪽으로 내려오는 골목, 지금은 주차장이 되어버린 곳에 '신라표구사'를 열었다. 서화들에서 풍겨 나오는 은은한 묵향과 배접(표구의 전 단계로 화선지에 여러 겹의 종이나 천을 풀로 붙이는 작업)을 하느라 발라놓은 풀 냄새로 가득하던 실내가, 저물녘이면 시인 묵객들이 굴뚝처럼 피워대던 담배 연기로 자욱했고 질펀한 술자리가 밤이 이슥하도록 이어졌다. 필자를 포함해서 문인화를 하는 금강 송윤환, 시인 서각 권석창, 그림 그리는 화동 전성진, 국악 하는 윤항수, 교사 김충일 등이 주 멤버였고, 작고한 서해 권대식 화백이나 소설가 박하식 선생도 자주 드나드는 등 수많은 지역 문화예술인들의 발길이 끊이지 않았다. 그 맞은편에서 맥줏집을 하던, '술값'을 '술갑'으로 쓰던 여자 성희가 등장하는 서각의 시「몸성히 잘 있거라」가 쓰인 것도, 화동의 기행奇行이 절정에 달한 것도 모두 그 무렵의 이야기였다. 2000년대 초 건물이 헐려 휴천동으로 옮기면서 '살롱 신라'의 시대는 막을 내렸다. 그리고 손창욱은 2013년 11월 7일 늦은 6시에 지구를 떠났다.

어떤 이의 생애는 추억하기조차 버겁고 아프다. 십수 년 전 생애

단 한 번의 사랑을 잃은 그가 봉화 들머리의 해저리 매운탕집 마당을 가득 덮고 있던 마른 미루나무 잎들을 보며 울었다. 가랑잎처럼 앙상하던 그의 어깨를 토닥이며 첫 버스가 지나가면 그다음 버스가 온다고 위로했지만 그도 나도 알고 있었다. 버스는 돌아오지 않는다는 걸.

창욱아, 잘 가거라.

워털루

유럽의 지도를 바꾼 워털루 전투가 벌어진 지 2백 년이다. 워털루 전투가 있기 3년 전 나폴레옹은 60만 대군을 이끌고 러시아를 침공했다. 프랑스군이 진격해 오는 루트의 모든 식량과 군수물자를 철저히 파괴해버리는 러시아군의 청야전술淸野戰術과 혹독한 추위로 나폴레옹은 거의 모든 병력을 잃고 패장敗將이 되어 프랑스로 돌아왔다. 러시아의 작곡가 차이콥스키는 그로부터 약 70년 뒤 〈1812년 서곡〉을 작곡해 그들의 위대한 승리를 기념했지만 패장 나폴레옹은 왕위에서 내려와 엘바 섬으로 쫓겨났다.

절치부심하던 나폴레옹이 그 섬을 탈출해 다시 파리에 입성, 유럽의 패권을 놓고 웰링턴이 이끄는 영국·네덜란드·프로이센의 연합군과 맞붙은 것이 저 유명한 워털루 전투이다. 벨기에 중부의 작은 도시 워털루 외곽의 평야에서 벌어진 전투에서 나폴레옹은 승기를 잡는 듯했으나 작은 판단의 실수가 다시 한번 그에게 치명적인 패배를 안겼다. 갑자기 내린 비로 진격을 미룬 것이 뼈아픈 패착이었다. 나폴레옹의 머뭇거림이 프로이센 지원군이 연합군에 합류할 시간을 벌어준 것이다. 그 전투의 패배로 나폴레옹의 이른바 '백일천하'가 막을 내리고 그는 다시 세인트헬레나 섬으로 유배당해 그곳에서 쓸쓸한 죽음을 맞는다. 프랑스의 문호 빅토르 위고는 그의 불후의 명작 「레미제라블」에 그 전투를 이렇게 썼다.

> 하나의 세계를 무너뜨리는 데는 워털루 하늘을 가로지르는 한 조각의 구름만으로 충분했다.

워털루에서의 패배로 유럽의 패권은 프랑스에서 영국으로 넘어갔다. 그러나 나폴레옹의 패배는 역사의 긴 흐름으로 볼 때 결코 패배가 아니었다. 지중해의 작은 섬 코르시카에서 가난한 농부의 아들로 태어나 황제의 자리에 오른 그를 유럽의 군주들은 두려워했다. 그는 프랑스혁명의 계승자로 자처하며 법 앞에서 만인은 평등하며 어떠한 신분적 특권도 허용하지 않겠노라고 선언했다. 유럽의 왕들은 워털루에서 시체들을 밟고 돌아왔지만 그 이후로 민중을 단지 자신들의 통치를 위한 수단으로만 여길 수 없게 되었다.

어느 한 시점의 패배가 긴 역사의 흐름에서는 승리가 된 사례들은 얼마든지 있다. 영국의 작가 체스터턴의 말을 빌리자면 십자군의 원정은 패배로 끝났지만 그 후 유럽의 하늘에 드리워져 있던 무함마드의 예언의 구름은 깨어졌고 다시 밀려오지 않았다.

1974년, '유로비전 송 콘테스트'에 스웨덴 출신의 4인조 혼성 그룹이 출연해 〈워털루Waterloo〉라는 노래를 불러 우승을 차지했다. 아바의 화려한 등장이었다. "My, my, at Waterloo Napoleon did surrender(워털루에서 나폴레옹은 패배했지요)"로 시작되는 그 노래는 연애에 있어서 패배는 곧 달콤한 승리임을 노래하고 있다. "Now it seems my only hope is giving up the fight / And how could I ever refuse / I feel like I win when I lose(내게 남은 마지막 기회는 당신에게 항복하는 것뿐 / 내가 어떻게 거부할 수 있겠어요 / 지고도 이기는 것 같은 기분인데)".

〈애수(哀愁, 1940)〉는 6·25전쟁 중에 부산에서 개봉되었다가 그 이후로 여러 번에 걸쳐 재개봉된 미국 영화다. 누가 '애수'라는 아련하고 감상적인 제목을 붙였는지는 모르지만 그 영화의 원제는 〈워털루다리Waterloo Bridge〉이다. 60년대 후반에 재개봉된 그 흑백영화를 학창 시절 지금의 삼성생명 자리에 있었던 아카데미극장에서 보았고 TV 프로그램의 〈주말의 명화〉에서도 두세 번 보면서 주제곡으로 쓰인 〈올드 랭 사인Auld Lang Syne〉을 들으며 눈물을 찔끔거렸던 기억이 있다. 그 영화는 전선(1차세계대전)에서 돌아온 한 장교(로버트 테일러 분)가 런던의 안개 낀 워털루다리에 서서 옛날을 회상하는 장면으로부터 시작된다. 전선으로 떠나기 전 만났던 무용수(비비안 리 분)와의 아픈 사랑의 추억이다. 로버트 테일러의 전사 소식을 들은 비비안 리는 생활고와 절망에 빠져 자해하듯 거리의 여자가 되고 만다. 그러나 로버트 테일러는 죽지 않고 돌아오고, 그 앞에서 자신은 더럽혀진 여인이라는 자책으로 그녀는 달리는 군용 트럭에 뛰어든다. 자욱하게 비가 내리는 워털루다리에서.

1815년의 전투는 벨기에의 워털루에서 벌어졌는데 엉뚱하게 웬 런던의 워털루냐고? 1850년대 런던은 산업혁명의 소용돌이 속에 있었다. 농촌으로부터의 유입으로 런던의 인구는 포화 상태였고 열악한 위생 환경으로 콜레라 등의 수인성 전염병이 창궐했다. 사람들이 대소변의 오물까지 마구 거리에 버리는 바람에 그걸 밟지 않기 위해 늘 발밑을 신경 쓰고 다녀야 할 정도였다. 도시 당국은 오랜 연구 끝에 하수관을 통해 오물을 처리하는 오늘날의 수세식 화장실을 만들어 그걸 그 당시에는 다른 이름이던 역사驛舍에 시험 설치를 했고 사람들이 그 역을 '워털루 역'으로 부르게 되었다고 한다. '물water'과 '화장실loo'의 합성어인 것이다.

프랑스의 인상주의 화가 클로드 모네는 세 차례에 걸쳐 런던을 방문하면서 안개 낀 워털루다리를 그렸다. 모네는 '빛의 화가'였다. 〈워털루다리〉 연작들에서 그는 안개에도 끝내 삼켜지는 않는 빛을 그려내고 있다.

오래전 런던의 그 다리를 찾은 날에도 비가 내리고 안개가 자욱했었다. 길가 행상에게서 산 빨간 비닐우산을 들고 걸으며 군용 트럭으로 뛰어들던 가련한 여인과 모네를 떠올렸었다.

둠즈데이Doomsday

세상에 존재하는 어떤 것이든 시작이 있으면 끝도 있다. 우리가 살고 있는 지구도 마찬가지일 것이다. 사람들은 지구가 종말을 맞는 그날을 '운명의 날', '최후 심판의 날'이라는 뜻으로 '둠즈데이'라고 부르고 수많은 예언들에 대해 절망적인 해석들을 확대 재생산해내며 불안에 떨기도 하고 허무맹랑한 희망에 매달리기도 했다.

아득한 옛날부터 중앙아메리카에는 마야인들이 살다가 불가사의한 문명의 유적들만 남기고, 유럽 사람들이 신대륙에 도착하기 훨씬 이전인 서기 600년경에 홀연히 사라졌다. '마야Maya'라는 이름이 '주기週期'라는 뜻이라고 하니 그들은 '시간의 부족'이었던 셈이다. 놀랍게도 그 시절에 벌써 천체의 운행을 훤히 꿰고 있던 그들은 시간의 부족이라는 이름답게 과학적인 달력을 남겼다. 이른바 '마야력曆'이라는 것이다. 기원전 3114년에 시작되는 그 달력은 그로부터 열세 번째 박툰(그들의 시간 단위로 한 박툰이 394년이다)이 종료되는 날인 2012년 12월 21일에 끝나고 있어 오래전부터 숱한 지구 종말의 예언들이 이날을 가리키고 있었다.

이미 1999년의 세기말의 종말 예언으로 지구촌을 떠들썩하게 한 바 있는 16세기 프랑스의 예언가 노스트라다무스도 거들었다. "말이 춤추면 고요한 아침으로부터 종말이 올 것"이라는 코미디에 가까운 그의 예언이 그것이다. 말춤이라면 싸이를 연상시킴은 당연한 것이고 일찍이 인도의 시성詩聖 타고르가 우리나라를 '고요한 아침의 나라The Land of Morning Calm'라고 부르지 않았던가?

그러나 이날 나는 평소처럼 8시 반에 아침을 먹었고 3시쯤에 전날처럼 우편물이 배달되었으며 11시 반의 밤거리에서 손을 드는 내 앞에서 택시는 예외 없이 멈추어 섰고 문을 열고 집으로 들어섰을 때 냉장고 소리는 여전히 거실의 정적을 평화롭게 깨뜨리고 있었다. 하늘에서 불덩이가 떨어져 내릴 거라던 이날, 하늘에서는 싸라기가 섞인 비가 내렸다. 우천 시 미루어지는 야구 경기처럼 지구의 종말도 비 때문에 미루어진 것인가?

이처럼 잊을 만하면 종말론이 다시 불거져 나와 기승을 부리는 것은 불안과 공포야말로 사람들의 이성을 마비시켜 복종하게 하는 가장 효과적이며 위력적인 수단이기 때문이 아닐까? 1992년 가을, 우리나라를 불안에 떨게 한 종말론이 있었다. 이른바 '휴거携擧(들어 올린다는 뜻)' 소동이 그것이다. 이장림 목사라는 사람이 주도하던 다미선교회는 10월 28일 최후의 심판이 도래해 지구는 종말을 맞고 자신을 믿는 사람들만이 하늘로 들어 올려져 재림하는 예수와 만나게 된다는 예언으로 사람들을 불안에 떨게 했다. 무려 8천여 명의 사람들이 그에게 재산을 갖다 바치고 그와 함께 들어 올려지기를 초조하게 기다렸지만 지구의 중력은 여전히 그들의 발을 땅에 붙어 있게 했고 그다음 날에도 해는 떠올랐다. 예언의 시대는 갔지만 예언에 속임을 당하는 사람들의 시대는 아마도 영원히 끝나지 않을 것이다.

이렇게 영원히 끝나지 않을 사람들의 불안을 반영하듯 수많은 지구 종말 영화들이 만들어졌다. 텍사스 크기의 행성이 지구를 향해 돌진해온다는 〈아마겟돈〉, 혜성이 지구와 충돌하는 〈딥 임팩트〉, 극지방의 빙하가 녹아 바닷물이 차가워져 지구가 새로운 빙하기를 맞게 된다는 〈투모로우〉, 태양 흑점의 폭발로 인한 종말을 그린 〈노잉〉 등 다 주워섬기기가 힘들 정도다. 이러한 지속적인 문화 현상들은 유감스럽게도 그 불안이 어느 정도 과학적이고 논리적인 근거를 가지고 있다는 사실을 말해주고 있다.

지구 종말의 여러 가지 징후들을 적시하고 있는 성서의 「요한계시록」의 예언들은 차치하고라도 우리 주위에 예측 가능한 종말의 징후들은 얼마든지 있다. 지진과 화산 폭발의 강도와 빈도가 점점 더 높아가고 있음을 지질학자들은 경고하고 있다. 일본 동북 지방의 해안을 휩쓸던 쓰나미의 공포를 보지 않았던가? 백두산의 화산 활동도 심상치 않다.

아인슈타인은 3차세계대전에 쓰일 무기는 어떤 것일지 모르지만

4차세계대전에 쓰일 무기는 투석기(slingshot, 돌로 공격하던 원시적 무기)가 틀림없을 거라고 전쟁으로 인한 문명의 종말을 예언했다.

1997년 최초로 인공지능 로봇 '딥블루'가 인간 체스 챔피언을 이겼다. 그 로봇은 자신을 설계한 인간이 예상치 못한 공격으로, 챔피언에게 속수무책의 패배를 안겼다. 초지능을 지닌 로봇들이 자신들의 주인인 인간들과 그들의 문명을 파괴할지도 모른다는 섬뜩한 경고다.

가장 처참한 종말론의 리스트 맨 꼭대기에 합성생물학이 있다. 이미 1976년에 나타난 수수께끼의 바이러스 에볼라가 경고한 바 있지만 실수로든 고의로든 인간이 만들어낸 치명적 미생물이 미증유의 재앙을 불러올 수도 있다.

저명한 과학자들로 이루어진 핵과학자회보BAS가 발표하는 지구 종말시계가 지금 11시 57분을 가리키고 있다. 이 시계의 자정은 다시 하루가 시작되는 12시가 아니라 영원히 멈추는 12시다. 영화 〈바람과 함께 사라지다〉에서의 스칼렛 오하라의 마지막 대사 "Tomorrow is another day(내일 또 하루가 시작된다)"가 아닌 "Tomorrow is no day(내일은 오지 않는다)"인 것이다.

4부

초승달 뜨는 사연

12월의 시

달력 마지막 장 앞에 섰다. 바람이 분다. 12월의 바람은 불어오는 것이 아니라 불어간다. 봄날의 꽃들과 여름 한낮의 열정과 가을날의 우수를 데리고 돌아오지 않을 시간 속으로 불어간다.

희망은 유혹일 뿐 / 쇼윈도 앞 12월의 나무는 / 빚더미같이, 비듬같이 / 바겐세일품 위에 나뭇잎을 털고 / 청소부는 가로수 밑의 생을 하염없이 쓸고 있다(황지우의 시 「12월」 중에서).

가로수 밑에 낙엽이 되어 뒹구는 우리의 생은 얼마나 스산한가? 모파상은 그의 소설 「여자의 일생」에서 "그 검은 달, 한 해의 맨 밑바닥에 뚫린 어두운 구멍과도 같은 12월은 천천히 흘러갔다"라고 썼지만 12월처럼 허겁지겁, 허둥지둥 흘러가 버리는 달이 또 있으랴? 12월은 늘 그렇게 안톤 슈낙의 「우리를 슬프게 하는 것들」의 휴가의 마지막 날처럼, 혹은 지고 있는 팀의 9회 말처럼 빠르게 흘러가 버리고 빚더미와 같은, 비듬과도 같은 마지막 몇 날과 마주하게 된다. 삼진을 당하고 타석에서 물러나는 씁쓸한 기분이거나 덧없는 나이테 하나만 굳은살이 되어 우리 삶 어딘가에 더께처럼 내려앉는 막막한 기분이 되어 저물어가는 우리 생애의 한 끝자락을 이렇게 또 속수무책으로, 스산하고 쓸쓸하게 바라보게 되는 것이다.

덜렁 달력 한 장 / 달랑 까치밥 하나 / 펄렁 상수리 낙엽 한 잎 / 썰렁 저녁 찬 바람 / 뭉클 저미는 그리움(손석철의 시 「12월 어느 오후」 전문)

'하나'라는 말은 얼마나 허전한가? 나눌 수도 없고 함께일 수도 없는 그 말은 상실과 고독의 언어이다. 마지막 남은 한 장의 달력, 한 개의 까치밥, 한 장의 낙엽 위로 12월의 저녁 찬 바람이 불어오면 그리움은 어느새 땅거미처럼 우리를 에워싼다. 12월은 그렇게 오롯이 외로워져야 하는 시간이다. 어떤 시인은 저녁이면 신이 아주 가까이 와 있는 기분이 된다고 했다. 혼자이기 때문이다. 우리는 혼자이므로 때로는 아름답다.

헤르만 헤세의 「쓸쓸한 저녁」이다.

빈 병과 잔 속에 / 촛불이 희미하게 흔들린다 / 차가운 방, 밖에는 풀 위에 비가 내린다 / 떨면서 슬픈 마음으로 다시 눕는다 / 아침이 오고 저

녁이 오고 / 언제까지나 되풀이되지만 / 그러나 너는 오지 않는다

쓸쓸한 저녁의 풍경이다.

그대들 두 손을 펴라 / 싸움은 끝났으니, 이제 그대 핏발 선 눈, / 어둠에 누워 보이지 않으니 흐르는 강물 소리로 / 어둠의 노래로 그대의 귀를 적시라 // 마지막 촛불을 켜듯 잔별 서넛 밝히며 / 누가 집으로 돌아가고 있다 / 뒤도 돌아보지 않고 제 그림자를 거두며 가고 있다(강은교의 시 「12월의 시」 중에서)

'세모歲暮', '제석除夕' 등 한 해의 끝을 이르는 말들은 '저녁'이라는 의미를 담고 있다. 저녁은 어떤 시간인가? 삽을 씻고 일터에서 집으로 돌아가는 시간이다. 저녁에는 새들도 아침에 떠나왔던 곳으로 돌아가고 골목에서 놀던 아이들도 집으로 돌아간다. 하루에 저녁이 있고 한 해에도 저녁이 있듯이 언젠가는 우리 인생에도 저녁이 올 것이다. 그 저녁들은 언제나 촛불을 들고 찾아온다. 저녁은 사람들과 작별 인사를 나누고 돌아와 촛불을 켜고 생각에 잠겨야 하는 시간이다. 싸움의 시간이 아니라 화해의 시간이다. 욕망의 시간이 아니라 기도의 시간이다. 증오의 핏발 선 눈을 거두고 흐르는 강물 소리로, 어둠의 노래로 우리의 영혼을 채워야 하는 시간이다. 그런 하루치의 작별 없이는 아름다운 아침은 오지 않는다.

너는 저 설목雪木처럼 견디고 / 이불을 덮는 심사로 / 네 자리를 덥히며 살거라(박재삼의 시 「12월」 중에서)

나쁜 세상이었다. 증오와 탐욕과 소통 부재의 세상이었다. 그놈의 권력이 뭐라고 정치하는 자들은 민생은 뒷전이고 핏발 선 눈으로 싸움에만 골몰했고, 그놈의 이념이 뭐라고 잘났다는 자들은 상대방의 말에는 꼭꼭 귀를 닫고 개똥 같은 진보와 개똥 같은 보수로 나뉘어 허구한 날을 멱살잡이로 지새웠고, 그놈의 돈이 뭐라고 가진 자들은 더 많이 가지려고 온갖 패악을 마다하지 않던 비루한 세상이었다. 아무도 우리의 상처를 꿰매주지 않고 아무도 우리의 울분을 달래주지 않는 불친절한 세상이었다. 백열등 희미한 대폿집이나 하루치의 절망을 어깨에 걸치고 돌아오는 어두운 골목길에서도 비열한 시간은 흘러가는 것, 이렇게 12월이 오고 이렇게 또 우리의 상처 위로 그림자를 드리우며 한 해가 저물어가고 있다. 그래도 박재삼은 우리를 회유한다. 설목처럼 견뎌보라고, 이불을 덮듯 우리 자리를 덥히며 살아보라고.

12월은 잿빛 하늘, 어두워지는 세계다 / 우리는 어두워지는 세계의 한 모퉁이에 / 우울하게 서 있다 / 이제 낙엽은 거리를 떠났고 / 나무들 사이로 / 서 있는 당신의 모습이 보인다 / 눈이 올 것 같다, 편지처럼(최연홍의 시 「12월의 시」 중에서)

12월은 떠나보냄과 상실과 우수로 점철된 어두운 시간이다. 그러나 결코 잊지 마시라! 기다리지 않아도 아침은 오고 아무리 어두운 순간에도 잎 진 나무들 사이로 보이는 당신의 모습처럼 희망은 촛불을 들고 서 있다. 12월의 잿빛 하늘을 올려다보라. 따뜻한 편지처럼 눈이라도 내려줄 것 같지 않은가?

먼지 속의 날들

겨울로 접어들면서 신문이나 방송을 통해 듣게 되는 '미세먼지', 또는 '초미세먼지'라는 생소한 어휘들이 공포를 불러일으키고 있다. 중국과 내몽고 지역 사막들의 흙먼지가 제트기류를 타고 우리나라로 유입되는 봄철의 불청객 황사는 주로 토양 성분으로 이루어져 있어 기껏해야 경미한 호흡기 질환을 일으키는 데 그칠 뿐 마스크만 쓰면 거를 수 있지만 미세먼지는 그 대처 방법이 까다롭고 건강에 미치는 영향에 있어서 황사보다 훨씬 위협적이라는 데 사태의 심각성이 있다. 중국의 상하이나 칭다오 등 공업 밀집 지역에서 화석연료가 연소하는 과정에서 발생하는 납, 카드뮴, 비소 같은 중금속 발암물질들이 우리나라에 유입되어 자동차 배기가스 등과 결합해 스모그 형태를 이루게 되면 그 위험성이 훨씬 커진다는 것이다.

산업화, 공업화를 통해 인류는 유례없이 풍부한 물질문명을 누리고 있지만 그로 인한 새로운 재앙들과 끊임없이 직면하고 있다. 일본 후쿠시마의 원전 사고는 이웃인 우리나라는 물론 전 지구적 공포가 되고 있고 비조차 마음 놓고 맞을 수 없는 세상에 우리는 살고 있는 것이다.

조금 헐벗고 조금 더 배가 고팠지만 먼지가 그냥 먼지일 뿐이던 시절이 그립지 않은가? 어두컴컴한 헛간의 판자 틈 사이로 새어드는 빛을 본 적이 있을 것이다. 그 빛 속에서 춤추는 먼지 입자들의 움직임은 얼마나 아름다운가?

어린 시절의 신작로를 떠올려 보라. 자동차가 다니기 위해 새로新 닦은作 길路이었건만 포장이 되어 있지 않아 드문드문 트럭이나 낡은 버스들이 지나갈 때마다 뿌연 먼지를 일으키곤 했었다. 아이들은 먼지도 아랑곳하지 않고 깔깔거리며 차들의 꽁무니를 좇아 달렸고 길가에 가게를 열어놓은 사람들은 종일 구시렁대며 먼지떨이로 물건에 쌓인 먼지를 털어내던 시절이 있었다. 세상은 먼지로 가득했고 하늬바람결에 제비꽃 피어나는 들판으로 가득 밀려오던 황사조차도 봄날의 자욱한 어지럼증이었다. 어떤 사람들은 먼지 풀풀 날리던 그 길을 따라 떠나고 어떤 사람들은 돌아왔다. 풍진風塵세상이었다.

우리 삶의 가벼움을 먼지에 비유하는 말들은 얼마든지 있다. 구약성서 「창세기」에서 여호와는 아브라함에게 "너는 먼지였으니 먼지로 돌아가리라"라고 말하고 있고, 욥은 끊임없이 고난을 주는 여호와에게 "사람은 티끌로 돌아가고 말 것입니다"라고 고백하고 있다. 일제강점기에 나온 우리나라 최초의 유행가라 할 〈희망가〉를 들어보자.

이 풍진세상을 만났으니 너의 희망이 무엇이냐 / 부귀와 영화를 누렸으면 희망이 족할까

이 노래를 부른 채규엽은 일제 말의 친일 활동과 월북으로 우리에게 잊혔지만 그의 노래가 우리에게 던지는 반어법은 사뭇 진지하다. 바람風과 먼지塵의 세상에서 겨우 부귀와 영화만을 꿈꾸며 살 수는 없지 않느냐고 물으면서 살아가는 일의 '티끌 같음'을 노래한다.

푸른 하늘 밝은 달 아래 곰곰이 생각하니 / 세상만사가 춘몽 중에 또다시 꿈같도다

〈Dust in the Wind(바람 속의 먼지)〉. 7, 80년대에 우리를 열광시켰던 프로그레시브 록 밴드 캔자스의 이 노래도 우리 삶의 가벼움과 덧없음을 말해주고 있다.

No, don't hang on / Nothing lasts forever but the earth and sky / It slips away / And all your money won't another minute buy / Dust in the wind / All we are is dust in the wind(집착하지 마 / 하늘과 땅 외에 영원한

것은 없어 / 지나가 버리는 거야 / 주머니를 몽땅 털어도 단 1분도 살 수 없지 / 바람 속의 먼지처럼 / 우리는 바람에 날리는 먼지일 뿐이야)

김광석이 겨우 서른세 살의 나이로 먼지가 되어 사라져버린 지 스무 해가 지났지만 그가 먼지가 되어서라도 닿고 싶었던 곳에 대한 그리움은 사랑을 기억하는 이들의 가슴속에서 영원히 유효할 것이다.

작은 가슴을 모두 모두어 / 시를 써봐도 모자란 당신 / 먼지가 되어 날아가야지 / 바람에 날려 당신 곁으로(김광석의 노래 〈먼지가 되어〉 중에서)

바람에 실려 먼지처럼 날아가고 싶은 열망은 그리움에 그치지 않고 자유로운 삶에 대한 동경으로 나타나기도 한다.

“내 몸이 가벼울 대로 가벼워져서 물에 뛰어들면 금세 검불처럼 떠오르고, 하늘에서 떨어져 내리면 쉬엄쉬엄 떨어져 내리다가 하늘거리는 연 꼬리처럼 버드나무 가지에도 걸리고 아주 부드러운 바람에도 십 리고 백 리고 날아가 버리면 좋겠어.”(필자의 소설 「그토록 삶이 가벼워지기까지」 중에서)

서른 살의 봄날이 채 가기도 전에 어두컴컴한 종로의 한 작은 극장에 홀로 앉아 기형도는 풍진세상과 하직했다. 고요한 소읍, 외상

값처럼 밀려드는 봄날의 대낮, 대폿집 쪽마루에 걸터앉아 흙먼지 날리는 신작로를 무심히 바라보다가, 세숫대야 속에 삶은 달걀처럼 떠오르는 자신의 얼굴을 무심히 들여다보기도 하는 작부酌婦를 내세워 기형도는 읊조린다.

봄날이 가면 그뿐 / 숙취는 몇 장 지전紙錢 속에서 구겨지는데 / 몇 개의 언덕을 넘어야 저 흙먼지들은 / 굳은 땅속으로 하나둘 섞여들는지(기형도의 시 「봄날은 간다」 중에서)

세상에 태산처럼 무거운 삶과 티끌처럼 가벼운 삶이 따로 있으랴만 우리 사는 세상이 먼지처럼 가벼울 수도 있음을 때때로 깨닫는 삶이야말로 진지하고 무거운 삶이 아닐까? 미세먼지로 자욱한 하늘을 보며 먼지가 그냥 먼지일 뿐이던 시절에 대한 향수와 함께 문득 떠오른 생각이었다.

앙스트블뤼테

산간 지방에서의 첫눈 소식이 들리고 밤사이 살얼음이 끼는, 어느덧 초겨울로 접어들었다. 뒤뜰 울타리에 때아닌 개나리가 노랗게 꽃을 피웠다. 된서리가 내린 지도 오래, 붉게 물들었던 잎들도 다 떠난 빈 가지에 홀로 피어난 노랑이 처연하다. 앙스트블뤼테Angst-blüte, 불안의 꽃, 불안 속에 핀 꽃이다.

앙스트블뤼테는 독일어의 '불안', '두려움'을 뜻하는 'angst(영어의 anxiety)'와 '개화開花'나 '전성기'를 의미하는 'blüte(영어의 blossom)'가 합해진 말이다. 이듬해 죽게 되리라는 걸 감지한 전나무가 윤기 있는 푸른빛을 띠며 가장 화려한 꽃을 피운다는 사실에서 생겨난 그 임학林學 또는 생물학 용어에서, 어떤 생명체가 존재의 위기를 느끼는 절체절명의 순간에 마지막으로 생애의 가장 화려한 꽃을 피운다는 인문학 용어로 우리에게 다가오는 것이다.

전나무는 어떤 나무인가? 어릴 적 받은 크리스마스카드에서 눈 덮인 전나무 숲이나 별과 은종銀鍾이 매달린 전나무를 본 적이 있을 것이다. 초등학교 음악 시간에 배운 노래를 기억하는가?

> 소나무야, 소나무야, 언제나 푸른 네 빛 / 쓸쓸한 가을날이나 눈보라 치는 날에도 / 소나무야, 소나무야, 변하지 않는 네 빛

독일 민요인 이 노래의 원래 제목은 〈전나무Der Tannenbaum〉다. 전나무를 소나무로 개사해서 우리나라에 소개된 것이다. (19세기 영국의 사회주의 노동운동을 하던 이들이 이 노래의 단순한 멜로디를 차용하여 붉은 깃발과 동지의 시체와 피가 등장하는 전투적 가사의 운동가요로 만들었다. 영화 〈실미도〉에서 북파 공작원들이 불렀고, 내란음모죄로 재판을 받은 통진당의 이석기 씨가 그들의 모임에서 애국가 대신 불러 물의를 일으킨 〈적기가赤旗歌〉가 바로 그 노래다.) 저 유명한 추사의 〈세한도歲寒圖〉에 쓰여 있는 논어의 한 구절 "날이 추워져야 소나무와 잣나무의 푸름을 알 수 있다歲寒然後 知松柏之後凋"에서 소나무와 전나무는 만난다. 엄동설한의 극한상황에서 더 빛나는 푸름, 앙스트블뤼테다.

스트라디바리우스는 150억 원 이상을 넘나드는 전설적인 바이올린이다. 17세기 이탈리아의 장인 스트라디바리우스가 만든 이 악기들의 깊고 신비한 울림은 어디에서 온 것일까? 그의 신묘한 기술 때문이 아니었다. 그 비밀은 그와 비슷한 시기에 유럽을 찾아와 70년 가까이 지속되었던 소빙하기에 있었다. 그가 바이올린의 소재로 사

용한 전나무들이 혹독하고 길어진 겨울이라는 생존의 위기를 맞아 나이테를 더 단단하고 촘촘하게 만들어 깊고 균일한 울림을 주게 된 것이다. 스트라디바리우스의 전설 또한 앙스트블뤼테의 구현이라 할 수 있을 것이다.

'불안 속에 피는 꽃'은 개나리나 전나무와 같은 식물에 국한되는 것이 아니다. 스페인의 작가 세르반테스는 종이를 구할 수 없어 가죽옷을 긁어 글씨를 쓸 정도로 궁핍하던 시절에 최고의 걸작 「돈키호테」를 썼다. 생애 마지막 몇 해 극도의 빈곤 속에서 담배 은박지에 그림을 그렸던 이중섭도 예외가 아니다. 베토벤의 걸작들도 28세에 청력이 약해진 이후에 나왔다. 음악가로서의 치명적 위기 앞에서 유서를 써놓고 자살을 결심하기도 했지만 그는 죽음 대신 '불안의 꽃'을 피워냈다. 〈운명〉 〈영웅〉 등의 교향곡들을 쓰고 그의 최고의 걸작이라 할 〈합창〉은 완전히 청력을 상실한 뒤에 작곡했다. 어려서 부모를 잃고 교육을 받지 못한 미국의 작가 오 헨리는 짐꾼, 카우보이 등 잡일을 거쳐 어렵게 은행원이 되었다가 공금횡령 혐의로 감옥에 갔다. 그의 3백여 편에 달하는 소설들은 모두 3년에 걸친 고독한 감옥에서의 사색으로부터 나온 것이다. 사마천은 한무제의 노여움을 사 궁형宮刑(남성의 생식기를 거세하는 형벌)을 당하지만 굴욕과 수치심으로 자결을 택하는 대신 '불안의 꽃'을 화려하게 피워냈다. 인류 최고의 역사서 중 하나인 『사기史記』를 탄생시킨 것이다.

'앙스트블뤼테'라는 말이 우리에게 알려진 것은 대여섯 해 전쯤 「양철북」의 작가 귄터 그라스와 함께 독일의 전설로 불리는 마르틴

발저의 동명同名 소설이 우리나라에서 번역된 이후일 것이다. 놀랍도록 지적이면서도 유머러스한 데다 에로틱하기까지 한 그 소설은 투자가로서 돈을 좇아 평생을 살아온 70대 노인이 30대 여배우를 만나는 데서 정점을 맞는다. 생애의 마지막에서 노인은 그녀를 향한 열정을 불태운다. 노인에게는 진실한 사랑이었다. 젊은 여인이 노인에게 바친 지극한 시간은 영화의 투자금을 끌어내기 위한 노력일 뿐이었다. 그녀의 따뜻한 미소와 교태와 오르가슴까지 모두가 거짓이었다. 앙스트블뤼테, 그녀는 노인에게 '불안의 꽃'이었다. 마지막 순간 노인은 자신의 생을 돌아보며 떠나간 아내에게 긴 편지를 쓴다. 그중 한 대목이다.

> 나는 지금 분명 생애의 어느 때보다 죽음에 더 가까이 있지만 그렇다고 해서 30년 전보다 삶에서 더 멀어진 건 아니오.

그렇다. 우리는 죽음을 향해 가고 있다고 해서 영원히 희망으로부터도 욕망으로부터도 더 멀어질 수 있는 존재가 아닐지도 모른다. 소나무가 유난히 솔방울을 많이 달면 우리는 그 소나무가 죽어가고 있는 것이라 짐작한다. '회광반조廻光返照'라는 말이 있다. 촛불이 꺼지기 직전에 한순간 밝아지듯이 앙스트블뤼테의 순간이 찾아오는 것이다.

간밤에 차가운 늦가을 비가 내렸다. 뒤뜰의 개나리가 얼었을 것이다.

달력, 시간의 지도

시간은 흐른다. 어제에서 내일로 끊임없이 흘러간다. 새 달력을 벽에 걸면서 시작된 2015년이 어느덧 저물어 달력 마지막 장 앞에 섰다. 흰 눈을 그득 받으며 서 있는 소나무 그림 아래로 숫자들이 빼곡하다. 시계 숫자판의 눈금처럼 그어져 있는 시간의 궤적들이다. 그 숫자들의 의미는 어떤 이에게는 달콤한 추억일 수도, 또 어떤 이에게는 아픈 회한일 수도 있을 것이다. 우리는 아무도 달력이 지정하는 그 숫자들에서 벗어날 수 없다. 그것은 한 개인에게는 생애의 지도이며 인류에게는 유구한 역사의 지도이기도 하다.

인간은 언제부터 달력을 갖게 되었을까? 수렵 · 채취 경제에서 농경에 의존하기 시작한 인간은 늘 하늘을 쳐다보며 살아야 했다. 언제 비가 올 것인지, 언제 서리가 내릴 것인지를 가늠하여 파종과 가을걷이의 때를 결정해야 했다. 삭朔에서 초승달, 상현, 보름을 거쳐 하현, 그믐에서 다시 삭으로. 달이 변화하는 모습이 그들에게 최초의 시간의 비밀을 푸는 단초를 제공해주었다. 달이 지구를 한 바퀴 도는 주기가 약 29.53일이라는 걸 계산해낸 이는 누구였을까? 당연히 인류가 처음 사용한 달력은 태음력이었을 것이고 인류의 조상들은 캄캄한 동굴 속에서 달이 변화하는 모습에 따라 동굴 벽이나 동물의 뼈에 눈금을 그으면서 모질고 혹독한 겨울을 견디고 봄을 기다렸을 것이다.

율리우스 카이사르(줄리어스 시저)가 이집트 원정을 하기 전까지 로마인들도 태음력을 사용했었다. 이집트 문명을 낳은 것은 나일 강이었다. 봄철 비가 내리고 모든 산들의 눈이 녹아 나일 강으로 몰려들어 강이 범람하고 나면 농사짓기에 적합한 옥토가 만들어졌다. 그러나 강이 범람한 뒤에는 땅의 경계가 불분명해져 땅을 측정하는 기술이 필요했다. 기하학은 나일 강에서 태어났다. 기하학을 의미하는 'geometry'의 'geo'는 '땅'을 뜻하는 말이다. 그리고 그들은 하늘로 눈을 돌려 지구가 태양의 주위를 한 바퀴 도는 공전주기가 365일 5시간 48분 46초라는 사실을 계산해냈다. 그렇게 그들은 태양력을 사용한 최초의 인류가 되었다. 그들의 달력에는 열세 번째 달이 있었다. 열두 달을 30일로 하고 나니 마지막 열세 번째 달은 5일이 될 수밖에 없었다.

로마로 돌아온 율리우스 카이사르는 태양력으로 달력 체제를 바꾸었다. 이른바 '율리우스력'이 탄생한 BC 46년은 인류 역사상 가장 긴 해였다. 한 해가 무려 445일이나 되었던 것이다. 이듬해부터는 31일과 30일이 순차적으로 반복되는 열두 달의 달력이 자리 잡혀 갔다. 달력은 권력이었다. 율리우스는 자신이 태어난 달인 7월에 자신의 이름 'Julius'을 넣어 'July'로 만들었다. 그를 이어 권력을 잡은 아우구스투스도 8월을 'August'로 정했다. 권력은 언제나 빼앗음으로 자신의 위용을 증명한다. 카이사르보다 덜 위대할 수 없었던 그는 2월에서 하루를 빼어 와 8월도 31일로 만들었다. 억울하게도 2월이 29일이 된 것은 순전히 권력 과시의 산물이었다.

몇 해 전 TV 드라마로 방영된 〈선덕여왕〉에서 미실이 권력의 중심에 있을 수 있었던 것은 일식, 월식 등 천문학적 정보를 독점했기 때문이었다. 연호年號에도 권력 부침浮沈의 역사가 배어 있다. 왕조시대에는 임금의 이름으로 연호가 정해지다가 독립운동가이자 단군을 섬기는 대종교의 창시자인 나철이 1907년 단기檀紀(단군기원)를 사용할 것을 제창했지만, 일제강점기에는 일본 연호인 '쇼와昭和'를 사용해야 하는 치욕을 겪기도 했다. 1948년 정부 수립 후 단기가 공식 연호로 제정되었다. 그해가 단기 4281년이 된다. 5·16 이후 1962년에 서기로 바뀌어 오늘에 이르고 있다. 북한에서는 김일성의 출생 연도인 1912년을 기점으로 한 소위 '주체 연호'를 사용하고 있다.

과학적이고 합리적으로 보이던 율리우스력에도 결함이 있었다. 365일에서 남는 5시간 48분 46초라는 우수리 시간이 문제였다. 4년이 지나면 하루의 오차가 생기게 되는 것이다. 1582년에는 10월 4일에서 14일까지, 열흘이 역사에서 사라졌다. 바로 15일로 건너

뒤어 버린 것이다. 그리하여 로마의 교황 그레고리우스 13세가 4년에 한 번씩 윤년이 돌아오는 새로운 달력을 만들었다. 우리가 오늘날 사용하고 있는 '그레고리력'이 태어난 것이다. 우리나라에서는 1895년 고종의 칙령으로 그레고리력, 즉 태양력이 사용되기 시작해 1950년대까지 음력과 혼용해 사용해오다가 지금은 제삿날이나 명절, 생일 외에는 음력은 거의 사용되고 있지 않다. 그러나 조석 간만에 기초한 음력은 뱃사람들에게는 여전히 가장 유용한 정보이다.

달력 하면 맨 먼저 떠오르는 것이 어린 시절 바람벽에 붙어 있던 정치인의 사진이 박힌 것이다. 열두 달이 한 장에 나와 있던 그 달력에는 지금은 작고한 국회의원이 파리똥이 다닥다닥 앉은 얼굴로 푸짐하게 웃고 있었다. 얇은 습자지로 만든 365장짜리 일력日曆도 있었다. 지질이 얇고 부드러워 화장지가 없던 시절 한 장씩 북 찢어 화장실로 달려가곤 했었다. 그 후 주로 기업의 홍보 판촉용이나 여배우들의 화보를 넣은 달력들이 나오다가 먹고살기가 나아지면서 달력은 세련된 디자인으로 바뀌어 거실의 장식용 역할까지 하고 있다.

새 달력을 받았다. 그 달력 안에서 겨울이 봄으로 봄이 여름으로 바뀔 것이고, 달은 찼다가 이울 것이고, 낮과 밤은 끊임없이 반복될 것이다. 우리는 그 시간의 흐름에 실려 또 어디로 가게 될까?

세 편의 영화

2015년 1월 27일은 나치의 유대인 강제수용소 아우슈비츠 해방 70주년이 되던 날이었다. 이날, 가해국인 독일의 메르켈 총리를 비롯해 프랑스·오스트리아 대통령, 그리고 홀로코스트(holocaust, 대학살)의 생존자들이 인류 최악의 비극의 현장 아우슈비츠에 모여 인류 최악의 범죄를 반성하는 기념식을 가졌다.

1939년 폴란드 침공으로 2차세계대전을 일으킨 히틀러는 이듬해 폴란드 영토인 아우슈비츠(폴란드 지명으로는 '오시비엥침'이다)에 강제수용소를 세울 것을 명령했다. 그리고 유럽 전역으로부터 유대인들을 비롯해 집시들, 정치범들이 기차에 실려 비극의 현장으로 속속 도착했다. 많게는 하루에 2, 3만 명씩 130만 명(4백만이라는 통계도 있다)의 사람들이 그들 앞에 기다리고 있을 공포와 절망의 정체를 까맣게 모르는 채로 아우슈비츠에 수감되었다. 나치는 처음에는 수감자들을 구덩이에 몰아넣고 총살을 했지만 총알이 낭비된다는 이유로 가스실을 만들어 공포와 고통 속에 그들을 죽음으로 이끌었다. 1945년 1월 27일 해방군이 아우슈비츠에 진주했을 때 그들이 발견한 것은 7천여 명의 생존자들과 백만 벌이 넘는 희생자들의 옷과 7.7톤의 머리카락(그들은 희생자들의 머리카락을 잘라 카펫 공장으로 보내기도 했다)이었다.

"아우슈비츠는 항상 인간성 회복을 위해 우리가 해야 할 일을 일깨운다."

기념식에 참석한 메르켈 총리의 말이다. 흔히 알려진 '죽기 전에 꼭 봐야 할 영화 100선'에 들어 있기는 하지만 인간이 인간으로서의 품격을 잃지 않기 위해 '인류가 꼭 기억해야 할 세 편의 영화'가 있다.

스티븐 스필버그에게 아카데미 감독상을 안긴 영화 〈쉰들러 리스트〉는 나치의 홀로코스트를 가장 생생하게 보여준다. 현실적이고 기회주의적인 사업가 오스카 쉰들러(리암 니슨 분)는 나치 SS(히틀러의 친위대)를 매수해 폴란드계 유대인이 운영하던 그릇 공장을 빼앗아 경영하면서 수용소 유대인들의 노동력을 착취하여 부를 쌓아가지만 곧 무언가 잘못되어가고 있음을 깨닫는다. 쉼 없이 울리는 총성과 비명들을 들으며 인간애에 눈뜨게 된 쉰들러는 구해낼 사람들의 명단(리스트)을 만들고 수용소의 장교들을 매수해 그들을 구해낸다. 자신의 모든 재산을 쏟아부으며 그가 구해낸 유대인들의 숫자가 1100명이었다. 전쟁이 끝난 후 전범 혐의를 받은 그는 유대인들의 탄원으로 풀려난다. 유대인들이 금이빨을 녹여 쉰들러에게 준 반지에는 이런 글귀가 새겨져 있었다.

"한 생명을 구한 자는 세상을 구한 것이다."

반지를 받아 든 쉰들러는 '왜 좀 더 많은 사람들을 구하지 못했을까?' 눈물을 흘리며 자책한다.

"이 이야기의 핵심은 이것이다. 단 한 명의 인간이 변화를 가져올 수 있다One individual can change things."

스티븐 스필버그의 말이다.

로만 폴란스키의 〈피아니스트〉는 실존 유대인 피아니스트 블라디슬로프 스필만의 실화를 영화화한 것이다. 가족과 함께 아우슈비츠로 가는 기차에 오르던 스필만은 그를 알아본 폴란드인 나치 부역자에 의해 빼돌려져 목숨을 구한다. 그러나 그를 기다리고 있는 것은 빈 건물의 어둠과 추위와 공포 속에서의 필사적인 은신이었다. 나치의 눈을 피해 하루에 썩은 감자 두 개와 구정물로 연명하던 그는 어느 날 벽장 속에서 따지 않은 통조림 하나를 발견하게 된다. 부실한 연장으로 겨우 딴 깡통이 손에서 미끄러져 대굴대굴 굴러가는데, 그 깡통이 멈춰 선 자리에 독일군 장교가 서 있다.

"뭐 하는 자인가?"

"피아니스트입니다."

"쳐봐."

빈집의 버려진 피아노 앞에 앉아 그는 오래 억누르고 있었던 예술혼을 불태운다. 쇼팽의 〈야상곡 20번〉이었다. 그의 연주에 감동한 독일군 장교는 날마다 먹을 것을 가져다주어 그를 살린다. 살아남은 스필만은 2000년 89세를 일기로 세상을 뜨지만 그를 살려준 독일군 장교 호젠펠트는 1952년 포로수용소에서 짧은 일생을 마친다.

1997년 이탈리아의 감독이자 배우인 로베르토 베니니는 그의 인생 최고의 영화를 만들고 그의 인생 최고의 영화에 출연했다. 〈인생은 아름다워〉다. 아내 도라와 아들 조슈아와 함께 수용소에 갇힌 낙천적이고 유머러스한 유대인 귀도(로베르토 베니니 분)는 아들에게 절망적인 현실을 숨기기 위해 모든 상황이 자기가 준비한 신나는 게임이라고 말하며 숨어서 끝까지 들키지 않는 사람이 탱크를 상으로 받게 된다고 속인다. 철수하는 독일군에 의해 귀도는 총살당하지만 마지막 순간까지 숨어 있는 아들에게 익살스러운 눈짓을 보낸다. 아버지의 죽음을 꿈에도 모른 채 나무 궤짝에 숨어 날이 밝기를 기다리는 조슈아 앞으로 해방군의 탱크가 다가오며 영화는 끝이 난다. 옆 수용소 건물에 있는 아내 도라에게 들려주기 위해 독일군들의 파티에 숨어들어 가 오펜바흐의 오페라 〈호프만의 이야기〉의 뱃노래 〈아름다운 밤〉을 몰래 틀어주는 귀도, 귀도와 함께 듣던 그 노래를 듣고 창가로 다가가 꿈꾸듯 눈을 감는 도라, 아들을 지키기 위한 눈물겨운 사투 속에서도 웃음과 희망을 버리지 않는 아버지의 모습에서 "그래도, 인생은 아름답다"라고 눈물로 중얼거리게 한 영화였다.

"독일은 수백만 희생자에 대한 책임을 잊어서는 안 된다. 나치의 만행을 기억하는 것은 독일의 항구적인 책임이다."

메르켈 독일 총리의 말이다. 그렇다. 용서하되 잊어서는 안 된다 Forgive, not forget. 이웃 나라 총리에게는 해당되지 않는 말이겠지만.

짜장면 이야기

졸업 시즌이다. 꽃다발과 졸업앨범을 들고 상기된 얼굴로 부모님의 손을 잡고 걸어가는 아이들을 보노라면 문득 어린 시절의 졸업식 날로 되돌아가게 된다. 교장 선생님의 끝날 듯하다가 이어지고 다시 또 끝날 듯하다 이어지는 지루한 훈화와 교가 제창, 개근상·우등상·졸업장 수여가 끝나면 드디어 졸업식의 하이라이트인 재학생 대표의 송사와 졸업생의 답사가 이어진다. "빛나는 졸업장을 타신 언니께 꽃다발을 한 아름 선사합니다"라는 재학생들의 합창에 "잘 있거라, 아우들아 정든 교실아 선생님 저희들은 물러갑니다" 졸업생들이 노래할 때쯤이면 여기저기서 훌쩍거리는 소리가 들리다가 급기야는 강당이 울음바다가 되곤 했다.

그러나 졸업식의 진정한 하이라이트는 아직 시작되지 않았다. 꽃다발과 졸업장을 가슴에 안고 친한 동무들이나 부모님들과 학교를 배경으로 사진 찍는 걸로 끝나는 게 아니다. 졸업식의 진정한 대미大尾는 교문 밖에서 장식된다. 짜장면집이다.

2006년이던가, 문화관광부에서 발표한 '한국을 대표하는 100가지 문화 상징'에 짜장면이 떡하니 이름을 올렸다. 중국 음식임이 분명한 짜장면이 어떻게 우리 문화의 대표적 상징이 되었을까? 아마도 정작 중국에서는 먹어볼 수 없을 정도로 우리나라 사람들의 입맛에 맞게 변화되었고 무엇보다 사연도 많고 질곡도 많았던 우리 현대사에서 서민들의 삶과 함께한 음식이기 때문이리라.

우리나라 사람들의 90% 이상이 '짜장면'이라고 부르건만 '자장면'만이 표준어라고 부득부득 우기던 국립국어원이 2011년에야 비로소 항복해 그 이름을 되찾은 짜장면은 원래 '볶은 장으로 비벼 먹는 면'이라는 뜻의 '작장면炸醬麵'에서 온 것이라 한다. BC 3000년경부터 밀을 재배했던 중국의 산동 지방은 국수의 고향이었다. 콩이 검은색을 띠도록 발효시켜 향신료를 더해 기름에 볶은 장을 야채와 함께 비벼서 먹은 게 중국식 짜장면이었다고 한다. 그 중국식 '춰옹장'이라는 말의 소리에서 오늘날 우리가 쓰는 '춘장春醬'이라는 말이 나왔는데 정작 이 말은 중국어 사전에도 우리말 사전에도 없다.

우리나라에 짜장면이 들어온 것은 인천이 개항한 1883년 이후였을 것이다. 서구 열강의 침략으로 정세가 불안했던 본토를 떠나 인천으로 건너와 부두 노동자로 살아가던 중국인들이 그들 식대로 짜장면을 만들어 먹은 데서 그 역사가 시작되었겠지만 1912년, 지금의 인천 차이나타운에 산동 지방에서 건너온 우희광이라는 사람이 연 중국 음식점 '공화춘'을 최초의 짜장면집이라고들 한다. 우리나라 사람들의 입맛에 맞게 기름과 향신료를 줄이고 캐러멜을 넣은 춘장에 전분과 물을 더해 돼지고기와 양파, 감자 등을 넣어 함께 볶은 우리식 짜장면이 처음으로 공화춘 메뉴판에 등장한 것이다.

그러나 짜장면이 우리 서민들의 음식으로 자리 잡은 것은 전쟁이 끝난 50년대 이후부터였다. 어떻게든 가난을 벗어나 보겠다고 종종거리며 살아야 했던 서민들에게 짜장면이 간편하고 친숙하게 다가온 것이다. 60년대의 분식 장려 정책도 짜장면의 확산에 한몫했을 것이다. 그러나 서민 음식이라고는 하지만 너나없이 쪼들리던 우리 어린 시절에는 짜장면은 '특별히 기념할 날'에나 먹어볼 수 있는 귀한 음식이었다. 짜장면 한 그릇을 시켜 아들에게만 먹이는 가난한 어머니가 등장하는 god의 노래(《어머님께》)에서 어머니는 "짜장면이 싫다"고 하셨지만 왜 어머닌들 그 구수한 짜장면이 싫으셨겠는가?

중국인들을 비하하는 말로 '짱깨'라는 말을 쓰곤 하는데 실상 이 말은 '손바닥 장掌'과 '함 궤櫃'에서 온 말로 "손에 돈 궤짝을 끼고 다닌다" 할 정도로 돈을 잘 버는 중국 식당 주인들을 부러워한 데서 연유한 말이다. 영주에도 70년대까지 홍성루, 동화장 등 중국인들이 하는 짜장면집들이 많았는데 정부가 화교들의 경제활동을 규제하기 시작하자 하나둘 떠나고 마지막 남아 있던 송죽루마저 10여 년 전 문을 닫았다.

중국집에 가서 메뉴판을 보면 무엇을 골라야 할지 고민될 만큼 우리나라 사람들의 입맛에 맞춰 여러 종류의 짜장면이 만들어졌다. 전분과 물을 섞어 흥건한 보통 짜장면과는 달리 야채와 고기만을 춘장으로 볶은 간짜장(물이 없다고 해서 '마를 건乾' 자를 쓴 건짜장이 변한 이름이다)을 비롯해 새우, 오징어, 해삼 등이 들어간 삼선짜장, 소고기를 갈아서 볶은 유니짜장, 겨자를 넣어 고추기름으로 볶은 사천짜장 등 주워섬기기도 힘들 정도다. 최남단 섬 마라도까지 짜장면을 먹으러 갈 정도로 그렇게 짜장면은 우리나라 음식이 되어버렸다.

골목길의 아이들까지도 "꼬라지하고는"이라는 극중 여주인공의 대사를 입에 달고 다닐 정도로 최고의 시청률을 자랑하던 〈환상의 커플〉이라는 TV 드라마가 있었다. 이 드라마는 커트 러셀과 골디 혼이 주연한 미국 영화 〈Overboard(배에서 떨어지다)〉를 그대로 옮긴 것이다. 안하무인의 백만장자 여자가 호화로운 요트에서 떨어져 기억을 잃어버리고 건달 같은 가난한 목수와 만나 좌충우돌하면서 결국 기억을 찾게 되는 드라마였는데 미국 원작 영화에는 없는 게 우리나라 드라마에는 있었다. 바로 짜장면이었다. 기억을 잃어버렸지만 여전히 예쁘고 도도한 나상실(한예슬 분)이 얼마나 맛있게 짜장면을 먹는지 아마도 드라마가 끝나자마자 전화를 걸어 철가방을 부른 시청자들이 많았을 것이다. "짜장면, 끊어야 하는데", "지나간 짜장면은 돌아오지 않아" 등 짜장면에 대한 주옥같은 명언들을 남긴 나상실에게 짜장면은 그녀가 모르고 살았던 서민들의 따뜻하고 구수한 정 같은 것이어서 도저히 끊을 수 없는 맛이었는지도 모른다.

갑자기 턱이 아파오면서 입안에 군침이 돈다. 오늘 점심에는 짜장면을 먹어야겠다.

그의 노래는

김광석, 그가 지구를 떠난 지 20년이다. 김광석만큼 세월이 갈수록 추모 열기가 뜨거워지는 가수도 없을 것이다. 방송들이 앞다투어 '김광석 다시 부르기'나 '김광석 따라 부르기' 같은 프로그램을 편성하고 있고, 그의 노래로 만든 뮤지컬이 〈그날들〉 〈디셈버〉 등 세 편이나 제작되어 무대에 올랐으며, 그가 태어난 대구시 대봉동에 조성된 김광석거리는 그를 그리워하는 사람들의 발길이 끊이지 않고 있다. 그의 노래가 시대와 세대를 뛰어넘어 대중의 사랑을 받고 있는 것은 무엇 때문일까?

작은 체구에 순박한 얼굴을 한 이 가수는 1984년 '노찾사(노래를 찾는 사람들)'의 멤버로 〈광야에서〉를 부르며 노래를 시작해 '동물원'의 보컬로 활동하다가 독립, 〈사랑했지만〉을 발표하면서 본격적으로 대중들에게 이름을 알리기 시작했다. 어쿠스틱 모던 포크의 2세대로서 그의 노래들은 오늘날의 SM이니 YG, JYP 등으로 대변되는 상업적 기획의 산물이 아니라 우리가 살아가면서 겪게 되는 사랑과 이별, 그리움과 외로움 같은 삶의 순간들이 진면목 그대로 녹아든 것들이었다. 특별한 사람들의 각별한 이야기가 아니라 보통 사람들의 때로는 유치할 수도 있는 삶의 애환들을 따뜻하게 포착함으로써 우리를 위로하고 치유해주는 그의 노래들의 미덕은 서사성과 서정성으로 정의될 수 있을 것이다.

그의 노래들에는 우리 삶의 순간들이 서사적 형태로 녹아 있다. "부모님께 큰절하고 대문 밖을 나설 때 / 가슴속에 무엇인가 아쉬움이 남지만 / (……) / 이제 다시 시작이다 젊은 날의 생이여"(〈이등병의 편지〉)에는 훈련소 가는 날의 막막함과 청춘의 불안한 결의가 담겨 있다. 살아가면서 넘어지고 좌절하는 순간들이 왜 없겠는가? 그의 노래는 "일어나 일어나 다시 한번 해보는 거야"(〈일어나〉)라며 우리를 고무한다. 〈너무 아픈 사랑은 사랑이 아니었음을〉에서는 사랑을 떠나보내고 술잔 앞에 앉은 청춘의 아픈 시간을 노래한다. 삶 속에서 우리는 서른에, 마흔에, 쉰에, 그리고 예순에 인생의 낯선 시간들과 마주하면서 쓸쓸히 자신을 돌아보게 된다. 그의 노래 〈서른 즈음에〉는 그래서 명곡이다. "점점 더 멀어져 간다 / 머물러 있는 청춘인 줄 알았는데 / 비어가는 내 가슴속엔 더 아무것도 찾을 수 없네". 그렇게 서른도 지나가고 마흔도 지나간다. 아이들을 키워 떠나보내고 60대가 되어 둘만 남은 노부부는 함께 지나온 애환의 순간들을 돌아보며 나직이 묻는다. "여보, 그때를 기억하오?"(〈어느 60

대 노부부 이야기〉).

요즘 노래들에서 "어제는 하루 종일 비가 내렸어"(〈사랑했지만〉) 같은 노랫말을 들어본 적이 있는가? 어느 지점에서인가 우리 대중문화가 잃어버린 서정성이 그의 노래에는 화석처럼 남아 아프지만 그리운 시간 속으로 우리를 돌아가게 한다. 〈바람이 불어오는 곳〉에서는 "덜컹이는 기차에 기대어 너에게 편지를" 쓰는 어느 시절인가의 내가 등장하고 〈거리에서〉에는 "가로등 불이 하나둘씩 켜지"는 황혼의 거리에 서 있는 어느 날인가의 당신 모습이 투영된다. "작은 가슴을 모두 모두어 시를 써봐도 모자란 당신 / 먼지가 되어 날아가야지 / 바람에 날려 당신 곁으로"(〈먼지가 되어〉). 얼마 전 어딘가에서 얼핏 본 시에 "그리운 곳은 언제나 먼 곳"이라는 시구가 있었다. 그렇다. 그리운 사람은 언제나 저 먼 곳에 있고 우리는 먼지가 되어 바람에 실려서라도 그곳에 가고 싶다. 상업적 성공 지상주의와 무한 경쟁, 혹은 이념이라는 담론에 밀려 우리 사회는 서정성을 잃어버렸다. 그의 노래들에서 읽히는 서정성을 되찾는 일이야말로 비록 비생산적인 감상의 낭비일지라도, 비록 안타깝고 쓸쓸할지라도 우리를 아름답게도 하고 행복하게도 하는 자산일지도 모른다.

어떤 사람의 생애에는 어느 한 시절 소중한 것들에 눈 막고 귀 막는 시간들이 있는 법이다. 그리고 내게는 김광석이 노래하던 90년대가 그런 시간들이었다. 영화 〈공동경비구역 JSA〉에서 인민군 병사 역을 맡은 송강호가 "광석이는 왜 죽었대?"라는 대사를 날렸을 때도 나는 그 광석이가 누군 줄 몰랐었다. 마흔이 훨씬 넘어서야 어느 술자리에서 어떤 이가 부르는 〈서른 즈음에〉를 처음 듣고 그야말로 감동이 파도처럼 밀려왔다. 저음이면서도 진지한 힘이 느껴지는 김광석의 목소리와 그의 노래들은 그렇게 내게 다가와서 지금도 변함없이 나를 매료하고 있다.

서른세 살의 나이로 세상을 버린 그가 살아 있다면 올해로 쉰세 살이 된다. 그는 그렇게 죽었지만 그의 노래는 남아 우리의 살아 있는 날들의 노래가 되었다.

집시의 시간

한 해 동안 프랑스에서 강제 추방된 집시들의 숫자가 2만 명을 넘었다는 기사를 읽은 적이 있다. 타인의 생각에 대한 존중과 배려에 근간을 둔 톨레랑스(tolerance, 관용)라는 사회적 합의로 가장 모범적인 근대국가가 된 프랑스에서 일어난 일이라 놀라지 않을 수 없다. 프랑스뿐만 아니라 유럽 여러 나라의 집시 추방 정책은, 점점 더 심각해지는 경제난과 집시들이 일으키는 범죄로 인한 사회적 문제들을 감안하더라도 인종차별과 외국인 혐오라는 혐의로부터 자유로울 수 없을 것이다.

황갈색 피부에 검은 머리카락과 검은 눈을 한 이 매혹적이고 다소 문제적인 유랑 민족의 기원과 유래에 대해서는 확실하지 않은 많은 설들이 존재해오고 있지만, 대체로 인도 북서부 지역 펀자브에서 5, 6세기 혹은 7, 8세기에 실크로드를 따라 흑해를 거쳐 루마니아와 불가리아로 흘러들어 유럽 전역으로 퍼져나간 것으로 여겨지고 있다. 포장마차를 집으로 삼아 악사와 약장수, 곡예사, 점술사 일로 빵을 해결하며 무리를 이루어 떠도는 이 민족을 유럽인들이 이집트 사람Egyptian으로 착각하여 집시Gypsy라 부르기 시작했다. 사회적 관습을 벗어나 방랑하며 자유분방한 삶을 구가하는 사람을 이르는 '보헤미안Bohemian'이라는 말은 원래 체코 북부의 한 지명을 어원으로 하지만 그 삶의 태도와 방식의 유사성으로 프랑스에서는 집시를 가리키는 말이 되어버렸다. 독일에서는 '치고이너Zigeuner', 이탈리아에서는 '징가로Zingaro'라고 불리기도 하는 이 방랑의 무리는 오늘날 프랑스를 비롯한 유럽 여러 나라들의 추방 정책에서도 보듯이 긴 수난의 역사를 지니고 있다.

국가라는 거대한 권력이 그어놓은 국경선이라는 것을 인정하지 않고 제멋대로 넘나들며 유랑하는 이 초국가적인 소수민족에게 수난은 이미 예견된 운명이었으리라. 포장마차를 타고 마을로 들어서면 집집마다 창문에 커튼이 내려지고 개들이 짖고 아이들이 돌멩이를 던지는 것쯤은 이들에게는 사소한 일상이었다. 중세에는 수많은 집시들이 마녀라는 이름으로 불태워지거나 산 채로 땅에 묻혔고, 20세기에 들어와서는 유대인과 함께 혐오 민족으로 분류되어 50만이 넘는 집시들이 나치에 의한 홀로코스트의 제물이 되었다. 오랜 수난과 박해 속에서도 살아남은 5백만 명의 집시들이 유럽 전역에 흩어져 구차하고 신산辛酸한 삶을 이어가고 있지만 그들의 삶 자체로 문학과 음악, 그리고 패션에 이르기까지 유럽 문화 전반에 지대한 영향을 미쳤다.

방랑하는 삶, 자유에 대한 그리움이 누구에겐들 없으랴. 그들의 관습이나 현실적 구속을 뛰어넘은 자유로운 사고와 생활 방식이 19세기 유럽의 낭만주의 문학에 기여한 바는 크다. 19세기 낭만주의 문학의 최고봉 빅토르 위고의 「노트르담의 꼽추」(The Hunchback of Notre Dame, 원래의 제목은 Notre Dame de Paris, 즉 「파리의 노트르담」이다)에도 귀족 청년으로부터 버림받은 아름답고 도발적이지만 가련한 집시 여인 에스메랄다가 등장하고, 비제의 오페라로도 유명한 프로스페르 메리메의 소설 「카르멘」에서는 자유분방하고 치명적 매력을 지닌 집시 여인 카르멘이 순정남 돈 호세를 사랑의 지옥에 빠뜨린다.

'치고이너 뮤직'이라는 음악 형식이 있다. 집시음악이라는 말이다. 유랑하는 집시 악사들의 음계를 차용한 리스트의 〈헝가리안 랩소디〉를 비롯하여 브람스와 버르토크의 곡들이 그 뒤를 이었지만 스페인 작곡가 사라사테의 〈치고이너바이젠〉이야말로 집시음악의 정수라 할 것이다. '바이젠'이라는 말이 선율을 뜻하므로 '집시의 선율'이라고 번역될 수 있는 이 바이올린 독주곡은 작곡 당시만 하더라도 작곡자인 사라사테 이외에는 아무도 연주할 수 없었다고 할 정도로 바이올린 연주의 모든 기교가 들어 있다. 그러나 그 곡이 최고의 바이올린 독주곡으로 평가받고 있는 것은 그 선율에 녹아 있는 격정과 애수, 환상과 고통, 허무와 자유와 정열 같은 모든 예술적 기호들이 우리를 집시의 삶 속으로 데려가기 때문일 것이다. 우리나라가 낳은 세계적 바이올리니스트 사라 장(장영주)이 베를린 필과 협연한 〈치고이너바이젠〉은 최고 수준의 연주 중 하나다.

'플라멩코'라는 춤을 본 적이 있을 것이다. 기타와 북 연주에서 손뼉치기(캐스터네츠가 쓰이기도 한다)과 발 구르기로 이루어지는 이 단순하면서도 정열적인 춤은 15세기 스페인의 안달루시아 지역에 정착한 집시들의 춤에서 나온 것이다. 격렬하고 다이내믹한 춤사위와 무희의 무표정하고 우수에 잠긴 눈빛이 기묘한 조화를 이루는 이 춤은 보는 이들의 오감을 사로잡으며 심장을 멎게 할 정도로 강렬하면서도 애수에 젖게 한다. 그것은 집시들의 자유롭고도 슬픈 영혼이 깃들어 있기 때문일 것이다.

프랑스의 집시 추방 기사를 읽고 제일 먼저 떠오른 것은 유고슬라비아 출신의 감독 에밀 쿠스트리차의 영화 〈집시의 시간〉과 오래전 그 영화를 보면서 받은 문화적 충격이었다. 집시 어머니에게서 사생아로 태어난 소년이 성장해가는 과정을 그린 그 영화는 현실과 환상, 해학과 애수가 마술적 리얼리즘을 통해 구현된 섬뜩하면서도 아름다운 영화였다. 글도 읽지 못하는 집시들이 배우로 출연한 그 영화가 뿜어내는 집시들의 색채와 집시들의 음악과 그 행간에 녹아 있는 집시들의 고단한 현실은 충격 그 자체로 내게 다가왔었다.

군대 시절, 이탈리아어를 전공하다 입대한 졸병(그 시절 군대에는 선임병, 후임병이라는 게 없었다. 고참과 졸병이라는 말이 있었을 뿐이었다)에게 이탈리아어를 배우겠다고 처음 선택한 텍스트가 그즈음 산레모가요제에서 우승한 니콜라 디바리의 노래 〈마음은 집시Il cuore è uno Zingaro〉였다.

Catene non ha, il cuore è uno zingaro(얽어매려 하지 말아요, 내 마음은 언제나 집시랍니다)

초승달 뜨는 사연

바람이 서늘도 하여 뜰 앞에 나섰더니 / 서산머리에 하늘은 구름을 벗어나고 / 산뜻한 초사흘 달이 별과 함께 나오더라

가람 이병기의 시조에 이수인이 곡을 붙인 우리 가곡 〈별〉의 일부다. 정월 초하루가 지나고 초사흘로 접어들던 지난밤 뜰에 나와서서 별빛 차가운 밤하늘을 보았다. 서쪽 하늘에 깎아놓은 손톱 같은, 여인의 새초롬한 눈썹 같은 초사흘 달이 걸려 있더니 금세 서쪽 산등성이 너머로 자취를 감춰버리고 어두운 하늘에 별들만 반짝였다. 초승달이 애틋한 것은 그 파리하고 가녀린 자태도 자태려니와 무엇보다 밤이 이슥해지기도 전에 가뭇없이 스러져버리기 때문이리라.

'갓 생겨났다' 하여 '초생初生'달이건만 이생生이 이승이 되고 저생

生이 저승이 되듯 모음동화의 영향으로 '초승달'만이 표준어로 인정되는 이 달은 아침에 태양보다 조금 늦게 떠서 낮 동안 하늘에 떠 있지만 태양 빛 때문에 보이지 않다가 어두워지고 나서야 서쪽 하늘에 그 모습을 드러낸다. 27.3일을 주기로 하는 달의 한 생애가 초승달이라는 이름으로 다시 시작되는 것이다.

초승달을 의미하는 영어의 'crescent'는 중학교 음악 시간에 배운 이탈리아어로 된 악상 부호 '크레센도(crescendo, 점점 세게)'에서도 보듯 "점점 커지는"이라는 뜻도 가지고 있다. 소멸이 아니라 생성, 끝이 아니라 시작의 의미를 담고 있는 것이다. 터키, 알제리, 튀니지, 말레이시아, 파키스탄 등 대다수의 이슬람 나라들의 국기에 초승달과 별이 그려져 있는 것은 예언자 무함마드가 알라(이슬람의 유일신)로부터 최초의 계시를 받고 하늘을 보니 초승달과 샛별이 떠 있었기 때문이라고 한다. 이슬람에서의 초승달은 '진리의 태동', '깨달음의 시작'을 의미하는 것이다.

기독교의 십자가를 인정하지 않는 이슬람 나라들이 국제 구호 조직인 '적십자赤十字(the Red Cross)' 대신에 붉은 초승달이 그려진 '적신월赤新月(the Red Crescent)'의 휘장을 사용하는 것도 이 때문이다. 메시아 예수를 받아들이지 않는 이스라엘은 붉은 마름모꼴이 그려진 '적수정赤水晶(the Red Crystal)'을 독자적으로 사용하고 있다. 모든 것을 보듬고 아울러야 할 전 인류적 박애를 상징하는 조직조차도 정치적이고 종교적인 이유 때문에 나뉘는 아이러니한 현실이 씁쓸하다.

버터를 발라 바삭바삭하게 구워낸 작은 초승달 모양의 대표적인 프랑스 빵 크루아상의 기원은 13세기 오스트리아로 거슬러 올라간다. 아침에 갓 구워낸 신선한 빵을 내려고 밤늦게까지 빵을 굽던 한 프랑스인 제빵사가 이상한 소음을 듣고는 신고를 한다. 어둠을 틈타 땅굴을 파고 오스트리아의 수도 빈으로 잠입하려던 오스만튀르크군의 기습을 막은 것이다. 이를 기념하여 이 제빵사가 오스만 제국의 상징인 초승달 모양의 빵을 만든 것이 크루아상의 기원이 되었다. 프랑스 말 '크루아상croissant'이 초승달을 의미하는 영어의 '크레슨트crescent'와 같은 말임을 미루어 짐작할 수 있을 것이다.

초승달은 그 가련하고 빈약한 모양새와는 달리 풍요를 상징하기도 한다. 우리가 학교 시절 배운 인류 최초의 문명은 메소포타미아 문명이었다. 티그리스 강과 유프라테스 강 유역에서 기원한 이 문명은 바빌로니아, 페니키아, 이집트 등 고대의 찬란한 문명국가들을 낳았다. 구약성서의 모세가 그의 백성들을 이끌고 가려고도 했던 이 지역은 사막과 척박한 황야로 둘러싸인 초승달 모양의 '젖과 꿀이 흐르는 땅'이었다. 후세의 역사가들은 이 땅을 '비옥한 초승달 fertile crescent'로 부르기도 한다.

다시 초사흘의 밤하늘로 돌아가 보자. 미당 서정주가 그 신기神氣 서린 눈을 들어 서쪽 하늘을 보고 있다.

> 내 마음속 우리 님의 고운 눈썹을 / 즈믄 밤의 꿈으로 맑게 씻어서 / 하늘에다 옮기어 심어놨더니 / 동지섣달 날으는 매서운 새가 / 그걸 알

고 시늉하며 비끼어 가네(서정주의 시 「동천冬天」 전문)

우리 님의 고운 눈썹 같은 초승달과 추운 밤하늘을 나는 매서운 새를 대비해 하늘과 땅, 절대성과 유한성, 영원과 찰나로 풀이하는 국어 시간적 해석은 한낱 허사일 뿐이다. 마음속에 스민 우리 님의 시리고 맑은 눈썹을, 그것조차 즈믄(천 날) 밤의 꿈으로 더 맑게 씻어 하늘에 걸어놓는 마음이야말로 세속의 그 어떤 것도 감히 넘볼 수 없는, 우리가 가장 나중까지 지녀야 할 순정이 아닐까?

눈보라가 휘날리는 바람 찬 흥남부두에 / 목을 놓아 불러봤다 찾아를 봤다 / (……) / 금순아 보고 싶구나 고향 꿈도 그리워진다 / 영도다리 난간 위에 초생달만 외로이 떴다(현인의 노래 〈굳세어라 금순아〉 중에서)

눈보라 휘몰아치는 1·4후퇴의 흥남부두에서 피붙이의 손을 놓치고 혈혈단신 낯선 부산 땅으로 내려온 한 사내가 피난살이에 지친 심신을 영도다리 난간에 기대놓고 망연히 초사흘 달을 보고 있다.

오늘 밤도 누이의 시린 눈썹 같은 초승달이 누군가에게는 서러움으로, 또 누군가에게는 그리움으로 서쪽 하늘에 걸릴 것이다.

오스카

아카데미상Academy Awards은 1929년에 만들어진 세계 영화계에서 가장 권위 있는 상으로, 그 이전 해에 상영된 미국 영화와 LA에서 일주일 이상 상영된 외국 영화를 대상으로 미국 영화예술과학아카데미 회원 3천 명이 투표해 선정한다.

'아카데미Academy'는 고대 그리스의 철학자 플라톤이 그의 스승 소크라테스가 죽은 후 그의 생각을 제자들에게 가르치기 위해 세운 '아카데미아Academia'에서 온 말로 오늘날은 연구 · 학술 단체를 이르는 말이 되었다. 아카데미상이 그 이름에서 풍기듯 다소 보수적이라는 평가와 함께 미국인들만의 영화 잔치라는 비난도 받고 있지만, 영화에 몸담은 사람이라면 누구에게나 최고의 꿈이 된 것은, 세계 영화 시장을 지배하는 할리우드 거대 자본의 영향력으로 미루어 볼 때 어쩌면 당연한 일인지도 모른다.

'아카데미'라는 말이 풍기는 권위적인 이미지를 지우려는 의도에서였을까, 이 상은 '오스카Oscar'라는 애칭으로 불리기도 한다. 필름롤(필름을 감아놓은 통) 위에 검을 쥔 남자의 입상立像을 금으로 도금(초기에는 청동이었다고 한다)한 그 상의 트로피의 형태에서 '오스카'라는 이름을 갖게 되었다는 몇 가지 설이 있는데 확실하지는 않다. 1940, 50년대의 전설 베티 데이비스는 아카데미 여우주연상에 열한 번이나 후보로 올랐고 〈이브의 모든 것〉으로 수상하기도 한, 아름다운 눈(킴 칸스는 그녀의 눈에 저 유명한 팝송 〈베티 데이비스 아이즈Bette Davis Eyes〉를 헌정했다)의 여배우였다. 그녀가 그 트로피의 뒷모습이 자기 남편 오스카를 닮았다고 한 데서 그 이름을 얻게 되었다는 이야기도 있고, 그 입상이 처음 만들어졌을 때 협회에서 일하던 여직원이 "어, 우리 오스카 삼촌 닮았네"라고 말한 데서 그렇게 불리기 시작했다는 설도 있다.

케이블 영화 채널들의 난립과 채산성 악화로 2010년에 그 40여 년 역사의 막을 내렸지만 6, 70년대 〈영광의 탈출〉 주제음악과 함께 시작되던 〈주말의 명화〉가 방영될 때는 기대감으로 설레며 TV 앞에 앉곤 했다. 우리를 울리고 웃긴 그 영화들 중 〈바람과 함께 사라지다〉 〈카사블랑카〉 〈콰이 강의 다리〉 〈벤허〉 〈사운드 오브 뮤직〉 〈대부〉 〈스팅〉 〈아웃 오브 아프리카〉 〈늑대와 춤을〉 〈양들의 침묵〉 〈포레스트 검프〉 등 아카데미 작품상을 수상한 작품들이 많았다. 1929년의 〈날개〉를 시작으로 지난해의 〈노예 12년〉에 이르기까지 수많은 영화가 작품상을 받았지만 가장 많은 부문(11개 부문)에서 수상한 영화가 세 편 있다. 작품상, 감독상 등 11개 부문에서 수상한 영화 〈벤허〉를 만든 윌리엄 와일러 감독은 수상식장에서 영화사에 길이 회자될 수상 소감을 남겼다.

"오, 신이시여! 제가 정말 이 위대한 영화를 만들었습니까?"

역시 11개 부문에서 수상한 〈타이타닉〉의 제임스 카메론 감독은 트로피를 흔들며 "나는 세상의 왕이다!"라고 소리쳤다. 극중에서 주인공이 뱃머리에서 외친 대사였다. 마찬가지로 11개의 오스카 트로피를 거머쥔 〈반지의 제왕 3－왕의 귀환〉을 만든 피터 잭슨은 점잖은 아카데미가 드디어 판타지 영화를 인정해줬다며 감격했다. 이 영화들의 기록을 뛰어넘을 영화가 앞으로도 만들어지는 것은 불가능해 보인다. 그러나 알 수 없는 일이다. 영화는 모든 것을 가능하게 하니까.

2015년의 오스카는 작품상, 감독상 등 4개 부문에서 수상한 〈버드맨〉에 돌아갔다. 멕시코 출신의 알레한드로 이냐리투 감독이 만든, 이 영화는 한 추락한 배우(마이클 키튼 분)가 다시 일어서는 과정을 그린, 현실과 환상을 넘나드는 영화라고 한다. 여우주연상의 주인은 평화롭고 안정된 삶을 살아가다가 갑자기 찾아온 알츠하이머로 기억을 잃어가는 여교수를 연기한 〈스틸 앨리스〉의 줄리안 무어였다. 〈파 프롬 헤븐〉 〈눈먼 자들의 도시〉 〈한니발〉 등 많은 영화에서 다양한 색깔의 연기를 보여주던 그녀가 수상한 것은, 늦었지만 당연한 일이다. 뮤지컬 영화 〈레미제라블〉의 마리우스 역으로 우리에게 알려진 에디 레드메인이 〈사랑에 대한 모든 것〉에서 루게릭병에 걸린 우리 시대 최고의 천체물리학자 스티븐 호킹 역을 맡아 남우주연상의 영예를 차지했다.

영화를 '은막(銀幕, silver screen)'으로 부르던 시절이 있었다. 영화는 환상의 세계로 우리를 데려다준다. 플라톤이 아카데미를 세운 것은 "그냥 그저 살아가는 것이 아니라 잘 살아야 한다"라는 소크라테스의 사상을 후학들에게 가르치기 위해서였다. 잘 살아간다는 것이 무엇일까에 대해 영화는 우리에게 말해준다. 영화는 끝까지 잡을 수 없을지는 모르지만 포기해서는 안 되는 꿈에 대해 우리에게 이야기해준다. 영화는 어떠한 절망 속에서도 사랑은 아름다우며 어떠한 암흑 속에서도 진실은 빛난다는 것을 우리에게 말해준다.

환상이 환상으로만 끝나지 않는 세상, 그것이 영화다.

우리가 잃어버린 것들

길을 나서다 문득 주머니를 더듬어보면 늘 무언가를 빠뜨리고 떠나왔다는 걸 깨닫게 되기 일쑤이다. 잠시 멈춰 서서 뒤를 돌아보지만 그날의 행선에 긴요한 물건이 아니라면 돌아가서 챙겨 와야겠다는 생각은 떨쳐버리고 가던 길을 내처 가게 된다. 그러나 그것이 있어야 할 빈자리가 내내 허전하고 찜찜하다. 우리가 숨 가쁘게 헤쳐온 근대화와 산업화의 소용돌이 속에서 우리는 많은 것을 잃어버리거나 잊어버렸다. 오래된 우리 삶의 기억들이다. 그것은 잊히거나 훼손되어서는 안 될, 함께 살아온 민족으로서의 정체성이기도 하다.

대보름이 지났다. 농경민족으로 살아온 우리에게 한 해 농사의 시작을 알리는 이날에 가장 많은 세시 풍속이 몰려 있는 게 어쩌면 당연한 일일 터이다. 설날이 정적靜的인 명절이라면 대보름은 동적動的인 명절이라 할 것이다. 자연이 긴 겨울잠에서 깨어나 기지개를 켜듯 곳간에서 잠자고 있던 농기구들의 먼지를 털어내고 겨우내 뻣뻣하게 굳어 있던 관절들을 짐짓 어루만져 보게 되는 날이다. 설날이 가족적이고 수직적이라면 대보름은 집단적이고 수평적이다. 설날에는 집안끼리 모여 세배하고 조상신에게 제를 올려 가족의 안녕을 기원하지만 대보름에는 윗마을 아랫마을 함께 모여 윷놀이도 하고 고싸움도 하며 대동大同의 마당을 열고 동제洞祭를 지내 마을의 평안을 빈다.

이날을 상원上元날이라고도 한다. 하늘의 상제上帝가 인간들의 옳고 그름을 살피는 정월과 7월, 10월 보름을 각각 상원, 중원, 하원으로 삼아 한 해를 세 계절로 나누는 도교道敎의 전통에서 나온 것이라 한다. '위 상上'과 '으뜸 원元'의 문자 속으로 보더라도 한 해의 시작이 이날부터였던 것이다. 월력月曆으로 농사를 지어온 우리 민족에게는 1년 중 가장 달이 꽉 찬 이날이 한 해의 농사와 살림이 시작되는 가장 중요한 날이었다.

대보름의 다른 이름인 '오기일烏忌日'에는 이날 오곡밥을 먹게 된 연유와 얽힌 재미난 이야기가 전해온다. 『삼국유사』「사금갑 편」에 나오는 설화이다.

신라 소지왕이 행차 중에 까마귀 떼가 시끄럽게 우는 소리를 듣고 따라가 보니 한 연못에서 노인이 나와 서찰을 건네며 말했다.

"이 편지를 열어보면 두 사람이 죽을 것이요, 열어보지 않으면 한 사람이 죽을 것이오."

왕은 두 사람보다는 한 사람이 죽는 게 낫다고 생각해 열어보지 않으려 했으나, 신하들이 채근하며 말하길 죽게 되는 그 한 사람이 임금일지 모른다고 했다. 이에 왕이 열어보니 "사금갑射琴匣(거문고 함을 활로 쏘라)"이라는 글귀가 있었다고 한다. 왕이 거문고 함을 활로 쏜 뒤 함을 열어보니 그 속에는 왕비가 사통하던 중과 함께 왕의 목숨을 노리며 숨어 있었다. 두 사람을 죽인 임금은 해마다 이날 오곡밥을 지어 까마귀에게 제사를 올리게 되었다고 한다. 오곡五穀밥의 '오五'와 까마귀 '오烏'의 소리가 같기 때문이었으리라.

'작은 보름'이라는 열나흘 날 밤에는 동리마다 한 해의 마을의 화평을 비는 동제를 지냈다. 이제는 거의 대부분의 마을에서 사라진 풍습이지만 내가 살고 있는 마을에서는 아직 해마다 꼬박꼬박 지켜지고 있다. 그 절차가 많이 간소해졌지만 먼저 부정不淨한 일을 겪지 않은 사람을 제관으로 정하고 집집마다 추렴해서 제수 장보기를 하고 자정이 다가오면 휘영청 밝은 달빛을 받으며 논 가운데 아름드리 소나무들 아래 있는 당집으로 모인다. 당집 안에 모셔져 있는 골매기 돌에 왼새끼(왼쪽으로 꼰 새끼)를 두르고 당집 둘레에 금줄을 친다. 왼새끼를 꼴 줄 아는 어른들이 다 세상을 뜨고 이제 우리 마을에는 딱 한 분만 남았다. 술 좋아하고 놀기 좋아하던 그 어른도 올 보름에는 병석에 누워 동제에 참석하지 못하고 새끼만 꼬아 보냈다. 젊은이(젊은이라고 해야 오십 줄의 두엇이 고작이지만)들 중 누군가가 배워두어야 할 텐데 그 어른마저 세상을 뜨면 무엇으로 금줄을 칠지. 촛불을 켜고 제물을 차리면 준비가 끝나고 목욕재계한 제관이 잔을 올리고 축을 한다. 마을에 예로부터 전해오던 축문이 오래 사용해 나달나달해져 망실되어 올해는 내가 컴퓨터로 뽑아 여러 장 만들어놓았다. 컴퓨터 활자를 본 귀신들이 끌끌 혀를 찰 노릇이다. 제사가 끝나면 아이 어른 할 것 없이 마을 사람들의 이름과 가축들 이름까지 불러가며 소지燒紙를 해 하늘로 올리면 동제가 끝나고 마을 사람들끼리 음복을 하며 밤이 이슥하도록 덕담을 나눈다. 이날 밤에 잠을 자면 눈썹이 희어진다고 했다. 어린 시절 동네 아이들끼리 모여 한 줌씩 가져온 쌀로 모둠밥을 해 먹고 놀다가 잠이 드는 친구가 있으면 눈썹에 밀가루를 칠해놓고는 낄낄대곤 했었다.

부럼 깨물기, 더위팔기, 연날리기, 다리밟기, 달집태우기, 지신밟기 등 많은 풍습이 있었지만 어린 시절 우리를 가장 신명 나게 했던 것은 쥐불놀이였다. 양쪽에 구멍을 내고 전깃줄을 끼운 깡통에 솔방울이나 관솔을 넣고 불을 붙여 "망월望月이여!" 소리치며 빙빙 돌린다. 휘영청 밝은 달 아래 멀리 가까이에서, 들판과 산등성이 할 것 없이 원을 그리며 돌아가는 불덩어리들의 모습은 장관이었다. 불을 낸다고 경찰관과 동사무소 직원들을 동원해 그 놀이를 엄히 금한 지도 벌써 3, 40년 저쪽의 일이고 이제는 흘러가 버린 옛 시절의 이야기일 뿐이다. 얻게 되는 것과 그로 인해 잃어버린 것, 어느 쪽이 더 큰 것일까?

역

1830년 9월 15일, 세계 최초로 승객 36명을 태운 기차가 영국의 맨체스터 역에서 리버풀 역까지 달렸다. 스티븐슨의 증기기관차 '로코모션호(Locomotion, 영국에서 철도가 확장되면서 여러 신조어가 생겨났는데 오늘날 '기관차'를 뜻하는 locomotive도 그중 하나이다)'였다. 그리고 중간중간에 멈춰서 승객들을 태우거나 내리게 하는 곳을 '머무르다'라는 뜻의 'stay'에서 온 말인 '스테이션station'으로 부르기 시작했다. 역의 역사의 시작이었다.

우리나라의 역은 말이 교통수단이던 시대에 사람과 말이 묵어갈 수 있는 시설을 갖추어놓은 곳이었다. 역驛이라는 말에 '말 마馬' 자가 들어 있는 것이 그 때문이다. 오랜 여행에 지친 사람들은 역에 들러 요기도 하고 지친 말을 바꾸어 타고 가기도 했다. 1899년 우리나라 최초의 철도인 노량진－제물포 구간에 증기기관차가 운행되면서 또 다른 의미로 우리에게 다가온 말이 역이었다.

청량리, 회기, 망우, 덕소, 국수, 양평, 용문……. 중앙선의 역 이름은 우리 지역 사람들에게는 추억의 이름이기도 하다. 원주역이나 제천역에서 잠시 정차하는 동안 기차에서 내려 뜨거운 가락국수 국물을 후후 불어가며 마셨던 어느 추웠던 겨울밤이나, 노란 역등驛燈이 희미하게 비추는 플랫폼에서 누군가를 떠나거나 떠나보냈던 사연이나, 옆자리에 앉게 된 호감이 가는 여성에게 "어디까지 가십니까?"라는 수작을 시작으로 홍익회에서 팔던 찐 계란을 까주며 가슴 설렜던 아련한 기억 같은 것들을 누구나 한둘씩은 가지고 있을 것이다. 이제는 번듯하고 세련된 무궁화호나 새마을호로 바뀌었지만 비둘기호 완행열차가 머물다 가던 외지고 조촐한 작은 역들의 이름은 그렇게 정겨운 기억으로 남아 있다.

> 그 강파른 벼랑 발치를 깨물며 / 유연히 흐르는 검은 산협의 물 / 그 기슭에 추락할 듯 간신히 붙어 선 / 한없이 조용한 시골 역 / 몇 갑의 질 나쁜 담배와 대포를 파는 / 속국屬國같이 엎드린 두서너 채의 판잣집 / 연방 기침을 하는 / 어린애를 업은 아낙네의 지친 얼굴 / 총총히 출찰구를 들락거려쌓는 / 고향을 등진 파리한 남녀노소 / 아, 너는 무구하게 쫓겨 가던 아이누족族 같은 / 강원도 탄전지대의 첫째 역(허만하의 시 「동점역」 중에서)

허만하가 바라본 동점역의 모습이다. 우리가 강릉 가는 기차를 타면 지나게 되는, 한때는 고달픈 사연을 지닌 사람들이 내리거나 타던 그 탄광지대의 역에는 몇 해 전부터 기차가 서지 않는다. 그 소슬한 동점역의 모습을 곽재구는 사평역으로 옮겨놓는다.

막차는 좀처럼 오지 않았다 / 대합실 밖에는 밤새 송이눈이 쌓이고 / 흰보라 수수꽃 눈 시린 유리창마다 / 톱밥난로가 지펴지고 있었다 / 그믐처럼 몇은 졸고 / 몇은 감기에 쿨럭이고 / 그리웠던 순간들을 호명하며 나는 / 한 줌의 톱밥을 불빛 속에 던져주었다 / (……) / 산다는 것이 때론 술에 취한 듯 / 한 두릅의 굴비 한 광주리의 사과를 / 만지작거리며 귀향하는 기분으로 / 침묵해야 한다는 것을 / 모두들 알고 있었다(「사평역에서」 중에서)

이렇듯 '역'은 세상의 가장 쓸쓸한 시어이다. 내 친구들의 시이다.

잎사귀 하나가 / 가지를 놓는다 / 한 세월 그냥 버티다 보면 / 덩달아 뿌리 내려 / 나무가 될 줄 알았다 / 기적이 운다 / 꿈속까지 따라와 서성댄다 / 세상은 다시 모두 역일 뿐이다(김승기의 시 「역」 중에서)

소리꾼 장사익은 이 시를 유장한 노래로 만들었다. 그렇다. 우리네 삶은 역이고 우리는 떠나거나 돌아오는 기분으로 그 역두驛頭에서 있다. 권석창에게 역은 정든 이를 내려놓고 다시 또 흔들리며 가야 하는 인생을 의미한다.

비둘기호 열차를 탄 / 우리 인생 속절없이 흔들리고 / 혹은 남루하게 흔들리고 / 몇몇 친구들 / 쪽팔리게 살기 싫다며 / 간이역에서 내렸다 / (……) / 간이역 모퉁이 빈 가지엔 / 찢어진 비닐 조각 만장처럼 나부꼈다 / 내 인생 아직도 비둘기호 열차를 타고 / 안개 속에서 흔들리고 있다
(「간이역」 중에서)

나도 그렇게 어느 역두에 누군가를 세워두고 떠나온 기억이 있다.

찬비 맞으며 밤차를 타면 / 눈물 난다 / 먼 불빛들이 차가운 어둠 속으로 떠가는 차창에 기대앉아 / 나는 또다시 / 그대로부터 멀어져 가고 있다 / (……) / 눈물을 뿌리듯 어둠 속에 빛을 뿌리며 서 있는 / 노오란 자정의 역등들을 떠나오며 / 쓸쓸하다 / 길이 끝나는 곳에 숲이 있듯이 / 노래가 떠가고 난 곳에 깊은 고요가 있듯이 / 캄캄한 철로의 저쪽 끝에는 / 무엇이 있음을 믿어야 할 것인가 / 검은 스카프의 그대여

세계의 모든 투자가들이 롤 모델로 삼고 있는 투자의 귀재 워런 버핏이 몇 해 전 벌링턴 노던 산타페 철도 회사를 440억 달러에 인수했다. 그는 미래의 번영은 효율적이고 잘 관리된 철도에 의존할 것이라고 내다봤다. 자칫 과거 산업이라고 치부해버리기 쉬운 철도가 사실은 미래 산업이라는 '투자의 현인賢人'의 판단이다.

남과 북의 철도가 연결될 날도 꿈꾸어 본다. 서울역에서 기차를 타고 평양을 지나 시베리아 횡단철도TSR로 블라디보스토크까지,

그리고 거기서 또 오리엔탈 특급열차를 타고 이스탄불까지 가는 꿈. 꿈으로만 남겨두기에는 너무 아까운 꿈 아니겠는가? 이른 봄의 대동강역에는 오래 헤어져 있던 우리 누이들이 나와 서서 풀잎처럼 팔랑팔랑 손을 흔들어줄 것이고 「닥터 지바고」에 나오는 노보시비르스크 역에는 펑펑 눈이 내리고 아직도 〈라라의 테마〉가 구슬프게 흐르고 있을 것이다.

강원도의 힘

〈강원도의 힘〉은 〈돼지가 우물에 빠진 날〉에 이은 홍상수 감독의 두 번째 영화다. 〈오! 수정〉 〈생활의 발견〉 〈우리 선희〉 등 그가 만든 영화의 주인공들과 그들의 일상은 늘 소소하고 사소하다. 지리멸렬하고 찌질하기까지 하다. 그들이 나누는 대화를 듣다 보면 그 자리에서 당장 몸을 빼고 싶어진다. "나는 아니야. 난 저 정도까지 유치하거나 찌찌하지는 않아" 하고 시치미를 떼며 서둘러 선을 그어버리고 싶은 것은, 교육을 통해 체화된 이른바 '교양'이라는 것의 폐해일지도 모른다. 그렇게 홍상수의 영화는 우리 삶의 민낯(요즘 젊은이들은 '쌩얼'이라고 하던가)을 불편하게 드러낸다. '생활의 발견'인 셈이다. 강원도 인제에서 태어난 박인환의 시구절 "인생은 외롭지도 않고 그저 잡지의 표지처럼 통속하거늘"(「목마와 숙녀」)이 생각나는 대목이다.

다시 영화 〈강원도의 힘〉으로 돌아가자. 유부남 대학 강사와 그의 수업을 듣는 제자가 사랑에 빠졌다가("사랑에 빠지다", 참으로 진부한 말이다) 헤어지게 된다. 세상의 모든 '이루어질 수 없는 사랑'의 '어쩔 수 없다'는 변명들 뒤에는 언제나 '현실'이 도사리고 있기 마련이다. 가끔은 현실로부터 벗어나는 것이 현실에 대한 예의일지도 모른다. 그들은 각기 다른 동행들과 강원도로 떠난다. 강릉역, 오색약수터도 나오고 비룡폭포, 낙산사 바닷가도 나오고 대포항도 나온다. 비슷한 시간에 같은 곳을 들르면서도 두 남녀는 만나지 못한다. 어긋날 수밖에 없는 시간, 비껴갈 수밖에 없는 공간이 사람과 사람 사이에 존재한다는 것인가? 그 영화가 말하는 강원도의 힘은 무엇일까? 그들이 만난 강원도의 낯선 일상이 결코 그들의 상처를 치유하는 것 같아 보이지 않는다. 애당초 그들의 상처라는 게 치유할 건더기가 없을 만큼 사소한 것이었을지도 모르지만.

사실 '강원도의 힘'이라는 말을 문득 떠올린 것은 인사동에서 〈박수근 탄생 100주년 기념 전시회〉가 열린다는 소식을 듣고서였다.

"죽은 뒤에야 그의 그림들이 값이 뛰는 걸 보고 속이 상했다."

미군 PX에서 미군들의 초상화를 그려주고 푼돈을 벌던 박수근을 모델로 한 소설 「나목裸木」으로 늦깎이 등단을 한 소설가 박완서의 말이다. 단순한 선과 질박한 색채, 무엇보다 암갈색의 화강암처럼 보이는 마티에르로 서민들의 삶을 그린 박수근은 1914년 강원도 양구의 산골 마을에서 태어났다. 부친이 하던 광산업이 망해 보통학교(지금의 초등학교) 졸업이 배움의 전부였다. 그의 그림 속의 아이

업은 소녀, 길가에 좌판을 벌이고 앉아 있는 행상, 빨래터의 여인들, 벌거벗은 겨울나무들은 그 시절 우리 이웃들의 신산했던 삶을 고스란히 보여주고 있다.

마거릿 밀러 등 일찌감치 그의 그림을 알아본 눈 밝은 미국 여인들이 그의 작품들을 구입해 갔지만 그림값은 겨우 20달러, 많아봐야 50달러가 고작이었다. 평생을 가난 속에 살다 간 그의 그림 〈빨래터〉는 한때 45억 원이라는 우리나라 경매 사상 최고가를 기록하기도 했다. 우리 문학사의 낭만적 모더니즘의 가장 큰 자산이라 할 「목마와 숙녀」「세월이 가면」을 남기고 서른한 살의 나이로 세상을 뜬 박인환도 박수근의 고향 양구와 이웃한 인제에서 태어났다. 과연 강원도의 힘이 아닌가?

개인사적으로 내 젊은 시절은 강원도와 깊이 얽혀 있다. 훈련소를 마치고 춘천의 103보충대로 팔려 간 지 사흘째 되던 저녁이던가, 배에 태워졌다. 옷깃을 파고드는 스산한 늦가을 저녁 바람에 몸을 떨며 소양강을 거슬러 올라 양구의 어느 작은 나루에 닿았을 때는 사방이 칠흑처럼 어두웠다. 배에서 내려 다시 군용 트럭의 적재함에 실려 구불구불 캄캄한 비포장도로를 끝도 없이 달렸다. "인제 가면 언제 오나, 원통해서 못 살겠네". 인제와 원통은 그 시절 대한민국의 국군이라면 누구나 피하고 싶은 동부전선의 최전방 오지여서 신병들 사이에서 흉흉하게 떠돌던 말이었다. 적재함에 웅크리고 앉아 먼지를 뒤집어쓰며 달리던 어둠 속에서 그 말은 절망적으로 다가왔었다.

그렇게 당도한 강원도 인제군 남면 현리의 겨울은 눈이었다. 진종일 가래로 밀어내고 빗자루로 쓸어내어도 부대 뒤의 긴 고갯길 위로 눈은 내리고 또 내리고, 쌓이고 또 쌓였다. 이따금 어깨를 펴고 작업복의 잔등이 땀에 젖어 김이 무럭무럭 피어오르는 채로 아득히 강원도의 눈 덮인 산들과 그 사이로 이어진 희미한 길들을 보노라면 알 수 없는 막막함이 가슴 가득 밀려들곤 했었다.

입대하기 전, 강원도의 겨울 바다를 떠돌던 날들이 있었다. 억센 북쪽 사투리를 구사하는 주문진 부두의 뱃사람들 사이를 어슬렁거리기도 하고, 남애항 선창에서 시린 손으로 오징어 배를 따는 갯가 아낙들을 구경하기도 하고, 눈 내린 거진항 방파제에서 어두운 바다를 한 번, 스무 살의 내 외로운 머리 위를 한 번씩 비추던 등대 불빛 속에서 차가운 '경월소주'를 병째 들이켜기도 했다. 그리고 저 북쪽 끝 작은 포구 아야진의 어느 으슥한 바닷가 여인숙에 들어 파도 소리와, 매서운 바닷바람에 정박한 어선들이 쾅쾅, 서로 부딪치는 소리에 잠 못 이루던 겨울날들이 있었다. 내가 내 삶에서 가장 소중한 어떤 것을 얻었다면 아마도 거기에서였을 것이고 잃었다면 그 또한 거기에서였을 것이다.

강원도의 바다가 아득하고 그리운 것은 높은 재 너머에 있기 때문이다. 대관령, 한계령, 미시령, 진부령 그 너머에서 힘찬 파도 소리와 함께 맛난 갯것 안주를 들고 강원도 바다가 우리를 기다리고 있다. 떠나자. 다시 소소하고 사소한 일상 속으로 돌아오게 될지라도.

외인부대

한 소년이 사라졌다. 18세의 한국 소년이 터키 여행 중 시리아와 접경 지역인 킬리스에서 종적을 감춘 것이다. 중학교를 자퇴하고 은둔형 외톨이로 살아온 것으로 알려진 소년이 인터넷망에서 용병을 모집하는 IS(Islamic State, 이슬람국가)의 트위터 계정 등을 보고 그 테러 집단에 가담하기 위해 시리아로 잠입한 것으로 추정돼 충격을 주고 있다.

'IS'는 2003년 이슬람 테러 조직 알카에다의 하부 조직으로 출발, 지난해 유전을 포함한 이라크와 시리아 지역의 3분의 1을 점령해 스스로 국가임을 선언한 가장 잔인한 수니파 원리주의 무장 테러 단체다. 막대한 자금력과 조직력으로 인터넷상의 SNS를 선전 무대로 삼아 자동소총을 들고 검은 복면을 한 모습과 함께 돈과 여성과 전투라는 환상으로 전 세계의 젊은이들을 유혹하고 있다. 미 중앙정

보국CIA은 이런 환상을 좇아 세계 80여 개국으로부터 시리아 국경을 넘은 젊은이들이 2만에서 3만 2천가량이라고 추정하지만 실제로는 20만에 가까운 서방 출신의 용병들이 가담하고 있다는 정보도 있다.

용병傭兵이란 국가나 이상을 위해 복무하는 게 아니라 돈을 위해 군인이 된 사람들을 말하지만 개중에는 모험이라는 낭만을 좇아 몸을 담은 이들도 있다. 용병의 역사는 까마득한 한니발전쟁이나 혹은 더 오래전까지 거슬러 올라갈 수도 있겠지만 근대에 들어와서는 외인부대外人部隊라는 형태로 자리 잡아 많은 전투에서 그 존재감을 드러내 왔다.

가장 널리 알려진 외인부대는 프랑스의 레종 에트랑제(Legion Etrangere, 외국인 군단)일 것이다. '케피 블랑(Kepi Blanc, 하얀 모자)'이라는 매력적인 이름으로도 불리는 이 외인부대는 루이 필리프 1세가 알제리 등 아프리카의 프랑스 식민지들의 반란을 진압할 목적으로 5개 대대의 외국인 용병들을 모집한 데서 시작되었다. "용기를 버리기보다는 차라리 목숨을 버리겠다"가 그 부대의 신조다. 그들은 국가가 아닌 부대에 충성할 것을 선서한다. 부대가 그들의 조국인 것이다. 1863년 나폴레옹 3세에 의해 멕시코로 파병된 외인부대원 65명이 2천 명의 멕시코 기병대와 맞서 싸운 카메론전투(다섯 명만 살아남았다. 이 부대는 매년 4월 30일을 '카메론 데이'로 기념하고 있다)를 비롯해 1, 2차 세계대전 등 숱한 전투를 치르며 180년의 역사를 이어가고 있다. 도피 중인 범죄자들이나 애인에게 버림받고 절망에 빠진 이들이나 자신의 신분을 숨기고 싶은 귀족 청년들이 자포자기의 심정으로 이 부대에 지원한다는 이야기들은 낭설일 뿐이고, "누구나 해병이 될 수 있지만 아무나 해병이 될 수 없다"는 우리나라 해병대의 구호처럼 레종 에트랑제에 들어가는 것은 상당히 까다롭다고 한다. 이 하얀 모자의 외인부대에는 특수부대에서 전역한 한국인들도 10여 명 있다고 하지만 확실한 정보는 알려지지 않았다.

1861년, 히말라야를 넘어 네팔왕국으로 진격하던 영국군은 '단지 싸우기 위해 태어난 부족'과 대면해야 했다. 영국군의 화력과 전술은 활과 돌멩이, 그리고 쿠크리(끝부분이 살짝 굽은 구르카 부족의 칼)라는 칼로 무장한 구르카족들 앞에서 무력했다. 그들의 용맹함과 전투력에 감탄한 영국군은 그들을 영국으로 데려와 '구르카부대'라는 외인부대를 만들었다. '구르카 전설'의 시작이었다. "쿠크리를 한번 뽑으면 피를 보지 않고는 칼집에 넣지 않는다"는 신념에 따라 그 칼을 보여달라고 조르는 사람들을 위해 쿠크리를 뽑으면 자신의 손가락을 베어 피를 보고는 다시 칼집에 넣는다는 이야기도 전한다. 태평양전쟁 때 미얀마(당시의 버마) 전선에서 구르카부대의 디마푸르 중사는 단신으로 일본군 참호를 누비며 24개의 일본군 목을 가져왔다는 전설 같은 이야기도 전해진다. 한국전쟁에서 유명한 지평리전투에서 중공군 1개 사단을 괴멸하는 데도 구르카부대의 활약이 두드러졌다. 그들의 존재는 적들에게는 공포 그 자체였다.

IS의 일본인 인질 참수 장면은 다시 한번 그들의 잔혹함과 야만

성을 보여주었다. 어떤 전쟁이든 인간의 야만적 광기의 산물인 것은 다를 바가 없겠지만 인간성의 파괴라는 점에 있어 그들은 다른 외인부대와는 본질적으로 다르다. '이상적인 칼리프(caliph, 종교적·세속적 이슬람 국가의 수장)국가의 건설'이라는 목표를 지향한다고 선언하고 있지만 그들의 행태는 이제까지의 어떤 이슬람 테러 단체보다 더 잔인하고 야만적이다. 소년병들을 자살 폭탄 테러로 내몬다거나, 점령지의 여인들을 전리품으로 분배하면서 노예제 인정을 선포한다거나, 민간인을 학살하고 인질을 참수하는 등 그들의 행태는 자유와 평화라는 이상을 위협하고 있다.

"남지나해 바다 위의 십자성 별빛이니, 아오자이(베트남 여성의 전통의상)를 입은 이국 여인이니 하는 것은 베트콩(공산월맹의 비정규군)과 한 번도 마주친 적이 없는 이발병이나 취사병들의 철없는 무용담일 뿐이다. 전쟁은 낭만이 아니다. 우리 전우 5천 명이 죽었다."

월남전에 참전해 십수 차례의 전투에 참가한, 김 모 시인의 말이었다. 고등학교 때 장래희망란에 '월남 참전(내가 입대할 나이가 되었을 때는 그 전쟁이 끝나 꿈을 이루지 못했다)'이라고 적었었다고 자랑삼아 말하며 직접 몸으로 겪은 그 전쟁이 어땠었느냐고 묻는 나를 한심하게 바라봤을 뿐, 그는 끝내 입을 열지 않았다.

전쟁은 결코 낭만이 될 수 없다.

우리 모두의 미래

"미래는 이미 와 있다. 단지 널리 퍼져 있지 않을 뿐이다."

2012년 정치에 입문하면서 안철수 씨가 던진 말이다. 이 멋진 수사修辭는 30여 년 전에 이미 '사이버 스페이스(공간)'라는 개념을 만들어낸 공상과학소설가 윌리엄 깁슨이 한 말이다. 그들이 의도한 바와는 맥을 달리해 말해보자면 12월의 남은 달력 장도 곧 떨어져 나갈 것이고 지구 상의 모든 인류는 또 한 살만큼을 더 늙어가게 될 것이다. 이것이야말로 우리 모두의 가장 확실한 미래가 아닌가? 그렇다. 노년은 조금 멀고 조금 가까운 거리의 차이가 있을 뿐 이미 우리 곁에 와 있다.

"Life at threescore and ten"이라는 서양 격언이 있다. 'score'가 '20'이라는 뜻이니까 "인생은 고작 칠십"이라는 뜻이겠다. 일흔의 나이를 '고희古稀'라고 하는 것도 당나라 시인 두보가 곡강曲江에서 술을 마시며 읊은 시 "인생칠십고래희人生七十古來稀(기껏 살아봐야 칠십을 넘기기 힘들다)"(「곡강이수曲江二首」)에서 온 것이니 동서를 막론하고 옛사람들은 인생의 기대수명을 칠십으로 본 것으로 짐작할 수 있다. "열다섯에 학문에 들고志學, 서른에 뜻을 세우고而立, 마흔이 되면 흔들리지 않고不惑, 쉰에 하늘의 뜻을 알고知天命, 예순에는 귀가 순해지고耳順, 일흔에는 마음이 하는 바를 좇았으되 법도에 어긋나지 아니한다從心所欲不踰矩" 하고 『논어』에서 공자가 이른 저 유명한 나이에 대한 이름들도 칠십에서 그치지 않던가?

그러나 이제 그 생각은 바꾸어야 할 것 같다. 의학의 발달이나 풍요로운 섭생으로 우리나라의 평균수명이 81세를 기록하고 있기 때문이다. 나이를 먹어감에 따라 과거는 점점 더 늘어나고 미래는 점점 더 줄어들겠지만 생물유전학의 발달로 인간의 기대수명이 얼마나 더 확장될지는 아무도 모른다. 쇼펜하우어는 "인생의 처음 40년은 본문, 나머지 30년은 주석일 뿐"이라는 말로 인생은 사십까지라고 의기소침해했지만 칠십이 넘어서도 왕성한 체력과 열정을 가진 분들을 우리 주위에서 얼마든지 볼 수 있다.

영화 〈노인을 위한 나라는 없다〉는 개봉 당시 많은 주목을 받았다. 폭력이 지배하는 현실과 선악에 대한 도발적인 질문을 던지는, 코엔 형제가 만든 이 서스펜스 영화는 그 제목이 말하는 바의 노인 문제와는 전혀 상관이 없다고 할 수 있겠지만 그 영화 속의 대사 한 마디만은 늙어간다는 것의 본질을 깊숙이 관통하는 것 같다.

"만약 20년 전에 내가 사람들에게 여자들이 머리를 노랗게 물들이고 코를 성형해서 텍사스 거리를 거닐 거라고 했으면 믿었겠어? 그게 흐름이더군. 아주 끔찍한 흐름 말이야."

세상의 흐름에서 밀려난다는 것, 그것이야말로 늙는다는 것의 비애와 공포일지도 모른다.

동서양을 막론하고 진지한 얘기거나 우스갯소리거나 "늙으면 죽어야 한다"라는 말을 필두로 해서 늙음을 자조하거나 비하하는 말들은 넘쳐난다. "서른까지는 여자가 따뜻하게 해주고 서른 이후에는 한 잔의 술이 따뜻하게 해주지만, 그 이후에는 난로조차 따뜻하게 해주지 못한다"라는 스페인 속담은 점잖은 편이고 "노인의 망령은 죽지 않으면 낫지 않는 병이다"(영국 속담)라거나 "팔십이 넘으면 집에 누워 있으나 산에 누워 있으나 똑같다"라는 고약한 우스갯소리들도 횡행한다.

그러나 "노인의 머리, 젊은이의 손Old head, young hand"이라는 속담에도 있듯이 세상을 바르게 이끌어 가는 것은 노인들의 지혜이다. 옛날 노년의 앤서니 퀸이 자신의 아들 찰리와 함께 부른 〈Life Itself Will Let You Know(살다 보면 알게 될 거야)〉라는 노래가 있었다. 우리나라에서도 최불암과 어떤 여자아이가 〈인생〉이라는 제목으로 번안해 부른 레코드가 나왔었다. 인생이 뭐냐고 묻는 아이에게 노인은 말한다. "Life itself will let you know." 그렇다. 살아봐야 아는 것이다.

오늘날 노인을 의미하는 '실버(silver, 銀)'라는 말을 단순히 '금이 못 되는 것', '은발銀髮'을 상징하는 것쯤으로만 이해해서는 안 된다.

은銀은 인체 내에서 면역력을 유지시켜주고 호르몬의 균형을 잡아주고 은 이온과 원적외선을 방출해 강력한 항균·살균 작용을 한다. 젊은이들은 그들이 늙을 것을 알지 못하지만 노인들은 그들이 다시 젊어질 수 없다는 걸 알고 있다. 천방지축, 중구난방으로 갈라지고 찢어지고 싸움으로 지고 새는 오늘의 이 나라를 치유할 수 있는 것은 젊은이들의 패기와 분노가 아니라 노인들의 혜안慧眼임을 잊어서는 안 될 것이다.

젊어서는 사람에 취하지만 나이 들면 자연에 취할 일인 것 같다. "너희의 젊음이 너희의 노력에 의하여 얻어진 것이 아닌 것처럼, 노인의 주름도 노인의 과오에 의해 얻은 것이 아니다." 박범신이 그의 소설 「은교」에서 노작가 이적요를 통해서 쏟아내는 분노의 말들도 사람과 욕망에 집착한 탓이 아닐까? '자연스럽게'라는 말처럼 훌륭한 말은 없는 것 같다. 나이 들수록 자연을 바라보는 날들이 흔해야 한다. 가을날의 감잎처럼 붉게 물들어 가는 것, 좋지 않은가?

인생은 육십부터도 아니고 육십까지도 아니다. 어느 나이든 다 살 만한 나이이다.

그래도, 꽃이 핀다

초판 1쇄 2016년 5월 20일
지은이 최대봉
펴낸이 김영재
펴낸곳 책만드는집

주소 서울 마포구 양화로3길 99 4층 (04022)
전화 3142-1585·6
팩스 336-8908
전자우편 chaekjip@naver.com
출판등록 1994년 1월 13일 제10-927호

ISBN 978-89-7944-567-1 (03810)

이 도서의 국립중앙도서관 출판사도서목록(CIP)은 e-CIP 홈페이지(http://www.nl.go.kr/cip.php)에서 이용하실 수 있습니다.
(CIP제어번호 : CIP2016008887)